# 从浪平

姚茂勤 / 著　Cong

Lang Ping

Chu Fa

# 出发

团结出版社

UNITY PRESS

**图书在版编目(CIP)数据**

从浪平出发 / 姚茂勤著. —北京：团结出版社，2018.8
ISBN 978-7-5126-6487-6

Ⅰ.①从… Ⅱ.①姚… Ⅲ.①中篇小说-小说集-中国-当代 Ⅳ.①I247.5

中国版本图书馆 CIP 数据核字(2018)第 164805 号

出　　版：团结出版社
　　　　　（北京市东城区东皇城根南街 84 号　邮编：100006）
电　　话：(010) 65228880　65244790
网　　址：www.tjpress.com
E - mail：65244790@163.com
出版策划：力扬文化
经　　销：全国新华书店
印　　刷：成都勤德印务有限公司

开　　本：880mm×1230mm　1/32
印　　张：9
字　　数：200 千字
版　　次：2018 年 8 月第 1 版
印　　次：2021 年 4 月第 2 次印刷

书　　号：ISBN 978-7-5126-6487-6
定　　价：35.00 元
　　　　　（版权所属，盗版必究）

# 目录
CONTENTS

# 从浪平出发

## 1

我们就像一群麻雀，整天叽叽喳喳地在浪平的场坝上扑腾。无所谓忧愁，也无所谓欢乐，这只是我们过日子的唯一方式。从场坝这头的小书摊，逛到那头的音像店，没有什么能停住我们的脚步和叫嚷。太阳从东边大坳的坳口上红着脸爬上来，照着我们，又红着脸从西边的马龙坳的坳口掉下去，我们知道，就是这太阳，也不能为我们找出一个新鲜的活法。偶尔场坝上的摊贩间的争吵和尖叫以及屠夫们手持尖刀的追逐和一路不停的鲜血还能让我们激动一下，但激动之后却显得更无聊了。

我们也知道所有的人都讨厌我们。父母和兄弟姐妹嫌我们吃白食，还给家里丢脸、惹祸；场坝上的商贩们讨厌我们，我们总是欠他们的账，从五毛钱一支的冰棍，到八元钱一盒的录音带；满脸横肉的杀猪佬尽管手里有明晃晃的尖刀和哗哗响的钞票，也还是不想让我们靠近，总是用尖刀拍着猪大腿上的苍蝇，吆喝着我们，仿佛我们就是那一只只嗡嗡乱窜让他心烦的苍蝇。派出所的警察更是讨厌我们，一听说什么地方死了一个人，他们总是先

1

问是不是我们中的一员，在他们眼中，我们死掉一个，这浪平场坝就少了一个不安定因素。

其实，我们也不想这样。我们也曾有着远大理想。长生曾想当一位海员，虽然他连齐腰深的水都不敢下。大木希望能当一个吹鼓手，在别人家大门一坐，唢呐一吹，女孩子的眼波就全飘过来了。我想做一个老师，一个扎着蝴蝶结的女老师，想罚谁站就罚谁。孙喜比较没有出息，但他想当村长也起码算一个理想，一个村也就一个村长呢。我们也曾拼了死力去读书，但又有什么办法，老师教的，总是从左边耳朵进，紧接着从右边耳朵出去了，怎么都不肯留一下。老师不希望我们连累学校，我们知道，老师也不容易，教书教得一个个都不会笑，眼眶深凹、鼻孔粗大了。我们就只好自觉在大考前退了学。不自觉退学又能怎样？学校为我们定了许多规矩，这些规矩的唯一要求就是要我们离那些埋头读书的好学生们远些，不要打扰他们，只要做到这点，我们到哪里折腾都行。我们尊敬老师，我们热爱同学，哪怕他们不爱我们，我们也想念学校。但我们知道我们与好同学不是一路人，我们就只好带着烦恼回到了浪子的场坝上。

在初回浪平场坝的日子里，我们都是想有所作为的。长生去榨油坊帮人榨油，抱着高悬的榨杠不停地去撞击包在棕布里的油饼；我进了一个美容店，开始了顶上生涯；大木到小饭店当小工，整天脏兮兮的；孙喜还好一点，到茶场护理茶园。我们都想靠自己的双手挣钱，不再要别人的庇护，但我们的想法最终还是落空了。长生向工商所举报榨油坊用菜籽油充当茶籽油，没想到却被工商所的人当笑料般向场坝上的人透露了出去，长生自然被赶出了榨油坊，工钱一分也没得；我是被大哥扯着辫子拉出美发厅的，大哥怕我在里边学坏，我的家族也丢不起这个脸，一个女孩，整天给一帮骚哄哄的男人摸头摸脸，大哥觉得这简直是有辱家风。我还想与老板要工钱，我贫穷的大哥却把老板递给的钱撕了，我有些愤怒，但又怎么拗得过我大哥这头红了眼的蛮牛呢？大木也没干多久，他在小饭店的厨房负责杀鸡杀鸭，缺乏杀手经验的他不是一刀将那些家伙的头剁断了，就是一咬牙将脖子扯断，小饭店的老板看得心惊胆颤，赶紧把他辞了。大木说，你怕什么呢？我又不剁你的头。但老板还是加倍付了工钱让他走人。孙喜爱唠叨，在给茶树施肥、喷药的时候总是喋喋不休地向负责茶园的支书灌输科学知识。你想那一村的支书，就像山中老虎，即使山中没老虎，也像猴子般，是一个王呢，怎么容得了孙喜的教诲，结局自然与我们没有两样了。

唯一挣钱的大木请我们在浪平场坝的小摊上又吃又喝，只过了两三天，我们又成了穷光蛋了。我们只能坐在供销社旁边的矮墙上，没来由地扯淡、尖叫、大笑，让一排脚悬在土墙上直晃荡。一串串麻雀在对面林家的屋檐下争吵，孙喜说，我们也是一帮麻雀呢。孙喜是我们几个当中书读得最好的，他说是，就肯定是了，再想想，就觉得我们真是一帮麻雀呢。

我们的第一次奋斗就这样结束了。我们那简短的经历，在浪平场坝沉寂的日子里，很快地变成了笑料，在浪平人的酒桌上、摊案旁，甚至爱床上传播，在传播的过程中还随意添加了许多刺激的内容。比如说大木，剁断鸡头鸭头是因为他的前世是被鸡叮死的；说我曾让一老头摸了手，又摸了脸，还摸了……我的事我当然记得，那老头是摸了我的手，又摸了我的脸，他在我的手心塞了十元钱，又想摸我胸脯时我跑掉了，其实回想起来也没什么，不就是摸一下么？又不少什么东西。我有些后悔丢掉那十元钱了。

## 2

说说我们浪平吧。我们浪平，是一个盛产传说的地方。

在浪平场坝上，每一粒飘荡的灰尘，每缕流浪的北风都纠缠着传说的影子。传说如同浪平人餐桌上必不可少的蘸水，没有人敢去想象，没有了传说的浪平该是怎样一副模样。

那年浪平到处流传着"熬人油"的说法，说从远方有一群人夜行到了浪平，他们总是夜行晓宿，专门偷窃、强抢肥胖粉嫩的儿童来熬成油。甚至还真有某个寨子的小孩失踪了。这个传说让浪平十岁以下的孩童一到傍晚就如惊弓之鸟般惶惶归家。小孩的啼哭声少了，背着孩子走村串寨的闲人们也绝了踪迹。后来，政府都出来说这是一个假的传闻，但浪平人宁可信其有，不愿信其无。林子大了，什么鸟没有呢？见多识广的浪平人说。

另一个传说，则是浪平人不愿承认的，但我们知道，我们的父母兄弟都曾为那个传闻忙碌，为那个传闻兴奋，一个个的脸都像快下蛋的母鸡一般。那个传闻是从一则贴在凉棚坳上的告示引起的，说有人将出大价钱来收酸荞菜，作药用呢。尽管告示上没有收购人的姓名，但所有的浪平人都倾巢而出，把田野里的酸荞菜抢个一干二净，家家户户的院坝上都堆满散发着酸臭的酸荞菜，直到那青翠的东西化成浓稠的水浆，浪平人也没有等来那个大老板。说起这个传说我们都替他们脸红，怎么就没人想得远一些？怎么就没有人到外面探听一下呢？后来有人说那告示是疯子的杰作。浪子人就这样给一个成天在山石上乱涂乱画的疯子给耍了。这件事就像一块长在心上的伤疤，聪明的浪平人是不愿提及的。

犀牛塘在乡政府的旁边，一口阴森森的、波澜不惊的深塘。那深深的泥塘确实也吞掉不少人，有被冤的媳妇、出了丑的妇人、想不开的老头，他们像一截木头般把自己丢进泥塘，过三五天再浮上来，面目全非了。走过那泥塘的边上，看着阴森森的水，总有些凉嗖嗖的感觉，步子也会加快许多。传说是从一帮地质队员的到来引起的。他们在浪平转了几圈，最后在犀牛塘边左看右看一阵，就急急走了。便有人说浪平这地方就要陷下去了，犀牛塘那地方就是最薄的，下面只有三根葛麻藤拉，那藤一断，浪平就没了。那些日子里，所有的浪平人都惊恐而兴奋地谈论着这件事，安排着退路。犀牛塘边的小路，再也没人敢走了。

我们的浪平，就是这样自觉与不自觉地制造着传说，并且把自己与传说紧密地连结在一起。

在矮墙上晃荡着脚打发日子的时候，我们总是在不着边际地胡说八道。但有一天，孙喜突然正儿八经地问我们，说你们看浪平场坝像不像一口井呢？我们都被孙喜神神道道的表情给震住了，我们都以为又一个传说会从他嘴里蹦出，却没想到他问的是这么个无聊的问题。大木说，你说这话有什么意思？长生打岔，说麦子快看，那边有狗打起来了，真是有两条狗在一起，却不是打架，而是在干传宗接代的事，我把长生一掌推下了矮墙。孙喜说，让你们看你就看，谁先看出我就请他吃一根油条。我们都被吝啬鬼孙喜的奖品吸引住了，东张西望，真的，我们浪平像一口硕大的井呢，四面都是高山，就把浪平场坝丢在山窝窝里，不是井是什么？孙喜又说，你们还记得老师教过的成语么？大木说我们几个就你读得懂书，你就说吧，别卖关子。孙喜看了我一眼，说你们这些空脑壳，井底之蛙记得不？我们就是那困在井底的青蛙呢！我们隐隐约约想起老师曾经讲过的"井底之蛙"的意思，一股自卑感慢慢地涌上了我们的脑壳。是啊，整天在这场坝上，我们不就是那井底之蛙么？

从乐业过来的客车尖叫着停在供销社拐角处，扬起一大片灰尘。红红绿绿的男女走下来，趾高气扬地走进小商店，指指划划，那对我们冷眼横眉的店主像汉奸一般讨好他们。又一声尖叫，客车又放着响屁，卷着灰尘，往大坳爬去，他们将翻过大坳，往远处去了，我们只能傻子般继续在墙上晃荡双脚，墙角趴着的老狗连白眼也不向我们翻一个。大木抓了块石头砸去，那狗也是不情愿地哼哼，继续睡它的大觉。

黄昏又来临，屋檐下麻雀的叫声也渐渐消失了，场坝上的小商店闪出昏黄的光，没有什么声音，傍晚的浪平场坝就像已死去一般。没有人来叫我们回家，其实回不回又有什么关系呢？即使回去，我们也知道，吃饭、睡觉，醒来的明天和今天将没有什么两样。

我们谁也不想回家。又有车从马龙坳上下来，我们一直看着那车闪着尾灯从浪平场坝一直爬过大坳坳口。没有车来了，我们都觉得心里空荡荡的。我们只能在暮色渐浓的黄昏，坐在矮墙上。该说的都说完了，夜色里我们再也寻不出新的话题，只有一动不动地坐在那里，就像四个木头人。

## 3

　　我们也曾筹划南下，但我们的计划却不断被别人击碎。先是家人的阻拦。在浪平的空气里飘荡的传闻中，有太多的关于南方的消息。在这些传闻里，南方是一个灯红酒绿、充满诱惑、迷失人性的地方，那里的血也不再红、水也不再清。南方街巷上游走的女孩，不是烂女就是鸡；南方的男人十个有九个患有性病，剩下一个是阳痿。在我们民风古朴、崇尚礼仪、忠孝传家的浪平，怎么会容得下这样的事情？他们的阻拦便成为理所当然的行动。街头的小贩像警察一样盯着我们，防止我们突然脱逃；中巴车的司机坚决地把我们拦在车下，仿佛我们会白坐他的破车。

　　我们不愿做这井底之蛙啊！我们在心底里嚎叫。我们与家人与商贩与司机理论，孙喜还把报纸上关于南方的社论念给他们听。在浪平场坝所有的墙上，一夜之间都写满我们关于南方的认识，这是我们从报纸和电视上摘抄下来的。但还是没人正眼看我们，没有人愿意听我们哪怕半句话。

　　我们知道，他们鄙视我们。他们是浪平生活的主宰，而我们，真的，只不过就是几只麻雀。我们还知道，我们所有的行动，又将在一夜之间或者一杯酒一支烟的空隙，成为笑料，成为传说，溶进浪平沉闷的空气。

　　我们最终还是决定悄悄出发了。既然他们不让我们走，我们就干脆不说，既然可恶的司机不让我们坐车，我们就决定走路，先越过大坳再说，过了大坳，就不再是浪平的地盘，而浪平人是从不到外面逞威风的。翻过大坳的时候，我们特别兴奋。大木说，这回我们不是青蛙了，我们不是麻雀了，我们是展翅的雄鹰了。长生说，不是雄鹰，也是只画眉吧，总比麻雀强。孙喜说长生你这样子是画眉？跟乌鸦差不多，麦子才是画眉呢。我为孙喜的话感到高兴，画眉毕竟是美丽的鸟，它不像麻雀灰不溜秋的，整天待在破屋上没有什么出息。长生说，你孙喜像猫公雀呢。猫公雀就是猫头鹰，孙喜的两眼外凸，真有些像。站在坳口，大木一手叉腰，像毛主席一样对着山窝里的浪平挥手说，再见了，浪平。我们就这样一路嘲笑着，轻松地从浪平出发了。

## 4

其实，大木是没有必要跟我们一起离开浪平的。

大木的家景很好。大木是家中最小的孩子。父母和兄嫂都在浪平场坝上操持着生意。父母开的是汤锅店，灶里的火整天都是旺旺的，锅里的狗肉、牛肉在不停地翻滚，在他的父母眼里，那一滚就是一扎票子；大木的两对兄嫂，一对开着杂货店，一对开着成衣店。钱就像水一样，哗哗流进他们家的大门。大木的父母、兄嫂都希望大木好好读书，考取个功名，光宗耀祖。他们都相信大木是聪明的，他们的大木很小的时候就被一位高僧摸过顶，说他是个有前程的人。大木肩负着他们的重托，从小学走到中学。他们对每一位新来的老师都说大木是个聪明的孩子。但大木却总是不争气，成绩在父母兄嫂的祝福下江河日下，一落千丈。老师说，大木你家人不是说你是龙种么？怎么一到考试就成了一只虼蚤？被老师这样说刚开始大木还有脸红的时候，说得多了，大木就无所谓了。老师在上面说，他在下面嘀咕，我是虼蚤就先喝你的血。临近考试大木被赶回家，家里人才发现几年工夫，大木拿着他们的钱，从龙种变成了虼蚤，在浪平场坝上有头有脸的一家人恨不得把头缩回裤裆去。丢脸啊！怎么会出这种不争气的人？大木从床上一爬起就能听见父母兄嫂这样的诅咒和叹息。大木的耳朵都听着疼了。大木只好跑出来，和我们一同坐在矮墙上。长生去摸大木的头，说那和尚一定是胡说，这大木的脑袋是花岗岩呢。孙喜不同意，说大木现在是贵人落难，龙种就是龙种，怎么会成虼蚤呢？大木说，什么龙种虼蚤？我看我屋里的几公母才是虼蚤，整天叮咬我。这句话是寡言的大木说得最有意思的话，我们就坐在矮墙上一齐笑了起来，远处的人都扭着脖子看我们，我知道，那些人一定在说，这几个散仔又发什么神经了？

我知道我是一个模样还不错的女孩。按长生的话说，比电视上的还珠格格也差不了多少。这话我爱听，有几个女孩子不喜欢男人的恭维呢？就像蝴蝶生来就热爱鲜花一样。我也知道自己比那大眼睛格格差远了，但在我们浪平场坝上，我还是十二分自信。你让一个外地人站在我们的矮墙上，从熙熙攘攘的人流中点出几个顺眼些的姑娘，点一个可能没有我的份，点两个我肯定算一个。我被学校请出校园，只能远远地听听钟声，重温校园梦，这都是我意志不坚定，自己耽搁了自己。我们浪平崇尚"无后为大"的古训，女孩大多被父母挡在校园外，我这个例外是因为父亲不忍心让一个漂亮的丫头大字不识，只能一辈子困在田里，在他们的想象中，我读了书，有了好工作，嫁一个在乡府工作的干部，是最好的选择。我的兄弟也这么认为，这毕竟也是一件往脸上添光彩的事情。因为这样的原因我便成了学校里极少数的女生中的一名。你们想想，一群土里土气的村里女孩中，有我这么个场坝女子，不是"鹤立鸡群"么？都是学校里那些讨厌的家伙，总往我的书桌下塞纸条，纸条上都是些让人脸热心慌的字眼，平静下来，老师早已讲完一节课了。从初中开始，我总是不得不面对没完没了的纸条。在矮墙上晃荡双脚的时候说起这些往事，长生说，你发现我写的纸条没有？长生的字我是认得的，像发疯的老母鸡的脚印，我收到的近百张字条中没有这样的。孙喜给我写过，用英语写的，还署了名。可惜我读不懂那几个单词，也可能不是我不懂，而是孙喜写错了。长生拷问大木和孙喜，你们俩谁给麦子写过纸条？大木不说，孙喜也不说。大木是不会说，孙喜是属于那种有心计的人，做了不说。我也就只好自嘲地说，你们三个都写了，以为我看不出？

我不怪我的家人，一个穷困的家庭能送我一直上到中学，我已经知足了。我们家四个人，除了我一个女孩外，就是父亲和两个大龄的哥哥。父亲和兄长省吃俭用，供我上学，而我却不珍惜他们的付出，我应该感到羞愧。父亲和兄长都是老实人，木讷、诚实，只知埋头在地里死做，在嫌贫爱富的浪平场坝上，总是被嘲笑和捉弄的对象。无聊的屠夫们说看我的品性，怕不是我爹亲生的，是个野种。我爹不吱声，我也懒得理。我爹把我养这么大，如果不是亲生的，早丢野地里喂狗了。所以爹和两个哥哥在背后偷偷商量，把我嫁给乡府一位刚死了老婆的副乡长，我并不怪他们。他们不愿意我在场坝上闲混、学坏，他们知道做了副乡长的亲爷舅子，这场坝上的狗嘴就会闭上。但我实在不愿意，我还不想嫁，况且那副乡长也老了些，跟老爹的年纪都差不了多少。我在心里骂这副乡长不知丑。但这不知丑的人竟在一个黄昏到矮墙前找我来了，塞给我厚厚一叠钱。钱是个好东西，但我还是被烫了一下，扬手就把钱丢到旁边的垃圾堆里，害得那副乡长心疼地捡起那些钱，一张一张地吹去上面的尘土。大木、孙喜和长生笑得从墙上摔了下来。副乡长走了好远，大木说，麦子，你丢那做什么，真可惜。孙喜骂大木，你妹子才嫁给那桶猪呢！长生也说，大木你狗日的就可惜钱，你就不可惜麦子？我知道他们三个人都喜欢我，我也喜欢跟他们在一起，但又有什么用呢？

　　如果硬要问我，他们三个当中，我最喜欢哪个，那么我讲给你听，我还是喜欢长生。长生做事很聪明，当然除了读书，也是最诚实的男孩。长生的爹是个村小的老师，一辈子的精力都给了农村的孩子，却把长生给忘了。周末偶尔回来，就是长生的节日，父子俩手拉手从浪平场坝的泥路上走过，长生嘴里咬着父亲买的糖果，一边仰着头听父亲的教诲。这情景曾让我十分羡慕。在小学校里，曾发生过一次偷考试卷的事件，老师开始时很高兴，以为是自己的学生进步了，再看，才发现情况不对，答案的标点号也一样呢。学校让保卫组全面调查，却只有长生主动承认，并被记了大过。我问长生，干吗要说呢？长生说，我爹让我做一个诚实的人。长生就是这么一个人。孙喜的母亲总是会扯着孙喜的耳朵或者用竹鞭抽着他的屁股，让爱撒谎的孙喜向隔壁的大木学好。孙喜很倔，说，我才不学大木那桶笨猪。孙喜的母亲无论如何也说服不了孙喜，就一屁股坐在大门坎上，嚎啕大哭。一边哭一边拍着大腿，嘴里不停地申诉，我咋个这么命苦？我咋养下这么一个不听话的崽？如果这时孙喜还乖乖地站在旁边还好，如果他走开，他妈的申诉就难听了，她会说，要懂得成这样，当初就把他丢尿桶里淹死算了，就把他丢茅厕里做粪算了。

还骂孙喜是个讨债鬼，骂孙喜的爸是个短命鬼，没良心的杂种。我们从学校回来，孙喜开始还乖乖地听他妈哭骂，渐渐地，他就不理睬了，没事一样与我们一起在矮墙上闲聊。我问他，你妈这么大声哭，不怕断气吧？孙喜说，断不了，她才不想死呢。大木说孙喜你心真硬，你妈死了你不就成孤儿了？孙喜说，孤儿好，落得自在，大木说你狗日的真是没良心。

　　孙喜的妈大哭是有道理的。孙喜的爸在孙喜还没有出世前就死了。遗腹子孙喜在母亲的艰辛拉扯下慢慢长大。寡妇生存的艰难和生活中的是非在浪平场坝上就像种子寻找到了沃土，流言蜚语从来没有从孙喜家的破屋顶上离去。岁月催人老，孙喜在长大，而我们也看着孙喜的妈从一个俏寡妇变成了一个半老徐娘了。比起我们来，孙喜更不愿回家。每天都是他率先坐在那堵好像是专门为我们而存在的矮墙上。大木不服气，有几次天麻麻亮就往那里跑，远远地看到一个黑乎乎的东西蹲在墙头，近了，才看清是孙喜，连续几次，大木知道自己无论如何也不是孙喜的对手了。

5

　　孙喜这个人显得很忧郁，但有时又显得过分激动，在学校里、在场坝上，他都只有我们这几个朋友。

　　我们还知道孙喜的一个秘密，他上小学的时候曾放了把火，烧掉了村长家的稻草垛。他告诉我们这件事的时候我们已从学校出来了。我们问他，你为什么要放火？村长管着你们一家呢，你不怕？

孙喜说，怕他个×，我还想杀了他。

孙喜的话把我们吓了一跳。我们看着孙喜，他眼中有一股阴毒的凶光露出来，我觉得背后一阵凉意，在我的心中，熟悉的孙喜此时变得陌生了。

这孙喜怎么会变成这个样子呢？

# 6

走在南方都市的人流中，我总是想起我们浪平场坝，想起我的父亲和兄长，我能猜到他们失望又惊惶失措的眼神。他们知道我投奔了南方的花花世界，但他们却很无奈。他们走不出浪平，他们能想象的最繁华的地方就是 T 县县城，他们只能任由自己的女儿、妹妹固执地出走。他们只能在心中祈祷，希望自己的女儿、妹妹好好做事，清清白白做人。他们还会到母亲的坟前乞求，乞求母亲保佑她的女儿。但这又有什么用呢？走在南方蔚蓝的天空下，我知道，一切都只能靠自己了。但我不会对不起家人的，我告诫自己。我希望自己正正当当地赚上钱，风风光光回乡，让父亲过上好日子，让哥哥们娶上嫂子。我把我的想法对长生说，长生说你回去不怕又被嫁给那副乡长。我说，去他妈的副乡长。这是我第一次说脏话，在南方这繁荣昌盛的都市里，我为自己张嘴就来的脏话感到吃惊，同时也感到兴奋，这一切都是因为置身南方的缘故。

但我们无论如何也没有想到，在浪平，我们是只麻雀，弱小的、无助的、任人吆喝、任人驱使的麻雀。为了改变自己的命运，我们来到南方，来到远离浪平的地方，我们跋山涉水，历尽千辛万苦、千难万险才到达传说中天堂似的南方，没想到在南方，我们还是逃脱不了麻雀的命运。

我们的双脚刚踩上南方潮湿的土地，就被戴大盖帽却又弄不清是什么部门的人吆喝着检查身份证。我们刚走出校园，哪来的身份证呢？我们就被关进了臭烘烘的收容所。最后还是一个肥头大耳的人把我们领了出去。我们很感激那家伙，我们都认为自己碰到活雷锋了。那家伙给我们介绍了工作，他用夹杂不清的普通话向我们描绘着电子厂工人的美好前景。大木像条小狗般不停地叫那胖家伙大哥。在电子厂待了两天，我们才明白那家伙是把我们卖给电子厂了。好不容易才从那里逃出来，我们开始体味人生的凶险。我们走在南方都市的大街上，伸长着脖子，看着路边的招工广告，细细地去理解广告上的每一个细则。但我们都很失望，特别是从大公司面试出来后，我们才体会到知识是多么重要。南方也并不见得就是属于我们的沃土啊。大木终于被一个砖厂的老板领走了，那砖厂老板想让我也去，坐办公室，但看着老板那骨碌碌直往我胸脯上转的眼睛，我还是拒绝了。

我在南方的第一份工作是酒店的咨客，站在酒店的大门口，整天笑脸迎客。老板说，不笑就扣工资，每次扣五元。开始我还能真诚地微笑，因为微笑毕竟给我带来收入。但半个月过去了，开始见多了南方的隐私，我就只能皮笑肉不笑了。我又怎能笑得出来呢？故意刁难的客人，可恶的老板娘，还有裂到大腿根的旗袍。长生来酒店看我，偷偷地告诉我，你有些变丑了。我也想，整天皮笑肉不笑，肯定会让人变丑的。长生还说，麦子，你大腿咋那样白？好多客人都这样色迷迷地赞叹，让我直反胃，长生也这样说，气得我一巴掌甩出了他的鼻血。

　　我们四个人中，长生是最后找到工作的。孙喜去了一个农场，孙喜毕竟比我们多学了些知识，在一个饲料厂门口偶然地替一位半老徐娘纠正了饲料说明书的一个错别字，他就被看上了，高高兴兴地去了郊外的农场。而长生此时还在大街上东张西望。长生曾给人送水，却又不认识路，破单车被气势汹汹的交警缴过几次了。他还干过清洁工，嘴上捂着一个大口罩，穿着黄褂子。可这些长生都没干长，不是人家辞了他，就是他炒了人家。我们都在替他失望的时候，他却兴高采烈地跑来向我报喜，他说他被一个娱乐场的老板看中了，让他第二天上班。我想起初到南方时的经历，就告诫他要小心一些，别又让人给骗了。长生说，怎么会呢？老板都给我预支工钱了。说完长生就从袋里掏出一叠花花绿绿的大票子。我真替长生感到高兴。长生说，把孙喜和大木都叫来吧，今晚我请客。

　　那晚我们喝得很开心，啤酒一杯杯地直往肚里灌。旁边的人都认为我们是买彩票中了奖，或是天上馅饼掉下来砸中我们了。其实我们并不是他们想象的那样，我们仅仅是在为自己祝福，为自己终于有了工作而快乐。我们似乎看见生活在向我们微笑，看到我们终于可以自己依靠自己活着，我们终于可以自己做自己的主人了。现在想想，当时我们是多么幼稚啊！我们高兴得太早了。

## 7

　　我们这群麻雀惊惊惶惶地生存在这座城市里。城市的主人把我们驱赶得四下乱飞，但我们还依然怀念着在浪平场坝的矮墙上晃荡光脚就结下的友情，况且亲不亲，故乡人，我们总是在寻找聚会的机会。大木有些失意，大概是与他从事的都是力气活有关吧。也真可怜大木了，一个在浪平场坝上有父母兄嫂呵护，没有受过一点苦累的大木，如今竟要与搬砖、煤气罐之类的重活为伍，并且坚持下来了。大木的每次到来，我都能发现他手上又增添了新的伤痕，长生劝他要照顾好自己的身体，千万不要有什么差池。大木从口袋里摸出钱，举到眼前，说我现在靠我自己，再苦再累都是我自找的，我甘心。我知道大木还记着浪平场坝上家中那几张嘴脸，大木从来没有向谁低过头。

长生是我们当中过得最舒畅的了。他每次来都穿得整整齐齐，还扎着领带。我们都笑他，弄得油光水滑的，像浪平乡府里的干部了。可恶的长生听到这话就问我，麦子你看我这样子比那副乡长怎样？强多了吧？我知道他的鬼心思。我说我已经记不起什么副乡长了。聚会时长生说得最多的还是他的工作，他甚至能够替我们模仿一遍他在娱乐城里发牌的动作，看他的动作，已经是很熟练了，扑克牌嗖嗖地出去，令人眼花缭乱。长生还让我们四人一起玩了一遍，大木老是玩不会，长生说他真是乡下人，这点城里玩艺都学不会。大木说，你这不是在赌钱么？长生说，我们娱乐城不干这个干什么？孙喜说，这样干就不怕警察？长生说，你们以为这里是我们浪平场坝，那几个警察想抓谁就抓谁？这是大城市，再说，我的老板以前也当过警察呢。

我看得出长生已有些热爱了他这份工作，并且十分佩服他的老板，我突然有些不安，这长生会不会在那里惹出什么事呢？但这念头也就一闪而过了。长生只是谋了一份工作，只是在替老板打工而已，又有什么好怕的呢？天垮下来高个子顶，我又这样劝

16

自己。长生似乎也看出了我对他的担心，他说，麦子、大木、老喜，你们放心，我不会有什么事的。听了这话，我们都很高兴。

我住在酒店替我们租下的平房里，旁边也住了不少女孩，但我大多只听到她们的声音，看不到她们的人，好像她们都是昼伏夜出的。她们说的话南腔北调，经常又哭又笑又叫。长生他们来的次数多了，那些姑娘才开始在我的门前露面，我清楚她们是看上长得模样不错的这三个混蛋了。我一见到那些女孩过来，就把锅碗弄得乒乓直响。长生说麦子你是不是吃醋了？气得我把一盅冷水泼到长生的西服上，心疼得他呀呀直叫唤。我知道其实我不该生这气，但一看见那些姑娘在门口鬼头鬼脑的样子我就控制不住自己。可那些姑娘却丝毫不理解我的心思，我们关上门吃喝，她们也要敲开门，过来凑份子。我还发现每个周末我们聚会，这些姑娘都会准时归来，真是些骚货啊！大木、长生他们的眼神也总往那些姑娘身上瞟，与她们高兴地说笑，一点也不顾及我的失落，我为自己的无力反抗感到悲哀。

聚会结束，我都会把他们三个送到公共汽车站。走在宽大的马路上，长生却喊脚疼落在了后边，我知道他的鬼把戏，他是想借机跟我说话。我也很高兴，有几个女孩不希望自己被男孩重视呢？可我没想到长生跟我说的不是关于我的事。他告诉我，住在我旁边的女孩都是鸡。

她们是鸡？她们穿得像个淑女，挎着漂亮的坤包，还打着小巧的手机，我还以为她们是哪个大公司的职员呢。这次轮到我发愣了。愣了好久我才问长生，是鸡你们还跟她们说得那么高兴？长生说，来的都是客么，你知道我的心思。真是个气死人的长生。

送走他们，我返回宿舍，那些姑娘还在门口说笑，知道她们是鸡，我心中就多了一份优越感，我是靠劳动吃饭，而不是出卖青春。走过她们旁边，我没跟她们打招呼，旁若无人地进了门，把她们用过的碗，当着她们的面丢进垃吸桶，我不想让这些脏东西在我的生活里边存在。

这样的聚会是越来越少了，不是孙喜来不了，就是大木走不开。而我又不愿我不在的时候他们到我那里去聚会。我不是担心他们弄丢我的东西，而是怕那些邻居姑娘。能不时见到的只有长生。长生变化得真快，转眼间他就有手机和摩托了。每次来，他都要请我去吃饭。我说长生你发财了？长生说，老板给的红包呢。我真替长生找到一个好老板而高兴。长生的老板我见过，长生陪他到我们酒店吃饭时，长生还给我介绍过，一个戴着眼镜的儒雅书生，和和气气，彬彬有礼，一点也看不出他曾当过公安，现在又是一座赌场的老板。老板大概也看出长生对我的殷勤，还对我说长生是聪明的小伙子，让我不要让他溜了。长生乐得在旁边傻笑。

我选择了一个周末去看孙喜，孙喜他们的农场在郊区，我连转了几次车才到那里，车上还被几个烂仔东捏西揉了一阵。见了孙喜，我眼泪就掉了下来。孙喜责怪我不打电话让他去接，我说我打了，有个女的说你上班去了。孙喜脸色一阴，含混地骂了一句。我的到来还是让孙喜非常高兴，他阴郁的眼神也明亮了一些。孙喜带着我在他们的农场四处走，那农场可比浪平场坝大多了，我走得脚发酸了都还没走到边，农场里种的果物和蔬菜瓜果我还是第一次见到，栏里的肥猪比我们浪平场坝上的人都干净。看得出这是个经营得很不错的农场，而且孙喜也很喜欢这里。孙喜像变了个人似的叽叽呱呱地向我描述着这农场里的东西的去向，却大都是坐火车去了香港。我们的好心情是被一个珠光宝气的妇人给破坏掉的。我和孙喜正高声欢笑时，那妇人从树荫下走出来，斜着眼盯着我，让我浑身不自在。我问孙喜这人是谁，孙喜说是老板娘。老板娘足足把我看了一刻钟，横横竖竖都看了好几遍，就把孙喜叫了过去，孙喜像孙子一样垂头听训，脸一阵青一阵紫。看情形，这老板娘是看上孙喜了，在吃我的醋呢。临走时我对孙喜说，恭喜你了。孙喜知道我的意思，把脸一沉，说，去他妈的。我说你骂谁啊？孙喜赶紧说，不是骂你，麦子，真地不是骂你，我又问不骂我你骂谁？孙喜说，我骂我自己。

## 8

我不是一个能帮人出主意的人，从来都不是。但他们有什么心事都会来找我，有什么想法也要来问我，可是我怎么能解开这团乱麻呢？我都有些烦他们这样婆婆妈妈了，我说你们三个男人，我还等你们出主意呢，怎么老是拿这些事来烦我？我骂了，他们认真地听，可还是来。渐渐地我想通了，他们并不是想让我出什么主意，他们主要是想向我倾诉，我只要长耳朵就行了。我只好满足他们把我当作红颜知己的虚荣心。但我的心思又能向谁倾诉？工作中的麻烦一个接一个地缠着我，我都快弄不清方向了。我一个弱女子，整天站在灯红酒绿、莺歌燕舞、纸醉金迷的日子旁边，与放在油锅上煎熬差不了多少。

但可恶的长生并不顾及我的心情，或者说他看不出我有什么心事，他像擂自己家大门一样狠命地擂我的门，旁边的小蹄子都伸出脖子来看，请他进屋休息的声音此起彼伏，我知道，再不开门，长生就会以为我还没回来，就会钻进旁边的屋子等我了。我不能让长生误入歧途，只好拉开门，长生也顺势跌了进来。

我知道长生是个非常聪明的人，但我没想到长生竟会有那么聪明，到城市里不到半年，他就学会了赌场上别人几十年才能学会的技艺，并且得到了老板的青睐，成了总领班。长生看着我欲言又止，我自己先急得忍不住了，说你有什么就快说，别像母鸡生蛋似的。长生还是不说，我就说，再不说我就走了，我还要上班呢。长生这才说，麦子，你看我该怎么办？

原来，老板想让长生在赌场上做老千。

在浪平场坝尽头录像厅里，我们没少看过香港的录像片。里边的赌王不管什么时候、什么情况下，总能临危不惧，力挽狂澜，把一大堆哗哗响的筹码刮到自己的面前来。曾经都认为那赌技真是神奇，仿佛神助。但长生说，狗屁，那都是有窍门呢。

现在长生的老板就是叫长生学这种窍门，那老板是看中长生的聪明伶俐，心灵手巧胆子大。长生说，老板向他许诺，只要他愿意，就配车给他，还给他赌场的股份。我问长生股份有多少？长生说一个月少说也有几万吧。

我被长生嘴里吐出的数字惊呆了。几万？那该是我多少年才能挣得到啊！我说那你做什么还不决定呢？我们不是出来挣钱的么？一边说长生我甚至在想，要是我是个男的就好了。

长生说，可这是欺骗人啊。我说都讲愿赌服输，你管那么多做什么？长生说你不知道，前几个月就有一个人输光了跳楼自杀呢。我问，死了吗？他说，死了，脑浆白花花洒了一地。长生说我不想做，我只想当侍应生，我一想到那白花花的脑浆我就害怕。

我还从来没有见过人的脑浆。长生这么一说，我也有些害怕，这样赚钱是有些不道德呢。但我又不懂怎么劝长生。我要去上班了，长生扶着门框对我说，麦子，我不想做，你说呢？

我说，不想做就不做吧。你那么聪明，可以另外找一个工作。长生说，那就不做吧，我听你的。长生一身轻松地走了，看着长生的背影，我又有些替他为失去这个有钱的工作而惋惜。

我自己其实也陷入了困惑中，我已经被三家酒店炒掉了，而正在待着的酒店的老总常常找各种借口把我叫到他那配着卧室的办公室，动手动脚。我警告他，我可不是小姐。他说，知道我不是小姐才叫我，我身上有一股清纯的气息吸引着他呢。我不知道什么叫清纯气息，我只是不想让他占我的便宜。他说他的屁股后边有一大帮女孩呢，他想选谁就选谁。我说那你就去选啊，关我什么事？老板说我不识抬举，就把我从总台发落去端盆子。与我一同端盆子的胖乎乎的四川女孩说，老板叫去办公室的都做轻松的事情了，你咋还来这里呢？我却不懂如何回答这缺心眼的胖家伙了。端了几天盆子，我累得手脚发软，双眼昏花了。回到宿舍，躺到床上就哭起来。我真希望大木、长生、孙喜他们能来安慰我一下，但他们好像都死了一般。只有旁边宿舍一个被长生称作鸡的姑娘来劝我。我把一肚子的酸楚全说给这个还算顺眼的姑娘听，没有想到她却说，他要动你就让他动呗，就是他叫你睡也不是不可以，睡了也不少什么东西。况且他还会给你钱，谁会和钱有仇呢？那姑娘还笑我说我是封建脑袋，南方的最后一个处女。看她说得越来越邪乎，我就把她赶了出去，闭上门继续哭。

我弄不清楚，我们从浪平出发，来到南方，却碰上这么些事情。难道我们真的只能是浪平场坝上的一群麻雀，整日困在无聊中的井底之蛙么？

比起我的迷失，大木显得就有些悲惨了。

大木也先后换了几个地方，但可怜的大木都没有碰上讲良心的老板。他总是被老板以各种理由扣发工钱。想想大木整日挥汗如雨地劳作，最后得到的却是这么一个下场，我们能不气愤么？我们一直在劝大木离开，可大木嘴上答应却从不行动，我们弄不清楚，这大木是不是存心让老板欺侮。

人世间，有些事情是在人的预料之外的。我们总是会碰上预料之外的事，但大木，却偏偏碰上了我们预料之中的事。

他的一只手掌，叫打砖的机器给吞了。

接到一个贵州口音的女孩报信后，我赶紧通知长生和孙喜往大木所在砖厂去。费了好大功夫到了砖厂，却仍见大木躺在床上，血淋淋的手掌都露出了白骨，疼痛折磨得他大汗淋漓。见到我们，从没哭过的大木只喊了一声麦子就昏过去了。报信的小姑娘只知道哭。长生扯上自己的衬衣给大木包住手，背起他就往医院去，长生让我和孙喜去找那老板。砖厂的生意很好，车来车往，人声鼎沸，我们找到那位满嘴金牙的老板，说大木的事，还没说完，他就不耐烦地打断了，说我跟他们签有合同，生死自负。我还要说，他就挥手像赶麻雀一样赶我们出来，说断一只手有什么？人死了也是这样呢。孙喜说我们要去告你。那老板说你一个外地人能告我什么？我有的是钱，还搞不定几个工仔？老板举起手打了个响指，门外就涌进几个大汉，老板说把这几个要告我的人轰出去。最后我和孙喜只能鼻青脸肿地从屋里爬出来。

去了医院，大木却还是没有得到医治。长生在门口打电话，一脸的焦急。我问他，咋不让医生给包扎一下？长生说，医院要先交押金，我的钱不够。我和孙喜都把口袋翻遍了，仍是不够，孙喜差点就给那冷冰冰的医生跪下了，还是不行。大木在长椅上呻吟起来，那贵州小女孩赶紧把大木的头抱住，说大木哥，我在这里。小女孩的眼泪掉落在大木脸上，大木的声音就小些。我们似乎都知道大木不愿离开的原因了。但我们来不及多想。我对长生说，要不我回去找人借一点吧，孙喜说，还是我去。长生说，都不用，我跟老板说了，他说他让人送钱过来。我不大相信长生有这么大的面子，就说，有把握吗？长生说，我们老板说话从来都是算数的，我们就等着吧。

我们终于等来了一辆风尘仆仆的车。但我们没想到，车上下来的竟是长生的老板。他只跟我们点点头，就走到交费的桌旁，他的随从把一扎没有开封的钱重重地砸在那玻璃台面上，医生看着冷冷的老板和一脸煞气的随从，换了个人似的，一脸温柔地给大木做手术。大木终于睡过去了，我们长吁了一口气。长生、我、孙喜都向老板走去，我们想说一句感谢的话，没有他，大木不知道还要拖到什么时候，但老板不等我们张嘴就说，你们都别说了。他又对我说，如果我没记错，你叫麦子吧？我说，是的，老板。他说，别叫我老板，叫我大哥吧，往后你们有什么困难都可以找我。孙喜说那大哥就先帮我们与大木的老板谈一下吧。老板对他的随从说，拿着我的名片，去把那杂碎请来。

我们知道金钱的力量，老板的随从不就用钱把那医生的脸色由阴砸转晴了么？但我们不知道一张名片也有这么大的力量，砖厂老板夹着包，满头大汗跑进医院，像一条听到叫唤的狗一样，直冲着长生的老板作揖，要长生的老板多多包涵。长生的老板说，你这个砖厂值多少钱？看来你是不想干了，这几个都是我的兄弟呢。大木的老板一听这话就像中了枪子一样，跪在地上，求长生的老板放他一马，他说不知道大木是老板的朋友。长生的老板说，你现在知道了，就应该知道怎么办了吧？大木的老板说，知道了，知道了。长生的老板又说，我会让人来过问的。长生的老板说完就不再理睬他。他就只好把长生老板的随从交的钱从医生的抽屉里取出来，恭恭敬敬地还给随从。长生的老板见事情也差不多了，就对我们说，让这位小姑娘先看着他吧，我请你们吃饭。

孙喜说，你帮了这么大的忙，应该是我们请你才对。老板说，也好，我们就去了一个酒店，老板给我们点了酒和菜。我到了南方，也进了不少酒店，知道老板点的酒菜都不便宜，但我也是第一次吃，味道真的非常好。我们都去向老板敬酒，随从和长生更是头都凑在一起了。吃饱喝足，孙喜去柜台结账，却又被吓了一跳，这顿饭钱比大木医院收的押金还要多，孙喜一脸尴尬地站在柜台前不知如何是好，小姐却说有人结过了。我们知道一定是长生的老板结的。老板要走了，长生吞吞吐吐地要说什么，老板说，长生你想说什么？长生停顿了一下，表情越来越凝重，他双手握成拳对老板说，大哥，我不走了。老板拍着他的肩膀说，好兄弟。

后来还是那贵州姑娘告诉我们，大木是为了救她才伤的。那姑娘被繁重的体力劳动给累昏在传送带上，为了挡住转动的齿轮不让它压到姑娘的手，大木就伸出了自己的手。孙喜问大木，她是你的女朋友？大木说，我没有向她说过。孙喜说那你做什么这样笨呢？为一个莫名其妙的人牺牲自己。大木说除了你们，就是她最关心我，她叫我大木哥呢，除了你们，也只有她不嫌弃我。

听了大木的这些话，我、长生、孙喜都不知道说什么好，我们只好嘱咐那贵州姑娘好好照顾大木。

在南方，我们最后一次见到大木，是砖厂老板赔了他六万元钱后，他特意来告诉我并且给我们每人五千元。我没要，我说大木，我不要这个钱，你留着自己用吧，我们都是兄弟姐妹呢。孙喜和长生也没有要。大木知道我们无论如何也不会收他的钱，有些失望。大木说，麦子姐、长生哥、老喜哥，我会记着你们对我的关心，我想和姑娘去她家乡。我们被他的话吓了一跳，这大木总是让人吃惊。我说，你考虑好了吗？你就不告诉你家人一声？大木说，考虑好了，她是个好姑娘，我和她的事我只想告诉你们。长生说，那就去吧。还是读书多的孙喜说得好，他说，大木，你去吧，我们祝福你！大木也说，麦子，你是我的姐姐，长生和孙喜都是我的哥哥，老弟也会祝福你们！孙喜和大木的话惹得我们泪流不停。看着大木和姑娘上了长途客车，我在心中说，再见，我们一起在矮墙上晃荡双脚的老弟。

## 9

在我的印象中，孙喜从来都是清醒的，从来没有糊涂过。孙喜也从来不愿乞求别人，也许是他们家孤苦的家境养成了他这副性格。但我没想到孙喜这混蛋第一次犯糊涂，竟然是犯在我的身上。

又是一个周末，孙喜来找找，孙喜的到来让我很高兴，

我说我们做饭吧。孙喜可有可无地说，随便吧。看他的样

子，我知道他是有事想说，我就对他说，打电话叫长生也过来吧，我们好久都没有聚会了。孙喜说，下次吧，下次再叫长生。我估计他一定是有什么不想让长生知道的心事，男人都是这样，生怕别人看透了自己，我也就随他了。饭菜都很简单，孙喜说，麦子，喝点酒吧，我想喝酒，我说，那就喝吧。我与孙喜喝的是葡萄酒，没有多长工夫，孙喜的脸就跟那酒一般颜色了，眼神也越来越不对劲。我赶紧把桌子收拾了，我对孙喜说，老喜，你有什么话想说就说吧。孙喜却把头埋在膝盖上低着嗓子呜呜地哭起来，像狼嗥、像狮吼。听他的声音，我想他肯定有很伤心的事。我拍着他的肩膀说，老喜，男子汉大丈夫，有什么好哭的，顶住，我还说我们在这里靠自己劳动生活为什么要哭呢？让人笑话呢。孙喜的哭声渐渐地低了，只剩下抽泣。我把沾了水的毛巾递给他，我说，老喜，抹一把脸，有什么过不去的呢？

我没想到，这孙喜竟一下子把我抱住了。

我的大脑一片空白，手脚都愣住了，直到孙喜的嘴在我的脸上弄出湿漉漉一片时，我才清醒过来，我清楚地听到孙喜不断地说，麦子，我爱你！

可是我不爱你啊！我想，我想挣扎，可孙喜的手把我抱得更紧了，还在我胸前乱摸。我好不容易才腾出一只手，往孙喜的脸上甩出一个响亮的耳光。

老喜，我一直把你当作兄弟啊。我说。

不知是我的耳光有力，或者是我的话太清楚，孙喜一下子松开抱住我的手，傻傻地看着我。过了好几分钟，他又蹭到地上，呜呜地哭起来。

我说老喜，对不起，我一直把你当作自己的亲兄弟呢。

孙喜含混不清地说，麦子，我昏了头了，我怎么能这样对待你呢？我真不是人。

我说，老喜，我不怪你，你一定有什么伤心事吧？你跟我说吧，像说给你的亲姐妹听一样，你说出来，心里就会好受一点。

如果不是孙喜自己说，我怎么也不会相信，在我们虽然封闭，却也民风古朴的浪平场坝会有这样的事。

孙喜和他的寡母艰难地生活在浪平场坝上，孙喜的母亲并没有别的奢望，她只希望能安安稳稳过日子，把孙喜拉扯大，也就对得起黄泉下的丈夫了。但村长却不让他们母子俩过安分日子，牛高马大的村长总是在黄昏时分走进孙喜家，对孙喜的母亲东拉西扯。年幼的孙喜熬不住瞌睡，却总是被母亲的哭泣惊醒。我知道那时村长的权力有多大，但没想到那村长竟这般无耻。孙喜的整个幼儿阶段，都是在村长的牛喘般的声音和母亲的厮打、哭泣中度过的。透过并不十分严密的墙缝，看着村长喘着粗气像狗一样趴在母亲身上，孙喜真希望村长死了，恐惧充满了年幼的孙喜的脑海。

孙喜渐渐长大了。开始懂事的孙喜发现，母亲竟然也在悄悄地变了。如果以前是村长以自己的权力要挟母亲，那么现在则是母亲有些主动地迎合村长了。母亲总是有意无意把门留给那个畜牲，让他像进自己的家一般容易。母亲的行为让孙喜愤怒，然而更多的则是感到耻辱。

我终于弄清为什么孙喜总是喜欢在矮墙上待着了。

孙喜为了避开家中留给他的阴影而与我们一起到了南方。但他没想到又一个阴影把他给罩住了。孙喜来找我的头一天，他的老板娘向他发出了最后通牒，要么留下，要么滚蛋。老板娘爱上了孙喜，准确地说，是爱上了孙喜年轻健壮的身体。老板已经太老了，老得令老板娘烦躁不安。老板娘总让孙喜有意无意地看到她肥硕的裸体和丰厚的钱夹。但在孙喜眼里，花花绿绿的钱是美丽的，而肥硕的裸体则像刨光毛的猪。好几次，孙喜都被老板娘的手攥住了命根子，但孙喜还是逃脱了。在孙喜的印象中，老板娘是在以手中的权力威逼、引诱着他，令他总是想起浪平场坝上那畜牲村长。三番五次的拒绝，老板娘已经恼羞成怒。老板娘有着与有钱人一样的通病，什么东西满足不了自己的愿望就要把它毁掉。

孙喜说，麦子，你说我应该怎么办啊？

孙喜说，我想离开，可是我又去哪里找工作？我还能找到这样一个收入好的工作么？

孙喜说，麦子，帮帮我吧。

我想孙喜是真糊涂了，这种事情，我能帮什么忙，孙喜失望地走了。我也糊涂了，只好去问邻居的姑娘，她兴奋地说，你这老乡真笨，这种好事还不做，真是笨到家了。我又与她说孙喜对我犯糊涂的事，那姑娘说，他不是犯糊涂，他清醒着呢，他只不过是试探你对他的态度，如果你说爱他，他就会从那老太婆身边走开，你拒绝了，他肯定上了那老板娘的贼床。

我不相信，我不相信孙喜会出卖自己。但那姑娘说，不要那么肯定，连你自己，我想都会有那么一天呢。她笑着说。她以为我去问她，她就有权力对我胡说八道了，你不过是只鸡而已，我在心里骂她。我说，你真是狗嘴里吐不出象牙来。那姑娘说，你也不要那么傲，你心里想什么我都知道，我也是像你一样过来的。

# 10

我的堕落是我自愿的。

我永远也不会忘记在南方都市长街上的一幕。那天正好我休班，外面的阳光很暖，难得有这样的好天气，我和一位工友在长街上溜达。我看中了橱窗里摆的一套时装，在老板热情的招呼声中，我们走进了时装店，兴奋地把那套时装试来试去，漂亮的时装令我的心情也如同外面的阳光一般灿烂。可是等到交钱的时候，我们才惊呆了，我们看错了标价上的小数点，将2000元的服装看作了200元。我们只能尴尬地向老板说我们没有那么多钱，老板一听就变了脸色，非要我们买下不可，不买不让走人，任我们如何哀求老板也不松口。没有一个人来帮我们说话，人们就像看猴戏一般把我们围攻在中央，任由老板谩骂，老板说没有钱你去偷去抢啊！没有钱你就去卖自己啊！没有钱到我的店里耍什么威风？老板亲自动手搜我们的身子，在伙计的控制下脱下我们的外衣，我能感受到围观的一双双眼睛冒着兴奋的红光，老板怀疑我们是来偷东西的了。我们委屈的泪水和清白的身子都没能止住老板戴满戒指的手。当我们只剩下乳罩和裤衩，老板也没找到他想找到的东西，我们就被伙计推到了大街上，南方的阳光开始热辣辣地照着我们，南方人冷漠而兴奋的目光恨不得剥掉我们最后的遮羞布。我们像两只玩偶，任人玩弄，任人欺侮，因为我们没钱。因为我们是穷人。我想起浪平场坝上的父亲和兄长，他们也是穷人，所以他们被人看不起，所以娶不上老婆，所以要以自己的妹子去巴结一个副乡长。

我为穷人感到悲哀，从心底。

我想起那被称为"鸡"的姑娘的话，反复地想，我知道，我也走不出这个宿命。

我打电话给长生，我要长生马上过来，我说你再不过来，你就再也找不到以前的麦子了。长生在那头急起来，问我出了什么事。我说没什么事，我只是想见到你，在今天晚上。我说的话应该温情脉脉，但却显得那么生硬，长生说我马上过来，你哪也别去。

长生惊慌失措地赶到时我已准备好了饭菜，还备了酒和一对红烛。我什么也不说，只是坐在桌前。长生说麦子你出了什么事？我请大哥来帮你摆平。大哥就是他的老板，在这个城市没有他摆不平的事。我说这不关任何人的事。我举起一杯酒喝下去，说这是敬大木的，我又端起一杯酒喝下去，说这一杯是敬老喜的。

长生见我的泪水不停地流下来，就抓住我的手说，麦子，别喝了，出了什么事你就跟我说。我没应他，继续倒下一杯酒，端着对长生说，长生，这杯是敬你的。长生有了哭音，他说麦子你急死我了，你到底有什么事？我抹掉脸上的泪对长生说，长生，你看好了，麦子漂亮不？长生说当然漂亮。我说麦子好不？长生说，麦子是我心目中最好的女孩。我说，那你爱麦子吗？长生说不出话来了，我知道他是激动得说不出话来的，这话他早就想说了。但我问他，他却说不出了。我又说，长生，你爱我吧？长生结结巴巴地说，爱，我爱麦子，我一直都爱你呢，麦子。我的泪水又一次哗哗地流了下来。我说长生，你把红蜡烛点上，把电灯关了。被激动得手直颤抖的长生哆哆嗦嗦地去把蜡烛点了。我说，长生，坐近些。在浪平场坝的矮墙上总抢着往我身边挤的长生却迟疑了，仿佛我是个炸弹。我又说，长生抱住我。长生颤抖着把我搂在怀中，我能感觉到他有力的心跳。我问长生，你是不是觉得我贱？长生说，没有啊，我心中只顾得上高兴呢。我在长生怀中躺了好久，让自己的情绪稳定了些。我对长生说，长生，你懂得我为什么点红蜡烛吗？长生说不懂，我说，长生，你今晚把我要了吧。长生一听这话就像抓住一个红火炭一般跳了起来，说麦子你这是怎么了？我说长生，我今晚只想给你。我把长生抱住了，吻着他的眼和嘴，长生在我的引导下也激动起来。我感觉到长生的生命之根的坚硬。我呻吟着脱下自己的衣服时长生却把手放在蜡烛上烫了一下，发出一股焦香味，他说，麦子，我爱你，但我不想这样做，我要把这幸福的时刻留到我们结婚那一天。

我在长生的怀中大哭起来，长生你这个傻瓜阿！

我知道，我和长生已经没有了那一天。

第二天，我走进了老板的办公室，我对一脸惊讶的老板说，我还是个处女，你看着办吧，往后的一切，在我的记忆中都是一片空白了。

## 11

自从我走进老板办公室后，我就换了住的地方，我把呼机、电话全改了号码。我决心与从前决裂，况且我也不愿让他们看到我这个样子。我已不是他们心目中的麦子。但我还是忍不住偷偷去看他们。我常趁老板不在的时候，到长生他们娱乐城对面的饭店，找一个临窗的座位，看长生进进出出，我时常自己对自己说，长生、孙喜，大本在远方为你们祝福，麦子也在为你们祝福。一这样说的时候，我总是弄得自己泪水长流。

在浪平场坝上，生命是坚硬的，再苦再难的日子，人们都会过下去，苟且偷生也好，碌碌无为也好，生命都在坚强地存在下去。但长生，我深爱着的长生的生命却是那么脆弱。那天我依旧坐在临窗的座位，那里的侍应生已习惯了，只要一看到我进来，他们就自然地把我往那里带，人多的时候他们也给我保留着。我听着对面的娱乐城传出沉闷的声音，我的心一颤，我知道里边肯定出事了。闹哄哄的人群洪水一样涌了出来，被踩住的人哇哇大叫着，我站起身来想往那里去，但可恶的羞愧又让我停住了脚步，让我造成终生遗憾。里边传出来的是枪声，一个输得精光的家伙提着枪，把老板和出老千的长生射杀了。与长生一起工作的工友后来告诉我，子弹击穿了长生的胸部，长生倒下的一刻，捂着伤口大叫麦子、麦子。他们说长生的叫声就像是在呼唤自己失去的灵魂一般忧伤。我知道，长生在呼喊我的时候一定是充满了泪水，长生不想死啊，长生一定还想着我们结婚的那一天，但长生却永远也不知道我已经把那一天给弄丢了。我跟老板说我要去看我兄弟，老板说我也去吧。我说我的兄弟在停尸房，老板就不想去了，老板也不让我去，他觉得那里晦气，不吉利。我说我自己去吧，如果你觉得晦气我就不回来了，老板说还有两个月合同期才满呢，你不想要剩下的钱了？我说我兄弟都没了，那钱你爱给就给吧。老板说算了，就当我做了回善事吧，你也不用回来了，钱我都给你。

我找到孙喜，我对孙喜说我要回去了。我说我不想再在南方漂泊，梁园虽好，终不是我们的家。孙喜说你等我两天好么？我想一下。孙喜的老板娘听说了长生的事，对我们和善了好多。她也知道我与孙喜不是一路人。她说老喜你回去能做些什么呢？孙喜说，我也不知道。老板娘又问了几次浪平的情况，就说，老喜你想回就回去吧，不要忘记我，我过了春节会去一趟浪平，也许我能在那里投资呢。老板娘的语气使我相信她已深深地爱上了孙喜，但我已无心去取笑孙喜，我只想快些把长生送回浪平。

我们四人，长生、孙喜、大木和我，我们从浪平出发，去寻找自立自足自尊的生活，去寻找我们所憧憬的未来，可是我们又找到了什么呢？大木去了遥远的贵州，长生横死他乡，剩下我和孙喜也是不明不白，过着一种难以启齿的生活，我们努力了，我们曾拼尽了全力，但我们还是没能实现内心的愿望。怪谁呢？怪社会？怪我们自己？这真是一个让我头疼的问题。

我和孙喜抱着长生的骨灰和公安局开具的死亡证书回到浪平，我们的乡亲就像打量怪物一样打量着我们，忘记了为死去的长生忧伤。长生父亲的头发全白了，这个辛劳了一辈子的乡村教师，他怎么也弄不明白，一个规规矩矩的儿子，怎么就给弄没了呢。他不吃不喝地坐在桌前，看着化作一撮灰装在盒子里的儿子，没有嚎哭也没有眼泪，我想这就是悲伤到了极致吧。我已没有了多少悲伤，在回乡的一路上，我抱着长生的骨灰盒，已经把一切都想开了。

## 12

家人对我的回来既不显得高兴也不见得厌恶。父亲和兄弟都淡漠地对待我，我知道，我外出这几年，他们一定听到了许多关于我的传言，他们一定非常失望。但他们不知道，我已不是当年的我，我已经能够面对任何事情。家中仍然是那么贫困，两个哥哥仍然没有娶上亲，晚上吃完饭，我从袋里掏出一叠钱放在桌上，说，这是给两个哥哥娶嫂子的费用。父亲说你一个女孩家，去哪里弄来这么多钱呢？我说爸你就别问了，爸勃然大怒，把包扎完好的钱砸在我的身上。我把钱捡起来放进自己的袋子回了我的房间，我能隐约听见堂屋里传来的吵闹声，并且越来越大。我以前就习惯他们的吵闹，一个贫穷的家庭，吵闹已成了固定节目。我累了，连日的奔波和心灵的疲惫使我很快靠在棉被上睡着了。我没想到大哥却来了。我那蛮牛般的大哥像羞涩的小姑娘般搓着双手站在我面前，嘴里嗫嚅着，要我别理父亲，他已经老糊涂了。大哥的目光老是瞟向我那黑色的口袋。我说大哥，我不怪爸，我把钱重新从袋里拿出来，对大哥说，这里有四万元钱，留一万给爸，剩下的你和二哥娶嫂子用吧。大哥一听有四万元，都不敢接那钱了，身子像打摆子般摇晃起来。这也怨不得我大哥，他长这么大，怕是连一千块钱都没有碰到过呢。我说大哥，你拿去吧，明天你自己存到银行去。大哥看着钱，说了声，麦子——大哥的喊声很劲、很温柔，在我的记忆中，只有在我们的母亲还健在，生活还不错时，他们这样叫过我。我不禁鼻子发酸，我说哥你去吧，我想睡了。大哥双手捧着钱走出了我的房间。堂屋又传来了说话的声音，很轻，最后是父亲的咳嗽声和吐痰声，很有力。我知道，父亲和两个哥哥已经接受那些钱并已作好安排，我有些伤心，却又弄不清是为自己还是为他们。

第二天清早还没起床，我就听到屋外有人叫我父亲，说我的两个哥哥在信用社门口与人打起来了。我爸问来报信的人为什么打，来人说他们两兄弟去存钱，旁边的人说他们存的是麦子卖肉的钱，父亲操了把柴刀也追去了。我赶紧起床往信用社去，远远地就见我的两个哥哥和父亲正挥舞着柴刀木棍高声吆喝，说谁再敢嚼舌头就打断谁的腿。周围的人像麻雀一样被他们凶狠的目光驱散了。我的父亲和兄弟，仿佛一夜间腰杆就硬多了。

年关已越来越近，浪平场坝到处都弥漫着喜庆的气氛。我去看孙喜，问他过了年有什么想法，他说等老板娘再说。我说她会来吗？孙喜说，会来的。孙喜又问我有什么打算，我说我还没有想好呢，过了年再说吧。我和孙喜还是去了大木家，问大木的爸，大木写信回来没有？大木的爸说写了，想回来呢。大木的嫂子在旁边说，回来？丢脸丢够了就想回来？想都莫想。看这个样子，我们知道说什么都不好，只好走了。

家中有了些新的气象，年也许会过得好一些。大哥取亲的日期就订在正月初十，父亲和二哥在准备过年的物品，我和大哥在为他迎亲作准备。大哥说，麦子，大哥谢谢你，我听了大哥的话有些高兴，一直沉郁的心情好了许多。

## 13

我怎么也想不通，大木，那个老老实实的大木，那个说要为我们祝福的大木怎么就会把他的哥嫂给砍死了呢？

初一的早上，浪平场坝就沸腾了，不是过节的热闹，而是场坝西头的张家杀人了。张家就是大木家，人们像潮水般向西头涌去，我和孙喜也跑了过去。到了大木家门口，见大木的哥嫂都横躺在大门口，一个血乎乎的，衣衫褴褛的人坐在门坎上，我们一看，那不是大木吗？

　　大木的衣服烂得太不像话了，头发胡子一般长，青紫的脸色一看就知道是饥饿造成的，去了贵州的大木怎么会是这个样子呢？我和孙喜对着他大喊，大木。大木转过头看我们一眼，就倒在了地上。我和孙喜要去拉大木，警察来了，把大木拖进了警车。从大木邻居兴奋的诉说中，我才知道大木三十晚回到了浪平场坝，乞丐模样的大木把他的邻居吓了一大跳。在四处噼啪直响的过年的炮声中，大木被自己的哥嫂拦在了大门外，邻居惟妙惟肖地学着大木的嫂子的诅咒，说你死在哪里都可以，只要不死到屋里来；说你是哪里来的乞丐来这里讨食呢？说我家的泔水喂猪喂狗也不给你一瓢；说张家的脸都让你丢尽了，你还有脸回来？你死远点去吧。大木的大哥在旁边一声不吭，仿佛他也不认识这位兄弟，大木的爹妈也不出声，屋外的大木似乎是一个与他们完全不相干的人，大木家的大门原本是开着的，要纳过年的喜气，这时却关上了，关得严丝合缝。大木的邻居叫大木进他家去，大木拒绝了，大木就坐在他儿时常坐的门坎上，在凛冽的寒风中，在这年的喜庆中，坐了整整一夜。初一的早晨，大木的哥嫂依浪平的旧例起来开财门，刚伸出头，大木手里的木棒就砸下去了。

　　我和孙喜都在心中怨恨大木，你这个不懂事的兄弟啊，你怎么不来找我们呢？难道我们会嫌弃你吗？

　　我们的心中也百般不解，大木带着六万元钱去了贵州，咋就混成了这般模样。

　　只用了半天工夫，警察就把这个杀人案结了，我们也可以去看大木了。我和孙喜隔着拘留所的铁栏杆，看着里边的大木，我和孙喜都心疼得流下了眼泪。我们给大木送去了新衣服和刚热过的饭菜，大木呼噜呼噜地吃着，我说，大木，你吃慢点，别哽着了。大木却停下了，抬起头，我看见大木满脸的泪水，大木说，麦子姐、老喜哥，我长生哥怎么不见了？听到大木的话，我已再也说不出话来。孙喜说，大木，长生他死了。大木坐在了地上，直问，怎么会呢？怎么会呢？孙喜说，大木，你告诉我们，你怎么会是这般样子呢？大木说，麦子姐、老喜哥，一言难尽啊！

我们可怜的大木兄弟，怀里揣着六万块钱，就与那姑娘去了贵州，大木在贵州与那姑娘起了房子，高高兴兴地住着。但随着口袋里的钱的减少，姑娘家的人对大木的热情也在降低。大木没有了右手，做事就少了几分灵活。渐渐的，那姑娘也和她的家人一般的言辞了。到了最后，大木竟被姑娘家的兄弟们赶出了家门。大木并不怪罪姑娘，他不能忘记姑娘给他的温情，他不想让姑娘和他的家人翻脸，大木只能选择离去。大木朝着家乡走，朝着我们浪平场坝走。他想，即使任何人都抛弃他了，但他还有故乡。在每一个寒夜，每一个黎明，他都在寻找着家乡的方位。在回家的途中，大木风餐露宿，日夜兼程，一路乞讨。他被人骂，被狗咬，被驱赶，被侮辱，他都忍受住了，只因为我们的大木兄弟想念家乡啊！

大木没想到，他还是被家乡抛弃，被他的家人抛弃了。

我和孙喜趴在栏杆上对大木大喊，大木，可是我们不会抛弃你啊！

大木说，麦子姐，老喜呵，我知道你们不会抛弃我，但我受不了他们那种眼神啊。你们不知道，一看到他们那种眼神，我的最后一丝精神也崩溃了。大木已经把家人称作"他们"了。

我们说，大木，你怎么那么糊涂啊？在南方那么苦我们都顶过来了。

大木说，这些都怨我自己，麦子姐、老喜哥，往后我再也不能为你们祝福了。

孙喜说，大木，你别说了。

大木说，麦子姐、老喜哥，你们去给长生哥烧纸的时候告诉他一声，我就要去给他做伴了。

我和孙喜又哭了起来，那是我哭得最伤心的一次，我想，哭过这一次，我再也不会哭了。

# 14

过了正月十五，孙喜的老板娘真的来了，带着一大帮人，让孙喜领着她在浪平的田坝上走动，越走越来劲，越走脸越潮红，老板娘问孙喜，这些田地能租下来么？孙喜说，估计能吧。正想到政府去咨询，听到消息的书记乡长却先来到了孙喜的家，让孙喜的母亲受宠若惊。老板娘向书记乡长提出租地的要求，乡长很爽快地答应了，地租比老板娘想象的便宜了一半，老板娘在浪平期间，也不住旅社，而是住到孙喜家的破屋中，甜甜地叫孙喜的娘作干娘。

仅仅十来天，老板娘投资一百多万元的种植公司就挂牌了，孙喜任总经理。县、乡的领导都来了，都来祝贺这个全县第一个农业综合开发公司早日发财。租出地的农民都成了公司的工人，地租收着，工资拿着，孙喜成了他们的恩人。乡领导也开始把孙喜供奉起来，孙喜引来的公司为他们在全县挣了大脸，添了政绩，已经有风声要提拔他们了。

乡里的书记问孙喜，还有什么想法没有？

孙喜说，我想当村长。

书记说，村长不由乡里任命，得选呢！

孙喜说，只要你们提我做候选人就行，其它事情我自己搞定。孙喜来找我，希望我也加入他将来的村委会班子。我说算了吧，我还是想清静些。

没过多久，孙喜真地被选做了我们浪平场坝的村长。那天，他让人到老村长家门口放了足足半小时的鞭炮。从前那牛高马大的村长缩在屋里面也不露面。又过了两个月，孙喜在村街上拓宽道路，让乡法庭把老村长家搬迁到了大坳脚下。老村长看着悲悲戚戚的一家人，咬着牙对孙喜说，你会遭报应的。

我在场坝上开了一家饭店。人总是要有一些事来做的。我的饭店很小，只有四张桌子，我招了两个清清秀秀的村里小姑娘来帮我的忙。孙喜说，麦子，你为什么不开大一点？是钱不够么？我给你。

我说不是，我只是想过日子罢了。

我的饭店虽然小，但孙喜不管来什么客都往我那里领，我知道孙喜是在帮我，但我见到那些乡干部毛糙糙的手总往那两个小丫头身上游，我就有些恶心。我说孙喜，往后要来你自己来就行了，别带那些人来。孙喜说好吧，孙喜就真地只是自己来了。有时我也会和孙喜一起喝一两杯，聊聊往事，我说孙喜，我们四个人出去，长生死了，大木被抓了，我们最后也转回了浪平，你说这是怎么回事呢？是不是命中注定我们走不出浪平？

孙喜说，不去想它了，喝酒吧！

我们的日子，就这样在淡淡的酒气中，一天天逝去，与父老乡亲的日子没有两样。

## 15

我说过，我们浪平是个盛产传说的地方。

我们，长生、孙喜、大木和我，我们的经历，在我们乡亲烦碎而无聊的日子中流传着，有着各种各样的版本，连我们自己，都认不清传说中我们的面目了。

我们渐渐习惯了这种到处是传说的日子。

浪平场坝上的麻雀依旧在毫无目的地乱扑腾。

场坝尽头的矮墙还在，只是坐在上面晃荡双脚的人已换了好几茬。

许多的年轻人，又从浪平出发了。

# 桂 西 往 事

那个夏天刚迈开半步的时候，爷爷那只硕大的酒糟鼻就预感出这不是个舒心的季节。他的心中充满了那种收拾停当准备出门却又被暴雨羁绊的烦躁不安的滋味。他老人家在那片佛手瓜棚下坐不到半分钟便又匆匆起身走到炎阳下，一会儿又转过身来温习同样的动作。不恭的父亲说爷爷此时此刻有如热锅上下不来的老蚂蚁。我知道这是父亲在发泄他对爷爷的不屑与不满：爷爷从未给他带来什么好处；不仅如此，爷爷作为一个三十八年一贯制的村党支部书记，还压迫他避开了唾手可得的许多好处。父亲因此很早就与爷爷分开另过，住进他自己挣来的豪华而土气，一看就知道是乡村建筑队手艺的小洋楼，把爷爷和奶奶遗留在小土墙房里，形同陌路人。父亲以他的殷实供我修完了从小学到大学的学业，但我时刻都认为是桂西这片土地上的不肖子孙。记得在大学念书的时候，只要我在头晚的梦中呼喊"打倒父亲"，第二天准能收到令许多同学眼热的大额汇款单，我不知道这是种什么心理。

爷爷脸上从嘴角爬向耳根的刀痕不自然地抖动着，如冬眠中突然受到刺激的蚯蚓。他想理出个头绪，弄清心中那股感觉的来历，但脑子又乱又空。他的思绪一会儿活跃一会儿停滞，一会儿五彩缤纷一会儿苍白惨淡。爷爷想这狗日的日子咋过着过着出了怪呢？他那蛰伏在心底的匪被这莫名其妙的情绪勾引了出来，"噢"地一声大叫把脚踢在歇凉和的石墩上。佛手瓜棚上那条晒太阳的菜花蛇被吓得跌了下来，支楞着头望着爷爷发呆。六十五岁的爷爷更是怒火横生，抓起蛇尾巴抢成一轮风车。

这时候是一九八八年的夏天。

父亲站在他的小楼上远远地看着爷爷，对母亲说，老头上火了，你去弄两瓶泄火的东西去看看吧。

母亲说：你去看一下不行吗？

父亲生了气，你不知道这段忙得尿都少屙了么？父亲一生气牙就疼，父亲的嘴里全是被虫蛀空了的牙。母亲看着他歪咧着的嘴脸，说，活该，众人选你做村民小组长你就当是捡着了只金元宝。父亲想吼两句，可牙齿更疼，便吸溜着风捂着脸匆匆下楼出去了。春上村民小组的茶叶丰收，各家都摘了好几百斤的干茶叶，连五保户王瞎子也有百来斤。父亲觉得几十年来头一次有这样的收成，又是自己当了一年小组长的时候，真是好兆头，备不住年底选上个村长或村公所主任当当。现在越来越民主了，谁能干谁上。父亲一想起这话就高兴，看老头还能怎样控制我！让父亲心焦的是这茶叶在乡里县里都卖不出个好价钱。远处一斤就多了四元，他想把茶叶弄到外地去，让小组的人卖出的茶叶每斤多上两元，剩下的两元就作自己的辛苦钱、买路钱，也是一笔不小的金额。几天来他的心思就是绕着怎样把茶叶弄出去而又不课那重税来转，如抓住捱上税，还能弄个鸟钱？父亲已偷偷地联系到一辆军车，如弄妥了就算一帆风顺了，军车，军事任务，谁敢拦？父亲为自己这个绝妙的点子顾不上牙疼嘿嘿笑了起来。

奶奶坐在佛手瓜棚的阴影里，看着爷爷，说，去找李铁嘴卜一卦吧，他的卦摊又开张了，人多着呀。

放屁。爷爷说，你这婆娘总爱出些×歪点子。

就你正经，奶奶说，人家李铁嘴是在工商所领了执照的，政府也不干涉，听说乡长也去卜过呀。

乡长？乡长算个×，爷爷又吼起来，老子带人扫李铁嘴的四旧时，他还不懂他妈是公是母呢。

人家可年年都是先进党员。奶奶顶了一句。

闭上你那×嘴。爷爷把手上的旱烟杆往树桩上一磕成了两截，喘着粗气走入炎阳中。拴在裤腰带上的那只岁月斑驳的老酒壶一下一下极有节奏地拍打着他老人家依然紧凑的屁股。爷爷高兴时喝酒，烦恼时也喝酒。他站在炎阳下眯起眼睛看着烧得正旺的太阳，酝酿半刻，打出个充满感情的喷嚏，然后伸直鸡脖子似的喉咙，咕噜咕噜灌酒。

那个黄昏奶奶看着爷爷直往喝空的酒壶里灌酒，灌得溢出了壶口，奶奶就知道爷爷又将彻夜不归了。积多年的经验，奶奶知道这时绝对劝不住爷爷这回执的老牛筋。惹他恼了，备不住还得吃拳头。四十余年同一张棉被下历经的日子里，奶奶曾无数次吃过爷爷的老拳，这不但没有增加他们的隔阂，反而使他们更显得牢不可分。奶奶看着爷爷壮实的影子飘进那片灰色芭茅花开得轰轰烈烈如火如荼的芭茅林，那里边有一块这片高原上独一无二的赤色陨石，爷爷的目的地就是那里。奶奶坐在佛手瓜棚下，看黄昏天际的斑斓色彩一块块剥落。当最后的归鸟驮着如血残阳隐进桂西茫茫苍苍的山背后的时候，奶奶听到爷爷在陨石坐着自言自语，"铿，我这辈子喝了差不多十缸酒了，你还喝得过么？对，你喝不过了，认输了？那就起来，陪我一会，别老躺着，来，碰一杯！"爷爷往自己的喉咙里灌一杯，就往陨石旁倒一杯。爷爷的眼神有些混沌，银白的胡须上挂着冰凌似的酒珠。奶奶有些伤感：自己陪了他几十年，却没有那叫铿的人一般令他时时挂记在心。

在那赤色陨石旁待了一夜，也做了一夜梦的爷爷发现那个黎明来得特别早。枯黄色的晨曦照在芭茅叶面的露珠上，折射着炫目的光泽。没有风、芭茅林纹丝不动，小鸟的歌声还在睡眠。目明耳聪的爷爷听到的是露珠艰难跌落草丛的无奈呻吟，和刺眼阳光的金丝发出的嗡嗡的振鸣，就如静夜里拨弄极细的丝弦发出的声音。爷爷看着大如筛子的深红火珠在山脊上搁着，鼻子就有些滞塞。一只罕见的大鸟惊惶地越过芭茅林飞到山后时，爷爷的身子开始了颤抖。似乎是在一刹那间，芭茅林一齐律动起来，晶亮的露珠纷纷跌落。爷爷觉得无边的芭茅浪都是朝自己涌来，沉重的空气让爷爷张大嘴巴。爷爷拎起空空的酒壶，匆匆钻出芭茅林，往村里去了。

整个上午，爷爷都觉得胸中有一股火想冒出却又老冒不出，他便提了重新灌满酒的酒壶在佛手瓜棚下折腾，用酒使劲去浇那股无名火。快到中午，他已灌过三壶酒，灌得眼睛发红，嘴唇发紫。奶奶有些害怕，在她的记忆中，仅有一次爷爷喝过这么多的酒，那时爷爷还年轻，壮实得像头小公牛。爷爷灌酒下肚的声音极有节奏，咕——嘟嘟，以往奶奶觉得这种声音最撩拨人心，这天却觉得这声音是那么刺耳吓人。

当爷爷喝得银白的胡须一根根抖擞地翘起，酒香四溢的时

候，一溜小车驶近了佛手瓜棚。奶奶漠然地坐在石凳上看那些衣
冠楚楚的人下了车。一个秃顶老头把另一个大腹便便的老头引到
正走神的爷爷面前。大腹便便的老头的眼睛变换着各种滑稽的姿
势观察爷爷。过了半刻，突然双腿一跪伏在了地上，颤悠悠一声
"大哥"叫得充满了欢欣和酸楚。奶奶看着秃头和一群提着黑色
公文包上衣口袋里最少的插了两支笔的人都如意地微笑起来。奶
奶觉得这微笑怎么有些恶心？依在木桩上的爷爷瞪着地上的老
头，眼睛眯了又圆，圆了又眯。他使劲地揉揉，一声暴喝从地而
起，"是你狗日的？""是我，大哥，我回来了。"跪着的人说。
"你还敢回来？老子当年搜你把桂西的地皮都翻了三遍。""唉，
大哥，那些我都忘了。""忘了？你忘了我可没敢忘！"爷爷以四
十年前的敏捷拎起沉沉的酒壶，在众人的惊呼中稳稳当当地砸在
跪着的人的额上。血和酒在那倒霉的家伙的脸上流淌起来。秃顶
老头泄气地皮球般软了下去，胖胖的指头指着爷爷叫了声"你
——"就再也说不出话。爷爷看着酒和血掺在一起辣得那老头尖
声呻吟，心里的火就开始熄下来。一溜小车又影子般远去了，他
的脸上恢复了夏季以前的慈模善样。

　　第二天，秃顶老头又板着脸来到佛手瓜棚下，勒令爷爷写检
讨。秃头的气势就像一个饱经家庭不幸的老师在训那傲顽的小学
生。原来被砸的老头已不再是当年爷爷手下的叛徒，而是从海外
归来腰缠万贯的爱国侨胞。秃头一群献媚讨好，为的是让西装老
头掏出袋子里的美金给县里办间工厂，给太阳下的老狗一般要死
不活的县经济添些元气。可给爷爷这一酒壶，再好的事也将泡
汤。秃头说你几十年党龄，这么一点觉悟都没有，一切都得服从
发展经济的大局你知道么？爷爷说老子没这觉悟，只懂得脖子上

长的家伙是脸不是屁股。铿就是被这杂种害死的你知道么？知道知道，秃头说，要向前看，不要总拘泥于历史，我们县还穷，还有好几千户人连贫都未脱，需要帮助，县长把他当成救星了你知道么？爷爷破口大骂，放你娘的驴子屁，有奶便是娘啦？还不滚老子砸断你几根肋巴骨。秃头看着爷爷一脸紫气，老酒壶激动地在他老人家腰间晃荡，赶紧夹着皮包颠着碎步跑了。又过了几天，有人来通知爷爷，干了几十年工作，怪劳累的，休息年把再继续干吧！爷爷没说话，待了半刻就交出了掌管了近半个世纪的大印。爷爷嘴唇嗫动两手抖索着掀开蒙着大印的红绸时，父亲正站在他的小楼的阳台上心情激动地张望，然后跑进屋内抱住母亲连亲了好几口，让好多年没有了这般经历的母亲目瞪口呆。她以为父亲不是酒醉就是神经不大正常了。

县里的厂子还是办起来了，那西装老头说本来不想投资，这里投资环境太差了，交通、通讯、技术、市场都达不到投资要求。但挨了爸爸那一酒壶，他就决定投资了，无偿投资。不是为了别的，只为爷爷心中那股气。"没这种骨气办什么事都不行。"老头临走时对秃头反复说，令秃头百思不解，早已很少的头发又掉了大片。他让秃头转交给爷爷一根很精巧的拐杖。爷爷愣了半天，藏了起来。那个晚上爷爷又走进了芭茅林。隔着远远的山野奶奶听到爷爷苍凉的嗓子唱着掺了酒的歌谣：

> ……
>
> 农友们，团结紧，
>
> 新生活，靠我们
>
> ……

四十几年前，在我们桂西这片土地上，曾如那号称桂西第一

峰的岑王山一样，矗立着两个显赫的家族。这是两个花炮世家
——钟家和刘家。钟家和刘家的始祖原先跟同一位师傅学艺，与
许多俗气的故事中说的一样：两位小徒弟同时爱上了师傅那如花
似玉的独女儿，于是就产生了些难以说清的纠葛。纠葛的结果是
两位师兄弟分道扬镳。烦恼的师傅看着自己两位心爱的高徒为自
己的独女儿要死要活，直恨自己当初没养下两个姑娘，最后干脆
一口气接不上撒手归了西。师傅独女看破红尘，入了三川洞做了
尼姑，清灯木鱼度一生。师傅西逝，师妹出家，更添了师兄弟的
仇恨。反目成仇的俩人各自划地筑寨较起劲来。星移斗转，岁月
悠悠，一代代人生了又死了。生生死死，死死生生，斗劲的念头
总不曾减弱，各自都使出最绝的招数，要使自己的花炮胜过对
方。一时间弄得桂西这块僻地远近闻名起来，往南的贵州、往北
的云南都有络绎不绝的客商慕名而至。

在桂西人的记忆中，老钟家的兴旺是老刘家的比不过的，人
们认为这与一族人的底气有关。老钟家最初只有一个作坊，到了
民国初年，他们的作坊的规模有了空前的扩大。由微小的一个衍
生成庞大的三个。并在泗城府、安龙州等地设立了门店，日进斗
银。这是老钟家最兴盛的时期。只是到了钟祥这一代，连生五个
丫头，成了绝户，老刘家才开始占了上风。老刘的婆娘撒泡尿一
般顺溜就生下了四个如虎似豹的小子，气得老钟牙肿。

多年后奶奶对我说，我那曾外祖父每当看到老刘家的四条小
伙站在作坊门口试燃新做的火药，放新做的鞭炮时，就会把自家
的门和窗全都关上，狠揍我那可怜的曾外祖母，仿佛是她给钟氏
家庭带来了灭顶之灾。但曾外祖父对五个如花似玉的女儿却百倍
珍爱，他不但为她们请来女红师傅，还请来了个穿长袍留黄胡子

的老贡生，教授之乎者也子曰诗云。他似筋竹鞭荸麻叶碎瓦片等严酷的家法迫使奶奶和她的四个姐姐泪花涟涟地裹起三寸金莲。看着女儿们莲步轻移、如柳如烟的娇样，老钟祥心中才有些快意。

那时候的桂西，整日都有"咕——嘎——"的声音在起伏的山脊上回荡，装点着寂静的桂西。那是老钟家和老刘家的花炮作坊里飘出的碾花炮的声音。作坊里的师傅们把牛皮纸卷在一根小棍上放进弓形的木制压炮机里来回碾，卷成一只只炮筒，然后再由那心灵手巧的奶奶和她的姐姐们填上药，插上引火绳。老钟祥沉浸在自己作坊里发出的"咕——嘎——"声中，愉快地呻吟着。他仿佛看到来年春天钟家大败刘家的情景。每日清晨，老钟祥都要在自家门口的白窝里放上两只震天响的花炮，看朦胧的小鸟被吓得惊慌失措，看璀璨的烟花在空中开出一片片辉煌。他还把黑火药放在自己的手心，引火点燃，反复寻找手心是否留下黑火药燃不透的残渣。如果手掌上干干净净，他就相信这天又是个好日子。

老钟祥得意的还在于有许许多多年轻力壮手巧的小伙子到他的作坊里义务帮工，着火药搓引火绳、编炮串，作坊里整天都回荡着愉快的笑声，促使工效又提高了几倍。对心理学无师自通的老钟祥从不去干涉，他在心中为女儿们订下了只要不脱裤子就行的原则。扛枪的猎手，专营炮竹的商贾纷至沓来，踩得老钟祥的城堡前的青石板光滑照人。他已不再为只有五个女儿而悲哀。他打定主意要牢牢地控制住她们，他几乎把自己想象成了老练的放筝者。看着女儿们的影子一日日变长，他觉得彻底弄翻老刘家是指日可待的事了。

　　老刘家也厉行改革。看着四个儿子日渐成人，心思愈野，老刘就走遍了云贵及两广的州府，弄来个风情万种手艺高超的女子来率领他的儿子们开始备战。他满以为他这个爱色如命的老子播下的种子也一定会被这妖娆女子迷住，乖乖地在作坊里施展身手。事实却证明他完全错了。四条大小伙子只在作坊里与女子合作了小半天，就提拎着猎枪上山了。在他们眼中一枪撂倒一头野猪什么的比撂倒一个女子更来劲。没过多久，老刘准备用一年的炮药就被他们玩去大半。老刘多次看到老钟对抬着野猪扎着裤脚粗声嚎气归来的儿子们不怀好意地伸出拇指叫好。伤心的老刘咯了血，咯了血的老刘大发威风，挥了马刀气势汹汹扑过去要斩了整日在山野游逛不务正业的顽劣儿子们的脚筋。当然这只是一种恐吓，虎毒不食子，他还没笨到真拿自己儿子开刀的份上。他只想造造声势把儿子们震住，老老实实在作坊里继承父业。待到一杆筑实火药装上铁砂张着机头的汉阳造猎枪抵住他后膛心时，他绝望了，马刀掉下砸在他自己的脚背下。拿枪的是浓眉大眼络腮胡的我爷爷，他的幺儿子。三个哥哥见父亲被弟弟吓得瞠目结舌四肢僵硬眼睛停转的傻样，高兴得直在地上打滚。老刘想，这真是群野仔，老刘家变种啦。一股深沉的悲哀浸透了他。悲哀不已的老刘夜半时分爬上了妖娆女子的床，恶狠狠地向她讨还花去的大笔银钱。

　　老钟祥的女儿们渐次进入了及笄年龄，他以深远的目光为她们选择好夫君，然后把她们依次嫁出去。老钟祥看着女儿在忧怨的唢呐声中远去没有半分伤感。他相信嫁出去的女儿，收回的将是权势，没有亏本的买卖。大女儿嫁的是县党部书记的儿子，二女儿嫁的是驻军的营长。老钟祥不是凡人，二女儿嫁不久，他就荣任桂西地方民团的团长，掌握了一批人和枪，虽然人还是那些在自己作坊里干活的人，枪还是长短不一的猎枪，但毕竟算是支队伍。老钟祥打算把剩下的三个女儿拿去与城里的实业家和政界要人联姻，圆他那灿烂辉煌的梦。他却没想到一个野小子碎了他的梦。

奶奶对她的四个姐姐很是不屑。她说姐姐们就像是父亲圈羊的绵羊。她对姐姐们的不屑自幼而来。姐姐们被裹脚勒得眼泪汪汪也不敢学小妹转身就把裹脚布蒙住看家老狗眼，让它老跌跟斗；把软骨的凤仙花籽泡的药水全喂了牛，养得那头种公牛骨头酥软站不起身。她一直认为姐姐们把父母之命媒妁之言当作至高无上的婚姻准则是受父亲长期统治和那位老贡生不怕人耳朵生茧的说教的结果。奶奶说她曾在十四岁的一个夏夜里怀里揣了把剪刀要去干掉老贡生，只是因为老贡生脱光了身子盘腿坐在床上占卜才羞得转身而逃。

钟刘两家历史上最后的一次花炮赛是在一九四六年的一个春日的黎明。曾经目睹过那次赛事的人都称那是空前绝后的一次盛事。奶奶说开赛那天偏远的桂西来了数万之众。

稳操胜券的钟家花炮队由老钟祥的女婿、女儿组成。女婿及团丁舞龙，女儿放炮。钟家浩荡的队伍举着火把刚进入老刘的视线，老刘这个一生都追求着辉煌的胜利的老头就觉得似乎是一支送葬的队伍来了。老钟家的队伍越来越近，老刘脑海中勾命小鬼的脚步声越来越清晰，快要把他给淹没了，他求救般看了一眼自家的队伍，领头的四个儿子竟离开龙头看不远处的山坡上"轰轰"地试着看客带来的猎枪。穿了长褂的老钟祥踱着八字步坐到老刘旁边，老刘看着老钟祥满脸得意的笑容，就想迎面给他一炮，打成个大花脸，让他再也笑不出。老钟祥问老刘四位公子怎不见啊？老刘一下子愤怒到了极点，操你个老姆娘，明明见那四个野仔在山坡上，却假模假样来问我。

"嗵嗵嗵"一阵铺天盖地地枪响，比赛开始了。钟刘两家的炮队各自占据了点炮台，铜鼓大锣一筛，老钟家就冲天放出了七色的头炮。人们的目光都随着燃着的炮芯往天空飘。近极目处时，又一声深沉炮响，一面写着涂金大字"福禄寿喜"的彩旗在绚丽的烟花和如浪如潮的欢叫声中冉冉下降。老刘家的头炮也放出了一只七色头炮，飘起一面"如意吉祥"旗。二炮钟家打出六色"人财两旺"；刘家打出六色"五谷丰登"；三炮时各家施出绝招同时打出九色"龙凤呈祥"。天空中弥散着缤纷的烟花，仿佛是贴上去似的，渲染着早春的黎明美丽热门非凡。极诱人的火药的清香浸透了看客的肺腑。三炮打过，老刘见打的是平手，悬到喉咙的心掉下来一半，他不停地雇家人快去上香，祈求祖宗和各路神灵大仙庇佑刘家不输，他想现在不输就是胜了。也斜了眼借摇曳的火光看老钟祥，老钟祥仍是笑眯眯有模有样，慢吞吞翘起兰花指捏了茴香豆，有滋有味地喝女婿孝敬的老酒。老刘的心迷糊起来，他想这老家伙心中打的是什么算盘呢？再斜了眼看看，竟从心尖尖生起一阵莫名恐惧。老钟祥把老刘的一举一动全看在眼里，他想先让你高兴一下，然后再把你颠下马背，让你哭也来不及，好戏在后头呢。他相信第二场斗龙他老钟家是赢定了，看老刘家四个狼崽子毫无规律，没经过调教的散乱步伐，再想想自家龙灯队为练一个"回龙吐尾"步法就花费了五十两银子，他坚信钟家没理由不赢，老钟家一手擎起桂西天空的日子就要到了。

安排出场顺序时老钟老刘又动了翻心思，老刘心满意足地抓到了后上的签。而老钟抽了先上签时则想起了老虎和滚了身厚泥的牛打架的传说。

锣鼓擂出一阵激昂的花点，四乡八寨的人都放起炮仗烟花。老钟家请来的两位放彩火的老把式以各种姿势往举起的火把上用酒和了颜色的松香纷。火一燎，天空就出现一遍彩色烈焰，浓浓淡淡的烟雾把空场子渲染得一片朦胧。老钟家的龙灯在烟雾中忽隐忽现，那龙头从头到尾有九节，应和着"龙生九子"的传说。每节竹篾为骨，彩布为皮，骨肉麻线牵联，衣用彩色绘饰；龙体内置了烛座，燃烛其中，通体明亮，犹如真龙现世。它一个腾龙而起，高盘龙门之上，昂首挺立，左右摇头窥视刘家炮仗队的虚实，展现了龙王威震寰宇的气势。这一优美的造型叫"鱼龙曼衍"，把看台上的人们唬了个闭嘴噤声，过了半刻又齐声狂呼，为老钟家龙灯的头一式叫好。

老钟家的龙灯跃场中，老刘家的炮仗队也从另一侧扑入，开始了激战。老刘家的炮仗队手持火炮对着老钟家的龙灯猛射，倾注了全部激情，似乎要把龙灯射燃把舞龙灯者烧得皮开肉绽跪地求饶。钟家龙灯毕竟训练有素、步伐一致，腾挪得当。龙珠纵观四面八方，稳住阵脚；龙头左摇右晃、巧妙适体。龙尾因势利导，随了龙头的节奏闪腾跳跃，活泼机灵喜煞人。老钟家的龙灯在刘家炮仗队的猛烈进攻下，依然有条有理、娴熟默契地耍了"穿龙门""过龙桥""大梅花桩""小梅花桩"等把式，反"穿龙门"一项就翻出了"闭龙""反背""滚沙""双飞蝴蝶""走之字""回龙吐尾""滚珠""双龙朝凤"这九种花色。人们的呼叫声把十八面铜锣鼓的聒噪完全淹没了，一个个眼珠暴凸，嘴角流涎。刘家的炮仗队员如痴如醉，完全忘了自己的使命，偶然一醒，结果把炮射到了自家人身上，把头发胡须燎了个精光。看台上的老刘也惊叹不已，忘了这是对头冤家。在老刘的记忆中，桂西耍出这样好的龙灯，这还是头一回。待他回过神来，锣鼓声已宣告头阵结束。

老刘家的龙煤上场了，这是条八丈长的黄龙。老刘的儿子们招来的伙计冲天放起枪，宛如阵阵电闪雷鸣。黄龙一个纵跃跨过龙门扑入场中，气宇轩昂地连做出"金龙缠柱""盘龙门""龙打双滚""回门花"等造型。人们都为老刘家队伍的雄健欣喜，也为他们缺乏扎实的步法担心。老刘的心随着龙的跃动也左右上下直晃荡。老钟家的炮仗队持了炮仗走，朝龙脚射，一群帮闲抢了炮仗在旁边等了好久，这时也趁乱射开来。火花直往玩龙灯的人的赤身上溅。龙的长毛开始冒出焦烟，它着火了。持龙头的爷爷身上被烟花燎起一串串火珠。龙开始发狂了，它拼命地往周围闪挪。人声嘈杂，锣鼓大响特响，老钟祥在看台上笑着。老钟家的炮仗队四面围住黄龙，恶狠狠地射。黄龙的步伐开始散乱，渐渐地有两节龙身软了下来，持顶杆的汉子被刀小子绊倒了。炮仗烟花贴近了人烧，有几人叫了起来，他们的肌肤变了颜色，火花发出细微的啸声扑来，只好弃龙而逃。一条八丈的黄龙被老钟家的炮仗烟花烧得一毛不存，只剩下光溜溜的骨架，能动的只有龙头。但这只黑乎乎的龙头在一个雄健的彪悍粗犷汉子的把持下依然顽强地在老钟家烟炮的包围中凶猛腾挪，那是我爷爷。黎明的霞光中可见他全身没一块肉不绽开皮，裤子成了战败的旗帜，赤裸的上身有黑色的液体在流，那是浸透了烟灰的血。他双眼暴凸，铁牙紧咬，全然忘了场上人噤声、鼓停敲。看台上的老刘忍受不了自家光秃秃黑乎乎龙头的刺激，早已昏过去。

父亲对这场赛事却不为然，他说那两辈的老刘家的人全是吃饱了撑的，斗那些气干吗，多弄些钱让日子过得舒畅些方是最应当做的事。父亲的一生似乎都是在围着钱和权转圈子，虽然他挣钱是不忍心村人很少能穿件齐整的衣服，干部也只能穿前面是"日本"后面是"尿素"的尼龙袋做的服装，在外村人面前抬不起头。他对权的最终追求是当上村长，能充分而有效地使用全村的森林、土地资源及自然资源。在父亲的眼中，走村串寨经商的老李三才是桂西山地的伟人，而自己做出好东西也不知卖出个好价钱的祖辈父辈一个个都是肩扛着牛鸡巴不懂得换肩的笨卵角色。六十年代初父亲初涉人世时就往李三的破屋钻，全然不顾李三阶级立场与自己截然不同。可以说父亲的生意经埃塞俄比亚得益于李三的言传身教。困难时期李三偷偷地携着父亲担着山里芭芒扎成的扫把换回两担木薯，救活了不少濒临死亡的乡人。爷爷对父亲这一行为深恶痛绝，终于把他扫地出门。父亲想李三也许会饱受老头子的残酷镇压，但李三始终平安无事，也许这是爷爷觉得除了这再没别的办法救人了。

多年后，奶奶说起那个激烈的场面，爷爷总是羞愧难当。唯一能搪塞自己窘境的办法是冲奶奶说："刘家输了你咋又跟上我了？"奶奶的老凤眉一扬："还不是看你那可怜相觉得好玩。"说完又沉浸到当年的浪漫中去了。

我奶奶那年十八岁，这正是个开始春心荡漾的年龄。十八岁的奶奶被爷爷那副宁折不弯的硬汉子风度折服了。她觉得刘家这野小子是她所见到的最男人味的男人：他那有棱有角的方脸是石匠用花岗岩凿成的；那结实挺拔的身子就像巍巍的岑王山；奶奶甚至把爷爷下身迎风飘扬的破裤子想象成桂西山野上高傲飞翔的岩鹰的羽毛。于是就在老钟家大摆庆功酒，老钟祥喝得酩酊大醉的时候，十八岁的奶奶以她的果断和反叛精神溜出钟家城堡，穿过一片炒饭花林子和荆棘丛，去看望伤痕累累、正受着老刘的责罚的爷爷。其时爷爷正对了窗户跪着，裸着脊梁任父亲一鞭鞭抽打。奶奶把她的一双凤眼搁在窗棂上，泪汪汪地看着爷爷，那是一双纯净得出水的大眼睛。爷爷想这眼睛怎么那么那看呢。爷爷第一次觉得女人真他娘是个美妙的东西，他当时就恨不得冲过去亲亲那双眼睛。二十岁的爷爷如痴如醉了，这是一种与捕获猎物的那种如痴如醉全然不同的感觉。老刘自己扬累了胳膊宣布惩罚结束，爷爷还迷迷糊糊地问：爹，打完了？把老刘问得个大眼瞪小眼。

爷爷和奶奶的爱情之火迅猛燃烧。每个黄昏他们都不约而同地溜出家到那片芭茅地里幽会。一九八六年的时候爷爷看了一部写爱情的电影后曾批评里边的亲吻细节，说那简直就像他娘的狗在啃骨头。"老子当年，嘿嘿！"我完全能够想象出爷爷奶奶在茅草地里初涉爱河的细节，偷油老鼠般亲上一口，又被火烫般松开，咂咂嘴，又做贼般凑在一起。爷爷奶奶的爱情之火越来越烈。他们白天也要凑在一起，看着对方，心中才能安静些。爷爷曾说过，奶奶的大眼睛就像一泓清澈透凉的湖。看着，就想闭了眼一头扎进去，再也不愿出来。爷爷去约会奶奶，手中总提杆油亮的猎枪，一高兴他就嗵嗵地放枪，把芭茅花震得漫天飞舞，缠得他们一身洁白。

高兴过了头的老钟祥终于发现了蛛丝马迹，他咬牙切齿地诅咒，要把爷爷抓住砍成七段喂老狼。他却没想到在他赌咒时爷爷奶奶已在芭茅地里走出了人生中惊心动魄的第一步，我爹待在奶奶的子宫里日益壮大。

老钟祥把奶奶吊起，抽断了三根竹鞭，但奶奶仍没说出老钟祥想听的"我不啦！"之类的告饶声。抽断第四根鞭子时奶奶说她早已是刘家幺儿子的人了，生是刘家人，死是刘家鬼。老钟祥豹眼圆瞪，喷着绿火，"老钟家不能输！"他朝手下的团丁吼着，令他们立马提了枪去捉那刘家的幺小子。

团丁们围了刘家土堡，进得屋去，只见老刘正跷着二郎腿喝酒，见了团丁，没事般问做啥来了？乡里乡亲的，做哪样这般气势汹汹？团丁说你幺儿子拐了团总的女儿，要捉他问罪。老刘说问个鸡巴，老刘家输了龙灯，失了天大的面子，老钟家只输了个人，老刘家吃点亏扯平。团丁说别放那么多屁，团总说不见你儿子就以通匪窝匪罪把你这土堡烧个干净。老刘想想老钟家强大的后盾，看看团丁们肩上刚换上的锃亮的家伙，开始有些后怕。这小子也他娘邪了，老子弄了个洋招数土法子都通的娘们给他偏不要，硬去勾引对头的女儿，滋味难道不都一个样么？老刘的身子有些颤抖，说话也结巴起来。团丁们等了小半天仍不见人，撕下乡亲的面子举了火把就要往作坊里扔，爷爷这才从神案后跳出来，大咧咧伸了手让团丁们捆。老刘此时已瘫软在地，爷爷对他的老爹说，起来吧别丢尽老刘家的骨气，怕它个鸡巴，一人做事一人当，他老钟家又不是阎王殿。说完就走在团丁的前头往老钟家去了。

老钟祥在他的堂屋恭候爷爷，他满脸挂着不阴不阳的笑。爷爷觉得他的笑容真恶心，就往地上使颈地啐了泡口水。老钟祥仍然一边脸晴一边脸阴，他想老刘家这缺乏教养的野小子咋会把自己的女儿给蛊惑住了呢？看着爷爷一双透着野气的眼，他觉得他是个难缠的小子。

老钟祥以婉转的口气跟爷爷商量，说自己也算是一方土地之主，谋事总以宽容为怀。现在给你两条道儿自己选，一条是绝了跟钟家女儿的心思，写下保书，永不来往，这样可相安无事。另一条就得看你的运气了，进关着饿了五天的豹子笼里。能活着出来就放一条生路，想做什么就做什么。出不来就别怨天尤人只怨自己命不济。爷爷从老钟祥的眼神、笑容和语气中察出了他对自己的蔑视。他知道老钟祥一定在心里想这小子见了红着眼的豹子就该吓得流尿了，还敢进笼去？乖乖滚吧。爷爷越想越气愤，一声狂吼掀翻了老钟祥面前的条几，"老子去给豹子松松筋骨！"爷爷的回答把人们都怔住了，这小子真被女人迷住了心窍？连命都不想要了？老钟祥在心中兴奋直叫娘，表面上却不动声色，假惺惺地劝爷爷别去冒那份险，豹子厉害着呢。爷爷的愤怒又一次爆发出来。爷爷叫老钟祥拿酒来，再要几斤野猪干巴送酒。老钟祥乐呵呵地满足了他的要求。爷爷抹着嘴上的酒珠和油污走向豹笼时，已是醉眼朦胧了。当一股浓烈的腥臊气迎面扑来，他才清醒过来，心中生起一阵凄婉悲壮的感触。五天未进一滴水一口食的豹子激动着双眼抖着胡须狂舞地前后左右向爷爷扑击，爷爷喝下的酒全化作冷汗出了，弓着身子开始了紧张的周旋。那豹子瞅准爷爷的身子，两只爪子在地上略略一按，和身往上一扑，从爷爷头顶窜将下来，爷爷一闪，闪到豹子后面，挥起铁拳就往豹子腰眼上猛击。受到攻击的豹子把前爪搭在地上，腰一掀，尾一摆，转过了身来，与爷爷头打了正正的照面，把爷爷逼进了死角。已闻到爷爷的肉身清香的豹子满怀豪情双爪一拨把爷爷撩翻在地，张开血盆大口就去咬爷爷的头颅。赤身的爷爷躺在地上使劲一滑，从豹子爪子下逃脱，身子被锋利的豹爪划得皮开肉绽，鲜血直流。赤红的鲜血更刺激了豹子的神经，"嗷——"地一声怒叫，长长的獠牙刺进爷爷的大腿，掀出一团白花花的人肉。爷爷疼得一阵狂叫。但我那铁汉子爷爷狂叫时仍没放松半分精力。他一只胳膊挽住豹子的脖子，另一只拳头直捣豹子的右眼，"啵——"地一声响，豹子的右眼凹了下去。疼痛难耐的豹子狂啸厉嚎，卷起铁条般的尾巴抽在爷爷胳膊上。爷爷手一松，跌倒在地。急切难耐的豹子一个纵步又跃过了头，把腰完全露在爷爷面前，酒力骤发的爷爷一跃跨上豹背，双腿夹紧，提起双拳尽平生之力往豹腰上打，只听"嗵——"一声响，狂怒的豹子塌了下去，腰断了。一声哀嚎迸出，豹子一命呜呼。

外边围观的人早已吓傻吓呆了，老钟祥面无血色，手足无措。又一次如意算盘打错了，他只好在众人面前实现他的诺言，任爷爷的兄弟们抬着一个血淋淋的身子远去。半夜时分，老钟祥派了团团对刘家土堡进行了一次围剿。提前得到奶奶传来的消息的刘家人早已分作几路跑了。爷爷的土匪生涯也这样开始了。

文化大革命的第二年，爷爷被造反派当"老虎"给打了。造反派说他匪性不改，在新时代还残酷地镇压革命战士。爷爷也确实镇压过一些人，他兼着大队的民兵营长，他让民兵们把那些好吃懒做，只懂搬弄是非，靠嘴皮子混日子的假庄稼人统统抓起来，一根麻绳拴了，送专业队管制改造。爷爷回答造反战士说，那是些什么鸡巴革命战士？爷爷的话激怒了造反派、被勒令挂上"土匪残余"的大木牌走村串寨，坦白做土匪那辰光的事情。夜深人静时，爷爷才得片刻安宁。他坐在门口的青石上，对着清凉高远的夜空感怀：唉，那时候的桂西，是我们的桂西啊！

那时候的桂西交通闭塞，没有车马大道，只有曲曲弯弯坎坎坷坷的山路在老林子间和崇山峻岭上慢慢地游。当官的想进桂西，只能坐那两抬的轿子，但也总是被山路的艰险颠出黄胆汁。在桂西那些长髯飘飘的高寿老人的记忆中，桂西这片土地上从来不曾进过官军。唯一的军事力量便是老钟祥的民团了。所以说爷爷在岑王山上的土匪生涯是极逍遥的。

老钟祥派重兵围剿刘家，当场把老刘吓得眼斜嘴歪归了西，可怜的老刘虽是条喝桂西山泉吃桂西山谷受桂西山风磨砺的汉子，胆量却比一只山里的灰毛兔还小。许多年后爷爷说起他这位背运的父亲，总是深深叹息。爷爷相信如果老父亲胆量大些，多几分反抗精神，备不住桂西山野上就会崛起像韶山的毛家一样显赫的家族，在日后的中国历史上有一席之地。

爷爷的两个兄长也就是我的大爷二爷见老头子呜呼哀哉，就一把火点燃自家的土堡，把老钟祥的一群兵丁烧死在土堡内做了老刘的殉葬品。而后溜上了山，寻找爷爷去找了。上了年纪的人都记得那场使钟刘两家彻底反目的大火。他们说空气中充满了烧烤人肉的绝妙的香味，凄绝的哭叫声震撼得山脊也在发抖。大火烧了三天三夜。刘家城堡最后以废墟的姿势留在桂西山野。

我的大爷二爷投奔爷爷逃进岑王山的结局很不一样。惊惶失措的大爷二爷迷了路分了手。大爷投进了流窜股匪许麻子的队伍中，许麻子是一位凶残得令如今的桂西人还用来吓唬不听话的孩子的老土匪。他生得其貌不扬甚至有些丑陋，出了名完全是凭着他凶狠残忍。他曾掏出无数个孕妇肚里的胎儿用油炸了吃。解放军进山的时候，他抓了两个受伤掉队的战士，把那还鲜红跳动的心当地吃下。这样变态的土匪自然没落好下场。近朱者赤近墨者黑，大爷投了许麻子，自然也没干出什么好事情。我的大爷是刘氏家族史上的一大污点，让刘氏子孙羞于提及的污点。多年后我的档案袋中，我的单位领导把爷爷等稍微有些亮色的人物删除，只留下大爷这该死的家伙杀人抢劫淫人妇女的可耻记录。我完全能够想象出当那位对我百般器重甚至想把独女儿许给我的上级抱着我的档案如抱一颗定时炸弹般的忧心。所幸的是大爷终于没有活过四九年的冬天，不然刘氏子孙将有多少会被他牵联。四九年夏，兽性大发的大爷孤军作战，奸淫民女，被爷爷的队伍捉住。在铿的忠告下，焦躁不安的爷爷只好一枪把大爷的脑浆子给撂了出来，脑袋破裂的声音如瓦罐坠地。爷爷因此深受解放大军首长的好评，但爷爷还是流了不少的泪，偷偷地去坟头祭奠了好几次。我的二爷当初被一阵山风吹迷了眼，糊里糊涂走出了桂西。当他第一次看见城市的高楼和不息的车辆时，他几乎腿软欲跪。他怎么也弄不清城里怎么长了那么多的大蘑菇和冒烟的铁盒子。一切都与山里截然不同，他悔恨的眼泪流了好几天。可多年后他坐在城市里那张属于他的折叠椅上回忆往事时，他说他当初真是难得的糊涂，应该永远自豪的糊涂，宁做城市狗，不做乡下人么，城里带苏打味的水就让他觉得比桂西山泉爽口。我想他是该自豪，如果不是那次迷路，说不定他也如同大爷一样死于非命或者如同他自己说得像爷爷一样待在僻远的旮旯的佛手瓜棚下看蚂蚁打架聊度余年呢，哪里会成为刘家历史上令人羡慕的第一位城里人呢。

我钦佩爷爷，他老人家是我心目中的第一块丰碑，对他，我永远保持着仰视的心理。他在革命取得初步胜利时，就强烈要求返回故乡，全然不顾他的战友"革命尚未成功，同志仍需努力"

的诚恳劝阻。对此，我同样满怀钦佩的心情。勾系着爷爷的魂魄的桂西山地也同样强烈地勾系着我的心身。但我对二爷"宁做城市人，不做乡下人"的观点却有不少的苟同。自我踏进城市，进入大学堂，故乡就不知不觉地在离我远去了。城市毕竟是个好地方，它像一个大舞台，你可以轻而易举地重新塑造自我，进入一种你愿意扮演、需要你扮演以及你能够扮的角色。你可以随心所欲地投身到一个新环境中去，一切都有了从头开始的可能。成功的机会在城市里穿梭着只要你想你伸手就可抓住其中一个。而在农村，在桂西那片土地上，这行吗？静静的夜里，我在栖身的斗室听着窗外嘈杂而富有朝气的市声，总在心里浮起父亲无奈的苦笑，一阵寒意便处头顶浸下。

爷爷凭着他一付铁汉子的身胚、气魄、胆量以及那要打野猪卵子绝不会击中尾巴的精确枪法，上山不久就聚拢了一群平日里不事农耕——其实想耕也没有土地——只喜欢玩枪法弄炮安套子捉野猪、张网赶鸟雀的闲汉。爷爷理所当然地做了刘氏股匪的头目。

岑王山能称作桂西第一峰，自然不是那种只生××××的小坡小沟。岑王山很高，高得望不到顶。半山以上终年有云雾缭绕，一片片如嬉戏的精灵，在沟谷腾挪。坡很陡，戴了毡帽的猎手一仰头，毡帽就掉了下来。哗啦啦往下去了。至今，不管天多冷，岑王山的猎手都不戴帽，这是多年养成的习惯了。岑王山的林子很大很深，参天的古树被各种老藤缠在一起，把一个个沟谷遮得阴森恐怖。风轻轻一吹，林子就回荡起一浪撺一浪的吱吱嘎嘎的怪叫。还有许多绿色、黄色、红色的眼睛远远近近地眨着。藏在树洞里，蹲在树杈上的鸟的声音如歌如诵，如哭如嚎，如诉如泣。不见天日的林子是一个大陷阱，它时时都张着大嘴期待着命运不济的家伙。去年冬天，有两个我们刘家的远房亲戚走进去后再也没能走出来。我深深地为他们感到不幸，他们可都是一流的猎手。我同时也为一代不如一代深感悲哀。我的记忆中，能真正称作岑王山上猎人的只有爷爷以及那些在里边自由出没的土匪。爷爷把他的营寨安扎在马蹄岩，那是岑王山上唯一一块不被林子遮盖的地方，青石板上有一只清晰硕大的马蹄印。爷爷后来承认年轻的他把营寨扎在那是有些迷信。说这话时爷爷的老脸上浮起一块紫红的羞色。我相信这是做了几十年党的基层干部的爷爷对我这对党一往情深的年轻人的忏悔。我太了解爷爷的秉性了，他永远不是善于装假的人。爷爷的队伍果真借了侬知高不少的庇荫，他们总是能够出其不意顺顺当当地把那些过往的商贾用曼陀罗花麻翻在地，劫走钱财，散给众人。南宋时人周去非老先生《岭外代答》中说："广西曼陀罗花，遍生原野……盗贼采干而末之，以置人饮食，使人醉闷，则挈箧而趋"。岑王山可说是广西最适宜生长曼陀罗的地方。爷爷说，过往客商，只准动财，不准劫色，违者把裤裆里的家伙割掉。但还是有些流氓无产阶级反对他的规矩，他们说你有娇娘子陪，就该我们白挨饿？麻翻在地的客商的家眷成了他们作奸犯科的对象。于是在几十年后的文化大革命中便有好翻老底的红卫兵详细地列举出爷爷割了×××等多少人的鸡巴的罪状，让爷爷饱受革命铁拳的苦。但他老人家死不伏罪。他说割几条专门造孽的鸡巴理所当然，共产党的律条上还有强奸罪呢。

爷爷的队伍越来越大。爷爷就说，老子的队伍不是窑子，有条鸡巴就可以来，得考考，不过关的通通滚蛋。爷爷派了他的师爷黑四去考新丁。爷爷手下的喽啰去捉了位纳了两房小妾的七十岁老头，一麻绳捆了丢在马蹄窝里。那老头张着没牙的嘴真嚎，眼泪鼻涕混在一起往下流。爷爷说，谁去抹了他？一长溜新来的喽啰没谁吱声。他们都不敢下这手，看那老头的可怜相，他们觉得杀了他真有些伤天害理。爷爷又说，他凭着他有钱逼十六岁的黄花闺女嫁他，让他糟蹋，该不该杀？还是没人吱声。爷爷又说，那闺女是你没过门的老婆是你妹子是你女娃儿呢？这时人群中走出一粗矮汉子，抬起地上的刀，凑在鼻尖前看看，说句好刀呢，忽地一挥就割下了老头的脑袋。头因为掉得太快，那眉眼，那瘪嘴还一抽一抽地。爷爷哈哈大笑，留下了粗矮汉子，其他人被撵出了马蹄岩。黑四说，需要人手呢，队伍越大越好。爷爷说，屁，当土匪逛山心不狠要他干嘛？

使爷爷的威名传遍桂西山区，是他上山第二年春天的时候。

《田西县志》匪患篇记载，"岑王山中马蹄岩，民纪34年，有黄八股匪啸聚山中负隅为乱……"黄八是岑王山中另一股惯匪的头目，贵州人氏，在黔桂滇结合部走私鸦片被当地官军追剿。黄八使用美人计杀了边地的县太爷，就进了岑王山。这是民纪十一年的事。几十年过去，黄八聚匪八百，个个都是笑啖人肉渴饮人血的恶汉子。黄八有两位身怀绝技的保镖，一是黄三，一是李七。爷爷上山，正是黄八势力如日中天的时候。一山难容二虎，黄八带了黄三、李七找上爷爷，他们给爷爷的见面礼是一枪打碎野猪的两只眼睛，一脚踢得爷爷放在草棚前的石碓飞了两丈远。黄八盯着爷爷的眼睛，让黄三、李七撕开一个倒霉的走方郎中的两条腿。爷爷看着那郎中的两条腿从根处慢慢裂开，屁股成了两扇，硕大的卵子落出，在石板上跳着，最后落在马蹄窝里。血喷射而出，把黄三、李七染成了大花脸。黄八想这刚出道的雏儿该吓得尿裤子了。可他怎么也没想到爷爷看那卵子蹦蹦跳跳穿过石板时，心中竟升腾起一阵强烈的音乐节奏感，那是一曲桂西山野的古老的八仙曲，高亢悠扬。黄八被爷爷的表情给震住了。

黄八说，兄弟，合伙吧？

爷爷说，鸡巴痒了？

黄八说，不合，这岑王山怕是容不了你。

爷爷说，去你妈的。

黄八瞪圆一双牛眼，兄弟你听着，别怪我黄八手狠。说完就打着马穿过林子去了。

爷爷在野啸狂奔的红鬃马背上瞪圆豹眼，用尽平生最富足的力气和顽猛的刚劲挥起马刀斩下黄八的脑袋那一刻，一个辉煌强悍的铁汉子的形象在桂西背上疲于奔命。一阵胜利感使他有些昏昏然。待到一道闪电自头顶而下时，他的脑袋已远远地落在白马的后边，他的身子仍紧凑地伏于马背。

黄八一死，黄八股匪作鸟兽散，爷爷成了岑王山上头号人物。

一九七〇年，那是个令人神经紧绷的年头。反帝反修反封建反左反右各种斗争连接不断，每个人都用厚厚的铁甲裹着自己。那是个充斥着假面具的世界。可在我三岁的记忆中，垂老的爷爷和奶奶却时常相依相偎坐于佛手瓜棚下唱那种很封建、很肉麻、很没有斗争性的歌。我不知道退职的妇女主任奶奶和在任的大队党支书爷爷为何如此胆大。

　　　鸟死鸟毛在深山

　　　鱼死鱼鳞在深潭

树生藤生缠到死
树生藤死死也缠

他们唱得很缓慢，缺牙的嘴发着嘶嘶的漏气声。他们的歌声
亦如半夜蝼蛄叫一般不好听。唯一给我以明晰印象的是他们的歌
如同在佛手瓜花上采蜜的蜂群那喑哑深远的振翅声一样，久久地
在佛手瓜棚下，在桂西山野，在我的心中回荡，久驱不散。如
今，只要我一听到哪怕是录音机里模拟的蜜蜂的嗡嗡声，我在这
远离故园的地方就会想起爷爷、奶奶，想起那酝酿出许多浓墨重
彩的传说的桂西山野。

想起奶奶，我就在心中生起一阵深深的忏悔，那是我在替母
亲向奶奶她老人家忏悔。生我养我的母亲在七十年代的一个酷热
的夏日把我的奶奶她的亲婆婆给告了，而在另一个不该看到的场
合我却看到了一件令我深深羞愧也十分不解的事。

母亲向公社书记告发奶奶唱"黄歌"的结局是让奶奶在辣辣
的炎阳下站了整整五个小时。身上的汗水湿了又干，干了又湿，
成群的牛虻放肆地亲着奶奶每一块裸露的肌肤。退了职的奶奶站
在炎阳下一声不发，只把一双幽幽目光投向高高的山巅。母亲没
过多久便补了奶奶的缺升任大队的妇女主任。

我深深地爱着母亲，但对她我却缺乏应有的尊敬。如今我也
算饱经沧桑，历尽人世的磨难，反思往日的尘迹，我想因为那件
事就不尊敬自己的生身之母是不是有些过于肤浅了呢?

夏日的芭茅绿油油密丛丛，走进个人去，就再也寻不出半点
踪迹。夏日的芭茅技上总是织着鸟窝，几只可爱的鸟蛋诱惑着年
幼的我，当我把鸟蛋装满一只小布袋时，却听到不远的芭茅林中
飘出一阵麻酥酥的呻吟。恐惧和好奇驱使我战战兢兢缩头缩脑摸

过去时看到的却是赤身裸体的母亲和村中近乎乞丐的没落汉子李二毛躺在芭茅叶上绞缠在一起。透过芭茅叶的阳光洒在他们身上，斑斑驳驳，他们的眼中都含有亮晶晶的东西，那是泪水。那天我如醉了酒般昏头昏脑，再也找不都会回家的路，最后还是打兔子的李三把我引出了芭茅林。

母亲不是个风流女人，绝对不是。有权有势的乡武装部长曾趁父亲外出的时候来打漂亮的母亲的主意。缩在床角的我亲眼看见母亲抬起左膝，对准那家伙两裆之间鼓撑撑的地方狠狠一撞，让那用父亲的话是可给我们家带来好处的部长弯着腰青着脸落荒而逃。谜底到底在哪呢？

母亲现在仍当村里的妇女主任，尽管她已老了，但村里人仍选她当，特别是那些大姑娘小媳妇，她们都说母亲才是她们的主心骨，会一心为她们办事。

那天晚上，奶奶正做着一个稀奇古怪的梦时，被一阵细微而罕见的鸣叫声给弄醒了。18岁的奶奶肘起肩在床上凝神细听那声音。那声音如同狗尾巴草拂过心口，让奶奶心中生起一阵不安。她穿好衣裤蹑手蹑脚地推开闺门，去寻找那声音。当她走至父亲老钟祥的门口，看见门缝里飘出几丝微弱的灯光和断断续续的细语时，那引着她到来的声音倏地消失了。奶奶把右眼贴近门缝向里瞧，几条瘦长的影子出现在眼中，一堆的汉阳造土枪幽幽发光。奶奶觉得那幽光是一把利刃向自己杀来。她听到老钟祥正决定黎明时分出动民团围剿岑王山上的刘氏股匪。奶奶想了许久，才记起刘氏股匪就是那群以爷爷为首的汉子。寒意顿时罩住了她，鸡皮疙瘩一只只长起。奶奶甚至感觉出鸡皮疙瘩们正一步步向自己的乳尖逼近，麻酥酥的。她想起了在芭茅地里爷爷第一次含住它时的感觉也是如此这般。奶奶便如受惊的兔子般溜回了小屋。奶奶用三张棉被蒙住全身，身子仍在不停地颤抖。

当奶奶大汗淋漓从棉被中钻出时，她已决心与父亲决裂。她轻车熟路地摸进火药坊，把半桶冷水倒向春好的火药。

老钟祥很得意，天遂人愿，在薄薄的朝雾中他带着兵丁毫不费劲地堵住了通往马蹄岩的所有路口。老钟祥这时想起了关起门来打狗，堵住笼子抓鸡之类大快人心的俗语。他亲自吹响了发起突袭的牛角号。丑陋的牛角号声吵得爷爷和他的兄弟们如热锅上的蚂蚁。漫火遍野是民团的嚎叫和狞笑。爷爷知道在劫难逃了。他不想拖累兄弟们，便提了马刀打头冲出窝棚。爷爷怎么也没想到那一杆杆瞄准弟兄们的美丽粉枪全哑巴了。目瞪口呆大惊失色的老钟祥腿如灌铅。当他觉悟出是火药出了问题时，刘氏股匪们手中的刀已把他的脑袋从脖子上挪开。

奶奶在钟氏家族怒火冲天查找奸细并编好沉塘的猪笼和五马分尸的绳子时，如一只落水的小母鸡般逃出了钟氏土堡。当她找到爷爷时，饥饿、劳顿、坎坷的道路、可恶的荆棘、凶狠的蜂虫已把折磨得九分像鬼一分像人。到了马蹄岩，奶奶只说了声要见爷爷就再也无力说话，任由那些轻薄的小土匪们一边抬着她一边把她遍身捏摸，占了老大的便宜。见到爷爷，奶奶突然使出很大的劲抽了爷爷两耳光，便撞时爷爷怀里睡了过去。奶奶说她那次睡了三天三夜，"那些日子里你爷爷像条小羊羔一样老实地守在旁边，觉也不睡，饭也不吃，"奶奶说，"谁也不会猜测到那蹲在我床边可怜的家伙是个大土匪。"奶奶说这话时，五十余岁的爷爷有些羞涩地"嘿嘿"笑着。

一九四八年，在中国历史上，是个很惊心动魄的年头。

北方那些被共产党撵得像丧家犬般东躲西藏末日可数的流氓土匪和国军，都瞧上了南方的高山密林，这可是天造地设的屏障。于是一路接一路如蝗如蚁般的人马都乱糟糟一路烧杀抢奸过来了。桂西山野鸡飞狗跳、鬼哭狼嚎。钟家的两个绿头苍蝇般见腥就扑的女婿，升任了国军桂西独立师第三、四团的司令，在美式装备和特派员的鼓噪下，充血的目光瞄向马蹄岩上顽固不化的爷爷。

爷爷仍过着他那逍遥的日子。在他看来，这两个姨兄简直就是池塘里的青蛙，叫得响，动弹不了什么。人算不如天算，他相信这帮坏事做绝的家伙，总有一天会被天收的。春天，他带着他的人马声东击西，把几股无恶不作的散兵游勇打发去听蝼蛄叫去了，并顺手牵羊弄来好些打子弹的美式枪，实力大增。夏天，他们又伏击了几个为富不仁的商贾和他的两个姨兄。秋天一到，爷爷的山的儿子的习性就重新显了出来，他觉得该歇歇手了，享受一下无尽的秋景了。

桂西山野的庄稼都收割完了，地里光秃秃的。山洼、沟掌里长的荒草一片金黄，柔软如新置的棉被。把身子往上一滚，绷紧的情绪一下子就松弛了，散成了岑王山顶上淡薄的云絮，散成在蓝色天空中徜徉的雁的歌声。秋山的色彩是那么丰富：半崖上小灌木的叶子红了，杜梨树的叶子黄了，酸枣棵子上缀满了珊瑚似的小酸枣……山坡上绽开的一丛丛野花，淡蓝色，一丛挤一丛，雾蒙蒙的。灰色的山老鼠在草丛中探头探脑。野鸽子从悬崖上的洞钻出来，"扑愣愣"飞上天。野鸡在咕咕嘎嘎叫着，把山间那块平地当作了游乐场。若是往日，爷爷的手早就发痒，拎着砂枪上去闻，可在这样的日子里，爷爷脑中那股凶杀之气荡然无存。

爷爷把身子在草上躺成个大字，眯了眼。手中已心不清沾了多少鲜血的爷爷这时觉得，桂西山野是多么美啊。他看着太阳，舒服地打了个喷嚏。爷爷想，一辈子都在这样的地方住着，那真是神仙过的日子。爷爷这念头一生起就深深地印在了他的脑海中，再抹不去，注定了他的一生再也不会走出桂西了。

铿就在这时候唱着歌走进了桂西的日子。

爷爷似乎睡着了。睡着了的爷爷觉得有毛绒绒的东西在扫着自己的耳朵芯，如狗尾巴草似的，或者是一只调皮的蚂蚁、蝴蝶？爷爷迷迷糊糊在耳边拂了一下，仍是痒，挺舒心却又耐不住的痒。爷爷想这是怎么回事呢？直到他看到有一个瘦高的男子正哼着歌朝自己走来，他才发现让自己耳朵痒痒的是那男子唱的歌。爷爷也禁不住在心中跟着哼了两句，耳朵芯的痒便立刻消失了。

那男子是铿。

爷爷反看了铿一眼，就觉得铿有些非同一般。

铿穿了件褪了色的蓝布大褂，清瘦的下巴壳，平厚的肩膀，显得挺精神。令爷爷吃惊的是他的眼睛，奇怪地明亮。这不是那种猫眼般的发绿的亮，而是坚定诚实清澈而悠深的明亮。铿一手抓着一把芭茅花，有规律地上下左右舞动。许多年后，爷爷知道了那叫打拍子。

爷爷觉得迷惑：这是什么人？是过往的商贾？不像，他没有那种老奸巨猾的慈眉善样。像民团的探子？也不像，那些探子眼睛总是有些贼，骨碌碌地转的。爷爷在桂西生活了二十几年，还是第一次见到这样的人。爷爷想不管他是谁，反正胆子是挺大的，敢独自闯上马蹄岩的汉子没几个。

有些不服气的爷爷从地上弹起身子，双手抱胸站在铿的面前。于是两座截然不同的雕像深深地印在了桂西人心中。一座魁梧，高大，坚实；一座飘逸、深沉、执着。四道目光交织在一起，迸发出炫目的光采，爷爷和铿都从对方的目光中感觉出了力量。

"你大概就是刘司令吧？"铿说。

爷爷有些吃惊，这小子从未谋面，怎么就能猜出自己？他微微后退一步，敌视地打量着铿。铿把双手打开，微微一笑。铿的笑使爷爷觉得有些尴尬。

"你来这干什么？"爷爷问。

"找你！"

"老子是杀人不眨眼的土匪，找我会倒霉。"

"我想不会。"铿慢慢说，他每吐一个字都让爷爷觉得那里边充满了自信。

爷爷扯起一根狗尾巴草，塞在嘴里嚼着，全然不觉出那股苦涩味。爷爷看看山顶，仍有两只鹰在无拘无束地盘旋。爷爷把一嘴的草渣吐在了地上。

"你从哪里来？"

"我从北边来？"

"北边？哪北边？"

铿把手往雁去的方向一指，"那边。"

"我会杀了你。"爷爷怔住了。他想不到铿这么坦率。

"你不会。"

"别这么认真，我知道你不会杀我，我才来找你。"

"你就这么想？"

"因为你不是一般人。"铿把他那双眼睛转向爷爷，爷爷觉得他的目光有些像这秋日的阳光。

"你来这找我做什么?"爷爷问铿。

"我来帮你把人马带好，带成真正受老百姓欢迎的队伍。"铿说。

"怎么个帮法?"爷爷的口气有些戏谑。他怎么也不敢相信这清瘦的书生模样的人会帮上自己的忙。

"你做司令，我做政委。"

"就像刘备和诸葛亮一样?"

"是这么个意思。"

"是吧!"爷爷说，他有些想笑，"先喝酒，是兄弟就先去喝酒。"爷爷在心中想，你也想带人马? 三两酒就把你弄翻了，还带个鸡巴。

爷爷和铿并肩走进窝棚。阳光把他们的影子拉得很长、很细。

一大瓦盆的炖野猪肉摆在木桌上，正冒着热气，轻轻的秋风拂起那浓烈的香味，灌进爷爷和铿的鼻孔。爷爷说，拿酒来。便有一个瘦个子小土匪吃力地抱了一大坛酒晃过来。

爷爷把一双野性的黑眼睛转向铿，"喝——"

"喝!"铿说，先抓起了一腿猪脚啃了起来。

爷爷说，比比?

"比就比。"铿对爷爷一笑。

于是一场精彩吓人的斗酒的戏在桂西山野上摆开了，并永远地写进了桂西的野史。

一坛包谷酒，被爷爷和铿就着野猪肉喝了个精光。中途爷爷去地棚角撒了不下十次的尿，而铿却一动不动，只是头上蒸腾着一团雾气。

"还喝？"铿问爷爷。

爷爷长长地吐了一腔酒气，转过头向越喝越显精神的铿，"喝？喝就喝！"

当他们喝到第四十斤米酒时，爷爷瘫在了地上。铿眨眨眼，脱下自己的长衫，盖在了就地躺倒的爷爷身上。睡了两天两夜醒来的爷爷的第一句话是极钦佩地对铿说，"我弄不过你。"

"我会气功。我把酒都从头上逼出来了。"铿说，"论真本事，我不够你。"

爷爷瞪圆了眼，半天不转。许久，许久才说，你留下。

铿说，你不怕我吃了你的队伍？

爷爷说，你不会吃，留下吧，帮帮我，我求你啦。爷爷向铿行了他一生中唯一的一个跪礼。

爷爷的队伍就这样传奇似的成了共产党的桂西游击队。

于是，一杆极美丽鲜艳的红旗，无数次飘离了地面，风托起它透明的身躯。镰刀和锤子令桂西人想起即将来临的操着镰刀在自己的田野收割庄稼的幸福日子。桂西山野上的千百条狗，一齐吼叫着，有力地荡向远方。许多无奈的农人离开了贫瘠的田地和即将倒塌的家，他们拿着砍刀拿着砂枪，发怒的野蜂一样从四面八方涌来，聚了这杆旗帜下。那些习惯在乡民间指手画脚的人，嘎巴嘎巴地弯下了脊梁。在桂西山野冬季那寒冷凛冽的风中，有一阵金属般的声音在清脆地回荡，爷爷和他的士兵清晰地听见这歌声一块连着一块地击裂了冬日冰封的山脊上苍茅，在风中有力的挥动。

农友们，团结紧

新生活，靠我们

……

一九八九年冬天的一个日子里，我重踏上了桂西这片土地，站在桂西山野中，我又听到这歌声在回荡，那么清晰，那么执着激昂。我以为这是某种地磁现象使其然，就如同古战场上有时会出现厮杀的场面一般。但上了年纪的桂西人却坚决地说，不是，绝对不是，我们每天都听得到这歌声呢。

关于铿，大多数桂西人只知道他是条心慈面善的硬汉子，一条百里挑一甚至千里挑一的精明的硬汉子。能说得清他的来历的桂西人除了爷爷和我再也没有了。爷爷是与铿同床共枕交心时知道的，而我则是从那发黄的旧田西县志和一本挺有名的烈士家信集中寻找到了铿的蛛丝马迹。

铿的家在北方。在那块土地上，铿家的家族可以说是最大，光雇工就有数百个。铿的老爹用两箩筐的银洋供他读书，希望他多学些本事，光宗耀祖，把家业弄得更大更红火，最好能捐个县官当当。可铿对革命的兴趣远远超过了对读书的兴趣，腰上掖着钱就奔了上海去寻找共产党。又随了毛泽东的队伍了江西发动农民开展武装斗争打土豪分田地，把农民运动搞得轰轰烈烈。最后他还把革命烈火烧到了还算开明的自己的老子头上，领头分了父亲辛辛苦苦省吃俭用当然也包括巧取豪夺置下的家产，开了父亲的粮仓，把一斗斗白花花的大米麦面分给吃惯野菜谷糠的农民。铿还让父亲交出田产房契，当场烧毁。气得他的老父亲差点儿一命呜呼。

有次铿和爷爷闲谈，爷爷曾真诚地批评他你真笨，他好歹是你爹啊，家产也是你们的家产。兔子还不吃窝边草呢。

铿说，那你当初咋把那娶二八闺女作妾的老家伙给杀了呢？那闺女又不是你妹子。

爷爷生气地说，我是见不过那理，那明摆着是害人家。老子就看不得没道理的事。

铿说，那我就见得穷人冷死饿死病死在雪地上，而我家老爹的粮仓中却堆着将发霉的大米白面，我要救他们就只好在我老子头上动土了。

爷爷有些吃惊，傻乎乎地问他，你真就这么想啊？

铿披着大褂站起身，看着窝棚外的如黛青山，看着远山顶上的几朵浮云，缓慢地说，我就是这么想的，时时都这么想，穷人太苦了。

爷爷望着铿，让铿的话一遍遍在自己的脑海里重复。渐渐地在他的视觉中，铿的模样变了，变得越来越高大，而自己却渐渐地缩小。幻觉中爷爷觉得铿就如同岑王山蜂一样，倾斜了，往自己挤压下来。

爷爷无疑对铿钦佩得五体投地。爷爷不仅让铿全面参与指挥队伍，他还让炮火中出生的儿子、我的父亲认铿作契爷，把父亲的名字取叫刘铿。父亲小时候近乎哑巴绝少说话，自然也难得开口叫铿一声契爷，他也因此没少挨爷爷的鞭子。父亲的屁股上至今仍纵横着爷爷用筋竹抽出的伤痕。我那不孝的父亲在文化大革命中为了得到一张红袖章，曾当众褪下裤子向造反战士们展示他硕大而丑陋的屁股以示他对爷爷这老右派的仇恨。

在新编县志中，主笔毕恭毕敬地把爷爷称作桂西的英雄、革命前辈，许多溢美之词堆在爷爷的大名的前边。我知道这是县里的头头们为了安抚爷爷那一辈不安分的老家伙而授意主笔这样做的。而与爷爷同辈的商贩李三却始终称爷爷为军阀、土匪、无赖。在李三的心目中，只有铿才是真正的英雄。李三是桂西第一个以经商为职业的人。李三干瘦矮小三角脸眯眯眼，还留着一撇稀疏的黄胡子，是个难以给人产生个好印象的人。在桂西人长期接受传统教育得来的"无商不奸"的信条的参照下，李三是个见利忘义，有奶便称娘的家伙。爷爷为了迎接解放军的到来千方百计地扩大自己的队伍，动员到了李三头上。

李三说他受不了山上那日子的约束。

爷爷瞪大一双黑眼，抖着嗓子问这第一个不愿入伍的家伙，"干不干？"

"不干！"李三说，浑然不知祸将临头的李三口气坚硬。

爷爷怒火中烧。他认为不革命就是反革命，况且是非常时期。这家伙走村串寨，谁能保他不去告密呢。爷爷一声大喝，"捆起来。"于是有两个手艺娴熟的阉猪匠出身的汉子利索地把李三掀翻在地捆成了粽子。爷爷说，这狗日的不革命，拉出去杀了。爷爷的话未完，李三就在地上呼天抢地喊起冤来，眼泪鼻涕吓得奔涌如潮，混着尘土，把他弄成一个狼狈无比的家伙，远不是恁如今西装革履、仪表肃然的李总经理的模样。李三的丑模样把一脸怒色的爷爷也给惹笑了。爷爷一笑，李三更觉得断头刀就架在了脖子上，哭叫声陡然增大了数倍。李三的呼叫引来了铿，铿忍住笑问清原因就让兵丁把李三给解了。爷爷十二分不理解铿的行动，铿说他相信李三不会做出昧良心的事。

事实证明铿的预言十分正确，但爷爷还是对李三充满鄙视。他想这李三背叛革命是迟早的事。虽然后来的战斗中爷爷受伤得了破伤风，是李三千辛万苦把脑袋挂在裤袋上弄来西药救了他的命，他还是这样想。一九八〇年李三率先开起了桂西第一个个体店铺时，爷爷到了铿的墓前诉说：铿，李三反革命了。你看，我也管不了啦。说这话时爷爷老泪纵横。

四年大学生活结束时，我终于如愿以偿留在了城市。当我为领导打完开水擦净桌几写完领导讲话稿起草完文件偷得闲暇坐在宽敞而凉爽的办公室里回想起往事时，总在心中问自己，我算是上个有出息的人吗？为了这一切，我挤出做学问的时间去替系主任洗衣服，洗他老婆肥大的花裤衩。还替班主任带小孩打煤饼做家务，待到他吃饭时再满脸窘意地离开。我打着爷爷的旗子四出拜访身居要职的爷爷当年的战友和部下，道爷爷根本未曾托我道的"好"，一本正经地跟那些把往事当橄榄嚼的老头追寻他们戎马生涯，张冠李戴，完全忘了一个历史专业学生应有的求实精神。我还是个桂西山野的儿子么？"你真聪明啊，跟你爹一样"。当爷爷鄙夷地对我这样说时我却又无了愧色。

一九八七年我回桂西的时候，李三李总经理请我到他的小洋楼共进晚餐。酒酣耳热之际，李三开始诅咒爷爷，说爷爷让他这何等光彩荣耀的经理有着一个不堪回首的记忆。他说我和你爷爷都老了，可我还是不能原谅他，尽管你爷爷为了这片土地劳累了一辈子。李三说他只要一见到我爷爷，就觉得衣襟上脸上又沾满了四十年前的眼泪鼻涕口水尘土的肮脏混合物，心中的底气就散了大半。他说他这一辈子就钦佩铿，除了毛主席周总理朱总司令，他就觉得铿最亲、最像共产党人。说到这他又骂起爷爷，他说你爷爷真是个老糊涂、木瓜脑袋不开窍。他想出资修缮茅草地里铿的坟茔，立个纪念碑让更多的人缅怀，县里都同意了，却被你爷爷坚决反对。爷爷说你这种人有什么资格为铿修墓竖碑，别玷污他了，让他安静些吧。李三酒已喝得两眼朦胧，他长长地吐出一口酒气，说，铿真是个好人哪，可惜英雄自古多命短。两粒混浊的泪珠从他眼角挤出。

　　我听见一声枪响在一九四九年的一个拂晓前的潞城圩骠马场上凄厉回荡。在那一个冬日的清晨共产党员铿倒向了他为之奋斗的土地。潞城圩是民国田西县治。钟家二女婿县民团团长在这里结束铿的生命无疑是想玩玩杀鸡吓猴的把戏，没想到这反倒令猴大怒。铿壮烈殉身后半个月，戒备森严的民团团部闯进一位黑布蒙面的大眼贼，神不知鬼不觉地割下了团长大人的脑袋，挂在铿倒下的地方，那里长着一棵老榕。

　　这独闯敌巢的汉子就是我爷爷。

　　"你难道没想到他们随时都会把你给捉住么？"我曾问爷爷。

　　爷爷说，我没想那么多，我只有一个念头，冲进去，为铿讨还血债。即使我被抓住，我也心甘情愿与铿同赴黄泉。

　　我想爷爷这样甘心去冒险，不仅仅是他与铿有着桃园三结义般的情谊，更重要的还是爷爷对铿，对共产党及共产党人的热爱。他的这一思想使他无论在什么形势下都坚信党的领导是正确的，在他被开除出党的那几个年头他仍是这样认为。想着爷爷，我觉得我们党内这样的人是越来越少啦。

　　桂西山野生存着无数的黄蚂蚱、绿蚂蚱、黑蚂蚱。一进冬天，这些蚂蚱们便惊惶不安，上蹿下跳，见物就咬。日落时节立身于收割后的田野，你就能听到它们那令人毛骨悚然、四肢冰凉的啮咬声。连每一块阻挡了它们的土丘、石块都会受到它们的袭击。

爷爷说，一九四九年，那些国军残余，流窜股匪也如那蹦哒不了几天的蚂蚱一样，开始歇斯底里的狂暴折腾。铿和爷爷相信，最后的决战就要到来了。北方传来的消息总是那么令人鼓舞，铿兴致勃勃地对爷爷说，好日子用不了多久就可过上了。

虽然爷爷坚信铿的预言会十分正确，但太多的艰难困苦却压得他们都难以喘气。城里的国民党武装弄来了精良的美式武器，而游击队快连药品都供应不上了，火药、盐巴、粮食亦快用尽，只好节约行事。李三说，封锁太严了，已有三个被怀疑往山上贩盐巴的山民被杀了。爷爷说那时候真是困难到了极点，各种法子都使尽了，但还是没有收获。并不是每个国民党兵都像搜查潘冬子的家伙那么笨蛋。爷爷说这话时桂西正如火如荼地上演那部令桂西人觉得亲切感人的影片《闪闪的红星》。守卡的都是些精明的土匪，不精明的人是当不了土匪的。游击队的火药不足，战士营养不良，面黄肌瘦，战斗力大幅下降。有几个受伤的战士因无药救治牺牲了。那都是些铁骨铮铮的硬汉子。每一个被派去弄盐巴、药品的人都被捉了，砍下脑袋，在潞城圩榕树上招摇。爷爷和铿梦中时刻听到这些兄弟在榕树上的哭泣。

铿说，让我去吧。爷爷说，我去。铿说，桂西的每只蚊子都认得你，你去自投罗网么？爷爷说，怕个鸡巴，我去。铿说，不行。爷爷说，你放屁，看谁敢拦！爷爷话未说完，铿的短枪已抵着他的额心。

铿下山的时候，朝阳正在升起。金黄色的阳光罩着铿的身子，在爷爷的视线里渐渐远去。爷爷这时突然一声鹧鸪的鸣叫，在稀薄而灿烂的雾气中深沉地回响。爷爷的心如被针猛刺了一下，他沿着铿远去的路狂奔起来。他的呼叫声震落了草丛中的露珠，"铿，我等你回来——"爷爷的嗓子有些破了，他的声音碰撞在阳光的经线上，嗡嗡作响。匆匆的铿住了脚，转过头看看气喘吁吁的爷爷。爷爷的两手抓住铿的肩膀，铿说，你把我捏痛了。爷爷又说，我在这等，等你从山下回来。铿微微一笑，说我还要回来与你比赛喝酒呢。

满怀希望的爷爷等来的是铿被害的消息。与铿同行的小兵实在忍受不住饥饿，以五只烧饼的代价把铿出卖了。共产党员铿在往山上去的路上落入了民团的魔掌。

铿在牢狱中受尽诱惑和折磨，但铿始终没有让他高贵的头颅垂下。铿英年早逝，带走了无数秘密，也许历史就是这样，它没必要弄清每一个细节。他留给桂西的，只有桂西志上抄录的他的一封尚未寄出的家书。"……儿远离故土数千里，十载未归，不能侍奉高堂左右，承欢膝前。父母屡信催归，然儿许身社会，一心为国，难及顾个人与家族。况时局艰险，前途多荆棘。古云忠孝不能两全，乞双亲勿以我为念，明大义、顾大局、察世情，将来之国家，断不会忘记你们……"

铿的尸身在一个漆黑的夜里被偷走了。有人说是爷爷和他的游击队干的。爷爷说绝对不是，他们靠近不了。也有人说是良心复苏的团丁干的，我想这也有可能。

当爷爷和他的队伍终于赶走国民党军队，冲进潞城圩，他们只是在榕树上寻得一截将朽的绳子。爷爷坚信就是这根绳子悬起了铿的头颅。他们捧起这截绳子昂起脑袋高亢而凄彻的招着铿的灵魂，"老铿，回来吧——"，"老铿，回来吧——"那呼叫中渗透的惊心动魄的悲愤情绪令那个晴天下起了一场彩虹雨。他们看着铿的灵魂从彩虹桥上飘向了苍穹。

　　为了铿的墓地爷爷和他的部下发生了强烈的争执。会看此风水的李三使烂了三双草踩出个左来信芭茅地中间那块来自天国的圣洁的红色陨石旁，才是块真正的宝地。

　　父亲死了，摔死的。他押着运茶叶的车半夜置着浓雾过大坳时，茶叶车滑下了几百米深的山沟。一车新鲜茶叶撒遍了山坡，雨水一泡，一片片碧绿可爱、生机勃勃。临出发前父亲对母亲说，偷运真不是件轻松事，这是最后一趟。做完这回，村里修水利和学堂的钱也就凑够了，该做些正经事了。乡里已找他谈过活，准备让他当村长。"真当我也不怕，"父亲说，"我保证能让村子富起来！"

　　可是他却死了。

　　父亲出殡那天，送葬的队伍排了两长行，人们的哀哭声弄得天空的云也阴惨惨的，人们烧的纸钱灰在沿途铺了厚厚一层。十八个吹鼓手鼓着腮帮吹奏着《老子过函关》、《雪里梅》、《庄周梦蝴蝶》、《天王降地水火风》等曲子，各种铭旌数不胜数。

　　在爷爷垂老的记忆中，桂西最盛大的丧礼当数从前铿的丧礼，而今这不走运的刁儿子的丧礼却分明超过了铿，他还是个不遵守法令的家伙呢。爷爷怎么也想不通。

　　"这狗日的！"

　　爷爷朝父亲的灵魂远去的方向骂了一句，一双老泪挂在了脸上。

# 回故乡之路

## 引子

出茅桥监狱大门，往东，70 公里到武鸣，140 公里到平果，230 公里到百色；从百色折往西南，过河口，往东，经利周老街，翻老山坡，穿越茫茫苍苍的原始森林，过廖家坳，再过马蹄岩，往大坳坡脚去，就该是故乡浪平了。

浪平、浪平、浪静风平，那是家啊！三木在监仓里看着通风口飘过一朵朵白云，又在想念家乡了。在他的心中，他已无数次地丈量过从茅桥监狱到故乡的路程。一程又一程，丈量到终点浪平时，他已满面泪痕了。

## 茅桥

茅桥到浪平 600 公里，但在三木的记忆中，却是隔了十年，隔了 3560 个日夜。离开监仓到茶园做工，三木总是要看看方位，他知道，家乡在东南方。东南风吹拂着茶园里无边无际的绿浪时，三木总能闻到来自家乡的乡音和炊烟的味道，那是一种醉人的酿酒啊。同组的狱友大同说，你他娘关出神经病了呢。三木说，是真的，那柴火味真浓，三木在回答的同时，鼻子也在不停地抽搐，在想象的气味中，三木眯着眼在仔细分辨，有核桃木、泡桐木，还有黄丝梨木的焦香。大同说，你狗日的真是癫了，尽是屎尿味呢。大同是组长，便用组长的特权在三木屁股上踢了一脚，说，快做工吧，做不完小心关禁闭。三木生气了，红着眼睛将一勺子的屎尿全扣到大同的头上。三木不是为了大同踢他生气，而是因为大同老是念叨屎尿赶走了他脑子里的来自家乡的味道。一头屎尿的大同嗷嗷叫着跳进菜园里的水渠。旁边的人都在等着大同从渠里上来，大同是与人打架进来的，人们都认为大同和三木将上演一出好戏。三木也在后悔，怎么就把大同打了。他也在等待着大同上来，他想，就让大同揍一顿吧，把自己揍趴下心里会好受些。大同终于从沟渠里爬了出来，湿漉漉的，真是一只落汤鸡。大同阴着脸向人群走过来，狱友们自动闪开，围成一个圈，好戏就要开场呢。大同捡起自己的扁担，心急的人似乎已听到扁担在三木的腿上或者头上发出"噗噗"的撞击声，没想到大同却说，看什么看？做工去。众人恨恨地诅咒着，这个狗日的大同，这个狗日的三木，这个狗日的囚犯日子。

太阳终于落山了。政府在哨位上吹哨子，该收工了。看着远处趴在茶林丛中的黑乎乎的监舍，三木脚步变得格外沉重。拖拖沓沓就落在了后边，大同蹲在茶基上等他，四只眼睛对在一起，谁也不说话，继续默默地走，快到监舍了，大同才嗡声嗡气地说，三木，我也经常闻到风吹来的老家的气味呢。

进了监舍，洗刷，吃饭，点名，回号子，号子响了，不管你是否睡得着，都得在铺位躺下。

　　三木犯的是故意杀人罪，十七岁的三木，柔弱而腼腆的乡村少年三木，把一口袋里装满钱的药材贩子给捅了。三木被判刑的时候，法官问他上不上诉，十七岁的三木不知道什么叫上诉，法官就问他服不服，三木说，杀人偿命，欠债还钱，怎么能不服呢？终审判决下来，三木被送到茅桥。

　　三木在监狱里认真地改造着。开饭的哨声响了，就端着大饭盆往食堂窗口去，白花花开的肉、蒸腾着热气的米饭后面是三木幸福的脸。三木吃饭吃得别人目瞪口呆，吃得师傅直敲饭桶。三木看电视，总是抢在前排，歪着头看谁在后面操纵机器；上识字课，三木的声音最大几天工夫，他就能认清监狱高墙上写的大字"坦白从宽，抗拒从严"；三木有的是力气，又是学砌砖的手艺，进步很快，别人一早砌一千块的时候，他已经能砌一千五百块了。

　　但三木还是喜欢上茶园做工。好大的茶园啊。茶树上还有鸟做的窝。三木有一次还从鸟窝里掏出几只鸟蛋，旁边的人要把鸟蛋敲碎了，三木说，别吃，让它抱出鸟仔吧。还有三木掏出了一条乌梢蛇，差不多一米长，让政府提去熬龙凤汤了。除了喜欢茶园的自由，三木还有另外的心思，那就是站在茶园的坡顶，能看到很远很远的山尖，可以看到几百里外的村庄，家乡离茅桥，不就是几百里么？

　　站在茶坡上，总是有风从东南来，看着茶树叶子一浪赶一浪地向远处跑去，三木就有点想荞子。他和荞子也是在茶园认识的。荞子问他，双木成林，三木成森，你原来不是叫三木吧？三木听了这话觉得这荞子有学问，就问你这荞子是花荞还是苦荞？荞子说，磨了吃才懂呢。

荞子真是个好姑娘，三木想。

一年过去了，又一年过去了，三木因为表现好被减了两年刑。减刑是好事，但三木却不懂该把这消息告诉谁。村里前两年来信，说母亲已经死了，也没有其他亲近的人，而荞子，怕是早已嫁人了。三木就只能在监舍的墙上，用指甲歪歪扭扭地划出"三木减刑两年"几个字，划得很深。

一年过去了，又一年过去了。在墙上划日子的指甲烂了又长，长了又烂，来来去去好多遍的时候，政府通知三木，刑期快满了，过两个月就可以出去了。听到这消息，三木就想哭，却哭不出来；想喊，喊不出声，只好把一泡黄尿浇到茶树上。十年啊，终于要到头了，牢友们都向三木祝贺，即将出狱的三木却没有半分高兴，他觉得很烦躁，好像有一只看不见的虫子在身子里不紧不怕地爬，感觉得到，却又弄不清具体在哪，吃饭也不再香，看电视记不住内容，认字读错，大同问他：你怎么啦？三木说我也不知道。

上茶园做工大同和三木一班，大同发现三木总是往政府的哨位上张望，往茶园的边缘张望。太阳晒得人最想睡的时候，狗日的三木竟然悄悄朝铁丝网的缺口溜去了。大同赶紧一石头砸去，说三木你回来，三木像是在梦中被惊醒般转过头，望着大同，望着昏昏欲睡的政府，怔住了。大同说，三木，你想做什么？三木说，我想出去。大同说，你找死啊，还有一个多月你就走了，你想加刑啊？三木说，大同哥，可是我越来越来管不住自己的脚啊！大同说，兄弟，忍一忍吧！十年都过来了呢！三木说，我怕我忍不住。两人坐在茶树下谁也不说话，蜜蜂在嗡嗡地采蜜。三木说，以前我的家也养一箱蜂呢！那蜜真叫甜啊！大同没有出声，三木又说，我闻到桔子香了，是我的家乡的桔子味呢！大同从地上触电般跳起来，往三木鼻梁上揍了一拳，你狗日的别说了。三木发现大同流泪了。

大同出狱了，大同对三木说，兄弟，忍住啊！三木点点头。大同又说，你一定得忍住啊！三木又点点头。大同说，往后去看哥。三木又点一下头。大同就消失在铁门后边了。

三木也要出去了。政府给他弄了几个好菜，叫几个积极分子陪他吃。按惯例又问三木，出去有什么想法？三木说，回家呗。又问碰到从前的事该怎么办？三木说，报告政府，再也不自己动手了。政府说，要好好做人。三木说，是，一定好好做人。

三木走出狱门，身后的大铁门"咣当"一声关上时，他有些摇晃，看着头上的太阳，一阵晕眩。是不是外面的太阳和里边的太阳不一样呢？三木这时突然想起一个贵州人的故事。贵州人来到广西，躲到芭蕉树下去方便，顺手扯了芭蕉叶擦屁股，却没注意把手弄脏了，来到路上，热辣辣的太阳晃得他睁不开眼，就用手去挡，却闻到一股屎臭味，"广西太阳臭屎啊！"贵州人诅咒道。三木被自己这时候的胡思乱想弄笑了。三木想，我差不多也成了贵州人了。

## 武鸣

三木心里很矛盾。三木知道不会有人来接自己，但他还是蹲在监狱大门口的台阶上等待，荞子？村长？堂兄？谁会来呢，三木不停地向自己。远远地看见有车来了，有人来了，三木就觉得心跳在加速，还发出嘣嘣的声音。可车来了，又走了；人来了，也去了。阳光中的灰尘越来越浓，有麻雀开始在监狱在高墙上喝啾了。三木知道，这路只能自己一个人走了。一辆破车咣当咣当地开过来，三木被横着长的女人拽上了车，按在露出弹簧的坐凳上，一股久违的气味填塞了他的鼻孔，那是平常日子的味道，那也是自由的味道啊！车上的几十张脸有一种陌生的亲切感，一种满足感。一种无所适从的慌乱让三木昏昏沉沉地在车上睡去了。他甚至做了一个短暂的梦，梦见家乡，梦见自己那座小屋，还有小屋旁的两棵树，左边的是核桃树，右边的是梨树，梨树上依旧还挂着一窝黄蜂。三木还梦见两根长长的辫子，他想着清那张脸，那脸正在慢慢转过来时，那胖女人却把他推醒了，说车到了。三木说，到了哪里？胖女人说，到了武鸣，难道还要我把你往哪送？三木道，我要回家。女人说，谁不让你回家了？三木说，我的家在浪平呢！女人说，那你就等车呗！我的车就到这里。三木只好下了车，在武鸣县城的大街上东张西望。

走在大街上，三木有种恍如隔世的感觉。一切都显得那么陌生而真实。车太多了，姑娘穿得太少了，空气中的气味太臭了，街上闲逛的人太多了。三木恍恍惚惚地走在武鸣的长街上，看摆象棋残局的瞎老头。瞎老头稳坐在破马扎上，任人选红选黑，却始终不见有人赢了他。三木也懂些棋道，却怎么也想不出来这个道理，他也想不出这瞎老头怎么会记得住棋盘上的那么多格子框框。然后更令他想不到的是那瞎子待挑战者走后竟然对着太阳看那张钱的真假。真是瞎子见钱眼睛开了，三木在心中感叹。

三木走过梧桐树下，看见一条没有牙的老狗躺在地上懒洋洋地晒太阳，不理会过往的行人，喧嚣的市声也惊动不了它。真是一条见多识广的老狗。三木想起自己家从前也有这么一条老狗，一条不论分离多久都能分清主人气味的黑狗，在冬天里却失踪了，三木一直认为是掉进了谁家的汤锅。见了这条狗三木又想，这是不是自己家从前的狗？三木走近些，在狗旁边蹲下来，狗却打了一个喷嚏，眼开苍老的眼，对三木哼了一声，又眯了眼睡过去了，三木更坚信了自己的想法。几只蚂蚁爬上老狗的头，三木替它捉了下来，准备搓死那些蚂蚁；想想，又放了，几只蚂蚁就摇头晃脑地走了。三木随蚂蚁的行踪看去，原来在墙根正有一大串蚂蚁抬着一只蚯蚓前进呢！那姿势、步伐真像三木他们在监狱里抬木头。三木弄不清楚，蚂蚁队伍是不是也像犯人一样，有一个在旁边喊口号？

三木虽然没有读过多少书，但（北国之春）这首歌他还是会唱的。在临近出狱的日子里，三木做梦都在哼这道歌"……故乡啊故乡，我的故乡，何时能回你怀中？"三木还知道"怀中"就是吃奶的孩子回到娘的怀里的意思，这狗日的日本人写得真好啊！三木哼一次就这样骂一次。骂一次就伤心一次。三木想起在地下的娘了。武鸣街头又一次响起这首歌时，三木才从市声的沉醉中苏醒，自己是要回家呢！抬头看看天色，有些昏沉了，路上的行人和车马更加匆忙。有心急的店铺老板已亮起了霓虹灯。三木往自己脸上抽了一耳刮子，你这笨蛋，回家咋给扯到这里了？三木这样骂自己，骂过了又觉得有些好笑，怎么能自己抽自己呢？三木，你就当是在这里迷一回路吧！明天再走也行。三木自己对自己说。

三木漫无目的地走，不知不觉就到了城郊，一排排的饭店，店门都站着三五个姑娘，三木觉得饭店门口站着些姑娘真是没道理，又不是监狱，还用放哨？况且那些姑娘嘻嘻哈哈一点也不严肃，监狱的哨兵那脸可是都紧绷绷的。看看这些姑娘，三木又有些想荞子，那低声细气、温柔善良的荞子；那粗声大气、武断蛮横的荞子，想了几遍荞子，再往那些姑娘看去，三木觉得里边有一个真像荞子呢！只是衣服穿得也太少了，不冷吗？

三木在饭馆的包房里坐下后，也没弄清自己怎么就进来了，他只恍惚记得自己是想问那有些像荞子的姑娘冷不冷，就被顺手拉进来了。包房里暖暖的灯光，墙上还有一幅一男一女抱着的画，裤子都快挂不住了，三木觉得自己是不应该进这里来的，站起来要走，像荞子的姑娘把他按住，一阵麻嗖嗖的感觉从头到脚袭击着三木，三木结结巴巴地说，你、你这是干什么？姑娘说，哥，小妹陪你吃饭呢！哦，吃饭，三木说，那要多少钱？姑娘说，一百来块呗。三木说，噢，那就吃吧。等菜的时候，三木问姑娘叫什么名字，姑娘就说叫玉米。三木想也和荞子差不多呢！就自愿地让姑娘贴在身上，不再挪屁股。三木又问姑娘老家在哪里，姑娘把胸往三木肩膀上搓了一下，说哥你是警察啊？别问了。这一搓，把三木全身都搓得硬梆梆的，又是一阵过电的感觉，脖子和脸在发热发烫，手和脚都不知道怎么放。

菜终于上来，还有一瓶酒，三木说我不喝酒。姑娘说男人怎么能不喝酒？酒壮英雄胆呢！先倒一杯就往三木嘴上送，三木只好喝了，先是辣的，稍后又觉得有些香甜，真是个好东西呢！

三木有些醉了，觉得桌子和屋子都在摇晃，姑娘也在摇晃，三木说，我醉了。姑娘说，哥你醉了就睡吧！姑娘把三木扶进包房连着的小屋，三木还依稀记得姑娘把他的耳朵咬了一口，其它事三木却再也记不起来了。

醒来时已是第二天清晨，三木有些口渴，就醒了，一伸手，碰到一个软绵绵的身子，三木吓了一跳，眼开眼，身边竟然是一丝不挂的玉米！三木嗷地一声大叫跳到地上，这时他才发现自己也一丝不挂，赶紧蹲在地上，双手捂住腿间，哆嗦着看床上的玉米。玉米也醒了，说，哥，你做什么？三木说，我，我……姑娘见三木蹲着不动，就跳了下来拉三木，说哥哥你上来吧，你醉得像头猪，能做什么？赶紧来补上吧，过了这个村就没有这个店了。三木说，我，我不敢，我从来没有做过。姑娘眼睛一亮，说真的？三木说，真的。姑娘说那就更不用怕了，我教你。三木光着屁股往后退，死活不让姑娘抓住自己。姑娘说，你还是男人呢，搂着我睡了夜，弄得我毛焦火辣的，你却不做了，说得容易！三木说，我真不敢。姑娘说，请神容易送神难，不做就不能出门。三木向姑娘作揖，说妹子你原谅哥。三木这时已把衣服胡乱套在身上，打摆子般在发抖。姑娘看三木一副没见过世面的样子，恨恨地说，你赶紧滚吧。三木一听这话，比听到减刑时还要高兴，转身就跑了。埋着头走了好几里地三木才歇下来，庆幸自己跑得快，他还笑话自己，咋那么怕呢？那玉米看起来也是个好女子呢。三木把自己清理一番，才发现口袋里的钱不见了，那是监狱给的路费啊。三木吓得一身冷汗，再去想昨夜的事情，一定是玉米那姑娘拿了，好几百块呢。三木想回去要，不然后边的路该怎么走啊？但三木又有些怕，他不知道昨夜喝醉后都对玉米做了些什么？自己还向政府保证好好做人呢。在树荫下想了好久，三木终于劝住了自己。不要去要钱了。看电影还要买票呢，自己看了一个女孩的光身子，也该买票吧？吃饭也该付钱吧？挨着她睡了一夜也该付个劳务费吧？说不定自己还摸了她呢。算是赚了。三木把看到的玉米的光身的每一个部位定一个价钱，算来算去，还真是赚了。怪自己吧，三木说，自己挖坑自己埋，往后的路就双脚走吧。走了几步，三木又问自己，如果玉米是荞子，自己怕是跟她睡了吧？肯定睡了，三木回答自己。

## 平果

平果是三木的希望。身无分文的三木走在武鸣通往平果的道上。平原的太阳辣辣地烤着他，脸成了炭色，汗渍在监狱发的囚服上印出一圈圈的图案。三木拦汽车，车开得更快；三木拦住一辆马车，在车辕上打瞌睡的赶马佬睁开眼，就被三木的样子吓了一跳，差点从车辕上栽下来。他弄清三木的请求后，让三木转到马车后边上来，三木刚转到后边，赶马佬却一甩鞭子，一溜烟窜走了。

算了，三木对自己说，求人不如求己，还是走吧。

三木走得脚上起了水泡，就扯根茅草，把水泡穿了，继续走。

三木走得肚子饿了。饿了的三木却不愿走进路旁的人家。咬着牙忍住，可肚子不听脑子的，咕咕直响。三木说，肚子你咋不争气呢？肚子响了一整天，三木又劝自己，去地里看看吧，去果园找找吧。三木走进香蕉地，摘了几根香蕉；三木走进果园，摘了几只芒果。三木告诫自己，吃饱就得了，别多拿，多拿就是偷了呢。亲不亲故乡人，平果有我的乡亲，平果有我的兄弟呢。三木满怀期望地对自己说，到了平果就好了。他甚至想，到了平果，就让老乡弄一盘红烧肉，两只大馒头，最好是还有一瓶酒，再来一盆热水烫脚。三木都快要闻到酒的香味了。脚上的疼痛也消失了。

三木的乡亲叫四喜。三木和四喜还有点亲戚关系。三木和四喜一起在家乡的山野上游荡的时候，三木没少帮瘦弱的四喜出头，三木的脑袋上，至今仍留着替四喜打架留下的疤痕。在往四喜的单位去的路上，三木的脑袋劝自己的脚：快走吧，快走吧，我三木与四喜是患难之交呢。

四喜年纪比三木大，四喜一毕业就分到县委办。四喜回家乡时曾告诉三木，说往后有事找他，他跟领导近呢，还说是能请三木吃饭、喝酒、唱歌也行，他都能签字。三木边走边想，这四喜如今怕是更厉害了，三木又对自己说，当然会更厉害，快十年了还不进步？

三木走进县委院子时，被门卫叫住了，恶声恶气地吆喝三木，像吆喝自己家的一只小狗或者小猫。三木并不觉得吆喝声难听，赶紧过去，说我找四喜呢。一听四喜，那老头脸色立马好了些，说找四喜有什么事。三木说，我是他老乡，他让我有事来找他。门卫脸上有了些笑意，说，嗬，老乡啊。三木便被请进值班室，还喝上了一杯热水。三木有些受宠若惊了。老头说，你先等等，四喜主任还在开会，等一下我帮你叫。

三木听到老头叫四喜主任，就问四喜是什么主任，老头说，县委办的主任呗。三木就说，嘿，四喜真行啊，都当上主任了。老头说，主任算什么，他正考核准备做副书记呢。三木与老头说起自己与四喜幼时的交情，老头则向三木说四喜的能干。老头对三木说，嘿，你看我只顾说，都忘记招呼你了，你大老远来，肯定饿了，先弄点东西吃吧。三木说，不用，不用，还是等四喜哥吧。老头说，不用等。四喜的客人也是我的客人呢。

楼上会议室终于传出说话和走动的声音，是散会了。老头指着楼上的一间屋子说，那就是四喜的办公室呢。你在这时等着，我去给你跟四喜主任说一声，老头说。

三木觉得那老头去的时间也太长了。三木站在门口，仰着脸看楼上来来往往的人，三木有些记不清四喜的模样了。三木想四喜一定是白白胖胖的，还有大肚子，领导都这样呢。那些走动的人都有些像三木想象中的四喜，又不大像。

老头背着手从楼上下来了。怎么这么久呢？三木对脸色又阴了起来的老头说。怪你呢，老头说，我被你的老乡批了一顿。

四喜为什么要批评这老头呢？

他说他不认识你，老头说，你赶紧走吧！

三木跳了起来，三木叫了起来，怎么会不认识呢？你没说我叫三木？

三木？四木都没用，老头说，你还想让领导相信一个劳改犯？

三木怔住了，一屁股坐在水泥地板上，这四喜怎么会变成这样了？三木全身软绵绵的，站起来的力气都没有了。

你快走吧！老头说，再不走我就喊人了。老头的脸越来越阴，并挥着扫帚扫起满地的灰尘。

三木脑子一片空白，只好跟跟跄跄地走出值班室。那老头在后边"呸"了一口，"刚劳改出来就来找老乡？县委副书记能认你这老乡？白日做梦！"老头在恨恨地骂。

三木听着老头的骂声，脚上的伤更痛了，并渐渐地痛上头来。

找到大同，天已完全黑了。大同一开门，见门外站着的是三木，就跑过来把三木抱住了。

大同说，三木，好兄弟，你真来看哥了？

大同说，三木，你不是逃出来的吧？

三木说，大同哥，我记着你的话，不是逃出来的，是政府让我出来了。

大同说，那你咋这个样呢？

三木不知道如何回答，刚要张嘴，却先是哭出来了。大同说，三木，你是个男人呢，哭什么？三木说，我不哭。却还是止不住泪水猛流。

大同说，兄弟你坐下，我出去弄些吃的。三木就坐在大同的床上。大同家很破烂，窗子上连框也没有，也没有什么像样的家具。但这毕竟是家啊，三木想。三木依然觉得温暖。

大同很快就回来了，把酒菜放在两块砖头搭起的桌子上，大同说，兄弟，我的情况你也懂，你就将就些了。三木没有出声，大同又说，三木，别怕，我们还年轻呢，还可以重来，一切都会好起来。三木点点头。大同说，兄弟，不嫌哥这里简单就把酒喝了。三木就一仰脖子，把一杯酒全干了，开始辣辣的，有些呛鼻，慢慢地三木就觉得身在变暖了。三木又自己倒了一杯，对大同说，哥，喝了。大同点点头，三木又说，哥，喝了。大同的母亲一头白发，一脸的皱纹。听着她的话，三木想起自己已远去的母亲，母亲从前也总是这样叮嘱自己。三木对大同说，大同哥，我也叫你妈做妈行不？大同说，怎么不行呢。三木就对着大同的妈跪下了。大同妈说，三木，不要跪，男儿膝下有黄金呢。三木说，我想跪，我就当是给我亲妈跪呢。

两人把酒喝干了，菜也吃完了，就并肩躺在大同的床上。大同说，兄弟，我想弄个采石场呢。三木说，嗯。大同又说，我有的是力气，弄采石场也不要什么钱，合适呢。三木说，合适。大同说，你留下来跟哥一起干，行不？三木不说话，大同又说，行不？三木说，行。

三木在大同家待了几天，白天陪着大同清理房子，下地；晚上就和大同陪着大同母亲说话，东一句西一句地扯着。大同母亲的耳朵有些聋，说的话很响。三木看着大同母亲，就更想回家了。三木说，哥，我想走了。大同说，那就走吧。大同把三木送到公路边，等往百色的车。

大同说，三木，回去要做个好人。

大同说，三木，在外边才觉得像个人呢。

车来了，大同替三木买了车票，又塞给三木十元钱，大同说，三木，哥借了几家，才借得这十元，你拿着，别嫌少。三木说，大同哥，你自己留着。大同说，拿住，我们是兄弟呢。三木就拿了。

隔着车窗，三木看清有了白头发的大同说，哥，你回去吧。大同说，不忙，你走了我再回。三木想告诉大同，把那几根白头发扯了，还没来得及说，车就喷着黑烟走了。

# 百色

三木坐在车上计算，就要到百色了，百色过去就是河口，河口过去就是利周，穿过森林，就到家乡浪平了，这家是越来越近了。三木突兀地想起了从前学过的一句话：万里长征只走完了第一步。三木想自己的长征已走了好几步了呢。

车子奔命般往前冲，窗外的景物放电影般一闪而过。光秃秃的木棉树，长着稀稀拉拉杂草的石山，石山坡顶架着脏兮兮的羊和手遮住阳光向车子张望的牧羊人，牧羊人的姿势有些像狱警们见了领导的敬礼。还有河流，浑浊而缓慢的河流，三木知道那是右江。三木不明白，看起来静止不动的河流，那上面的竹排怎么那么快呢，像鬼影般一闪就远去了。

一切的景致都与家乡不同。三木的家乡是不养羊的，三木的家乡只有小溪，清清亮亮的，还有森林，浓浓密密的，无边无际。

三木有些沉闷，就拉开窗子，好凉爽的风啊，像冬天里家乡的雪花打在脸上一般的感觉。三木又闻到风中吹来的家乡的味道了。三木眯上眼睛，张大嘴吸着，三木又要沉醉过去了。旁边的老妇人却把三木拍醒了，老妇人说冷呢，快关上。后边的人也在吆喝把窗关上，三木就只好把窗子关了。

百色是个好地方，但三木却不想在百色停留。下了车，三木就去买车票，他计划先到河口，然后走路回家。但三木的计划却没有实现。

三木看到了荞子。或者说，三木看到了一个很像荞子的妇人。那妇人牵着一个小女孩，那小女孩不就是小时的荞子么？

三木不相信，真的是荞子？三木揉揉眼睛，再看，更像了。三木觉得自己的心都快跳出胸口了，三木觉得自己又醉了，浑身轻飘飘的。三木想喊，张着嘴却喊不出声来，一切都好像是做梦一样。三木把自己耳朵扯一下，不痛，再扯，还是不见痛，三木就几个手指全去扯，真痛，三木这才清楚不是做梦呢。

那母女俩在三木的视线里快要消失了。三木这才着了急，扯着嗓子就喊：荞子——，四周的人都吓了一跳，看猴戏似地看着三木，三木顾不了那么多，荞子要走远了呢。三木又大喊：荞子——

那母女俩都停住了脚，转过身来，看着跑得一脸紫血的三木。

荞子……三木说。

荞子，我是三木。三木又说。

妇人这才被火烫了一下似的，低声说，你是三木哥？

我是三木呢，三木对荞子说。荞子泪水也就决堤般下来了。

荞子，别哭！三木说。

荞子抹了眼泪，拉过身后的小孩，说三木哥，我嫁人了，这是我的妹仔。荞子让那小姑娘叫三木舅。

"舅……"小姑娘的声音真甜。

三木有些失望，也有些慌乱。

小姑娘又叫"舅……"

三木慌慌张张地应了，三木觉得嘴里有些苦。三木到旁边的小摊前掏出大同给的十元钱买了一包糖果，给了小姑娘。

舅舅穷，只能买这点糖送你了。三木对小姑娘说。

荞子比三木小半岁。

荞子爹和三木爹都在修百乐公路时被石炮炸碎了，那是两个整天都在笑的汉子，说没有就没有了。不同的是荞子有姐有妹，都是美人胚子。旁人都说荞子家是美人窝。而三木却是独苗一根，跟着母亲冷火愁烟地过。荞子家和三木家是邻居。勤快的荞子每天大清早就在三木家的窗前细着嗓子喊：

三木哥，起床了。

三木哥，放牛了。

三木哥，上学了。

三木觉得这丫头真烦，像只麻雀整天叫，叫得他脑瓜仁都痛。三木就冲着窗外尖叫，我让你跟我。荞子不理，依然尖着嗓子叫，叫了好久仍不见这三木出来，荞子就说，再不起来，就用竹竿挑你的棉被了。三木还是没有出声，荞子就推开门，掀起棉被，哪里还有三木的影子。

三木从后门溜了。

荞子就坐了三木家的门槛上，呼天抢地地起来了。谁劝，也不停。三木娘说，我用竹枝抽他。荞子这时却停了，冲着三木娘说，不能抽三木哥。

荞子娘和三木娘就相视着笑了。这是一对小冤家呢。

荞子和三木就像一对猫和狗，打打闹闹，分分合合，从未间断过。

荞子和三木都渐渐长大了。

女孩总是比男孩成熟快些。荞子渐渐知晓了男女之事，而三木却依然混沌未开，还是顽童一个。

雨季来了，山溪里发起了洪水。荞子过不了河，三木就说，我背你过去。荞子扭捏了一阵，还是红着脸趴在三木的背上。过了河，一帮男人怂恿三木唱山歌，三木说唱哪样？男人们就在三木耳朵悄悄地教，三木就唱了：

三月水涨桃花河，

哥哥背妹来过河，

哥哥胸前平展展，

妹妹哎——

你胸前咋有两大坨？

荞子听了，就知道是这伙男人干的，荞子恨三木，两坨就两坨呗，你懂就得了，可你还唱？荞子抓了一捧稀泥就朝三木的嘴糊去，三木的歌声就像叫春的猫挨了棒一般猛烈停了。他想不通，就唱唱歌，荞子咋就这样恼火呢？

秋天刚到，药材贩子就来收龙胆草了。

浪平的坡地上，是龙胆草长得最好的地方。挖龙胆草，成了浪平乡人的节日。

荞子去了。

三木也去了。

挖龙胆草，要分开地块去慢慢找，大家聚在一堆，是挖不到几根的。荞子让三木到坡顶去挖，自己下到沟底去找，坡顶的龙胆草会多些。三木说，荞子，你去坡顶。荞子说，让你去你就去。记得回家时叫我。三木一直都听荞子的，就上了坡顶。

三木很高兴，坡顶真的有好多肥茂的龙胆草。三木挖出一根，就说一遍，5 分钱呢。不到中午，三木的背篓就装满了。三木还想继续挖，他要替荞子挖一些。山林里很安静，小鸟的叫声就特别寂寞，让人昏昏欲睡。三木就靠在树根上想睡下来，却听见坡底荞子的惊叫声。三木提着挖龙胆草的手铲像头野猪一样就往沟底撞。荞子怕是碰到蛇或者野猪了。三木想，三木一身伤痕冲到沟底却没有发现野兽，只见荞子正与一个男子厮打。荞子的衣服被撕破了，露出白白的奶子，直晃三木的眼。三木大吼一声扑过去，把手铲劈在那男人头上。那男人就转过身来，原来是那位百色来的药材贩子。三木愣住了，药材贩子也愣住了，过了好久药材贩子说你敢动老子？老子就收你的双倍的价钱。然后又扑向哭泣的荞子，荞子被青藤绊住脚，摔倒了。药材贩子就骑在荞子身上，荞子喊了一声"三木哥"，就没声音了。三木直觉得有血从胸口往眼睛涌。三木大喊一声"荞子"就把药材贩子踢翻在水沟里，手铲一次一次往药材贩子的身上戳，我让你欺侮荞子！我让你欺侮荞子！药材贩子一身血水往山下跑了。三木抱起荞子，替荞子扣好衣服，荞子就醒了，醒了的荞子一把抱住三木，三木自己却昏倒了。

荞子家很宽敞，也看得出荞子过得很好。三木问荞子，妹夫呢？荞子说他去广东做生意了。三木觉得轻松了些，三木就在每个开着的房间东瞄西看。三木问自己，如果自己是荞子的丈夫能让荞子过上这样的好日子吗？三木自己回答，不能。三木这样想，心里就觉得舒畅了些，荞子是自己的妹呢，做哥的能恨妹子日子过得好？三木在心里说。

荞子对女儿说，让舅来吃饭了。三木坐桌前，荞子问，三木哥，喝酒不？三木想想说，不喝。荞子说，还是喝点吧。三木说，那就喝吧。荞子去倒酒，却倒了两杯，递一杯给三木，自己端了一杯，对三木说，三木哥，委屈你了。三木一听荞子这话，泪水就又想流了，忍了好久才忍住，说，荞子，没有什么，你是我妹呢。

两人都想说点什么，却都不知道从哪里说起，就默默地喝酒。一瓶酒喝完了，饭也吃了，小孩也睡了，荞子问，三木哥，你也去睡吧。三木说，我不想睡。荞子就陪三木坐在沙发上，不东不西地闲聊。三木总想说点心里的话，却又一直说不出口。三木又准备了好久，想说荞子，哥想你呢。张了嘴却说，荞子，你去睡吧！

三木躺在客房的床上，眼前老浮动着荞子在山沟里光着胸的样子，三木浑身燥热，不停地翻来转去，三木头一次失眠了。睡不着的三木知道荞子也没睡着，那边房里的床也整夜在吱吱地乱叫。好不容易挨到天亮，看着窗外的阳光，三木觉得这一夜比在牢里的一夜还要难熬。

荞子把小孩送去幼儿园，顺手买回豆浆油条，三木一口就吃掉了半根油条，一口就喝掉半碗豆浆。荞子就在旁边看着，三木有些不好意思，吃得太凶了。但荞子没有出声。荞子只是说，三木哥，吃饱了？

饱了。三木说。

荞子走进客房，坐床前说，三木哥，你进来。

荞子没出声，而是把上衣脱了，三木有些惊讶，又有些渴望。荞子继续脱，上身脱光了，还是白生生的晃眼。三木转过身去，说荞子，你做什么呢？

荞子还是不出声，继续脱。脱了长裤，又脱下内裤，黑白分明的光身子横躺在了小床上。三木想走出去，双脚却迈不动，嘴巴直哆嗦，荞子、荞子，你做什么呢？

荞子说，三木哥，你过来吧。

荞子说，三木哥，那年在山上你也看过了。

三木觉得屋里空气都没有了，心也不跳了。

荞子从床上站起来，一把拉住三木，三木就像株枯树般倒下去了。三木说，对不起妹夫呢。

荞子不出声，只用双手替三木动。三木在恍恍惚惚中，把武鸣饭店里的玉米要他做的事做了。"轰"地一声闷响让三木瘫倒了。

做了一回，又做了一回，三木有些累了，三木想睡了。荞子坐了起来，背对着三木，说三木哥，你不问我老公是谁么？三木说，是谁？荞子就从床头的抽屉里拿出一张照片，照片上有荞子，还有一个熟悉的男人。三木呆住了，怎么会呢？怎么会呢？

那男人就是被三木追杀的药材贩子。

三木一脸茫然，荞子怎么会嫁给这个糟践她的畜牲？

荞子，这不是真的吧？三木说。

是真的，三木哥，我不嫁给他还能嫁给哪个呢？荞子说。

三木想说，还有我啊，你不知道我时时都在想你？三木张了张嘴，却没有说出来。

荞子又从床上拿出一包东西，放到三木的衣裤上，说这是一些钱，给你的，你回去好好过日子吧。

荞子说，三木哥，我们这下两清了，我也不欠你的了，我老公也不欠你的了。

三木觉得自己掉进了冰窖里，荞子怎么变成这样的人了？是不是荞子说错了？

荞子说，没有错，当年你救我没有错，我嫁给我老公也没有错。我觉得我过得好呢。

难道是我错了？三木问自己。

三木像机器人般穿上衣服。三木没有捡掉在地上的那一叠钱。

三木像机器人般走出了荞子的家。

还是快点回家吧，三木说，家才是自己的，在家才没有人会嫌自己。三木又开始想家了，房子还没有坏吧？屋檐下还有许多麻雀窝吧？那燕子的旧巢还挂在大门上方吧？三木想，娘的坟上

---

的草很长了吧？三木还在心里骂自己，昨晚怎么就没有想家，真是条狗呢，有肉就只懂摇尾巴，什么都忘了。

# 河口

三木听到警笛就心惊肉跳。在监狱里，警笛不轻易响，一响就是有人被提出去吃"花生米"了，一响就是有再也受不了的兄弟跑了。在三木印象里，警笛不是好东西，像乌鸦般，传递的都是坏消息。

一路上都有警笛在叫。

三木一上路，就被警察拦住了。三木把手揣在怀里，裤袋里还装着两个准备当午餐的红薯。警察见了他这模样，如临大敌，微型冲锋枪全指着他。三木傻了。三木只能按警察的叫声把双手抱到头上，蹲在水沟边。一个大个子警察扑过来，一下子就勒住三木的脖子，三木结结巴巴地说，我……我……才出来，又……又要回……回去啊？警察不理睬他，先给三木铐上了，铐得三木直淌泪水。警察问三木叫什么名字，三木说叫三木。又问三木是做什么的，怎么穿这身衣服？三木说我刚解放呢。这时旁边有一个警察小声地说不像呢，弄错了，弄错了，快放开。问三木的警察没理，搜三木的身，先搜出两只还带泥的红薯，又搜出三木的释放证。颠颠倒倒地看了好久，才去给三木解手铐，解时还顺手把手铐牙子压了一下，三木疼得咧开了嘴。三木看得出这大个子警察很恼怒。三木想，你抓不着人，做什么拿我来撒气？三木刚站直身子，大个子又说，红薯哪来的？三木说，田里捡的。大个子说，偷的吧？你们这些人狗改不了吃屎。一扬手，就把红薯丢到不远处的水坑里。滚吧。大个子对三木吼。三木看着那坑，有些心疼那红薯，看看大个子，还是转身走了。三木边走过在心里说，你咋丢我的红薯呢？你咋丢我的红薯呢？

警车呜里哇啦地向远处去了，三木还在问。三木走过有人群的地方，就悄悄地听，真是一个杀人犯从监狱里逃了出来，警察正四处追踪，还悬赏呢。他们不经意间发现旁边穿着条子服，剃着光头，一脸饿相，满身尘烟的三木，吓了一大跳，如同小鸡窝里来了只老鹰般，惊悸地四处跑散开了。三木有些开心，这些傻×把我当成越狱犯了。三木继续走，几条恶狗却追上来了，三木转身望村头，有几个人影一闪就躲到了矮墙后。三木看着气势汹汹的狗，往地上一蹲，狗就停住了脚步，三木抓起几块石头砸过去，一条狗被砸中头，汪汪叫着往回跑了。三木看着逃跑的狗说，恶什么？你以为你是警察？

转到河口，往东，过利周，再穿过老山的森林，家就该到了。三木已越来越清晰地感受到空气越来越凉了，浓郁的村野气息使三木越来越有劲了。

都是故乡在前方啊！

三木没有想到自己竟然被一个十二岁的女孩给算计了。

三木站在铁栏后，看着外面的小女孩，女孩的脸上不停地变幻着各种各样的表情。三木看着女孩的眼，不禁打了个寒噤，那眼睛怎么那样恶毒？阳光罩在女孩身上，使她有些模糊不清了。

三木狠狠地抽了自己几巴掌，还在心中骂：打死你这个笨×！

三木走过河口的村子。三木发现有一个女孩老是在后边悄悄地看自己。三木就站在牛棚边，等那小姑娘过来。小姑娘也发现了三木停了下来，稍微迟疑了一下，就朝三木过来了。三木觉得这小姑娘真可爱，穿着花裙子，头上打着蝴蝶结，脸上红扑扑的，像苹果一样，脖子上还系着红领巾，"是少先队员呢!"三木想。三木只是不清楚小姑娘胳膊上挂的有两杠的牌子是什么。小姑娘冲着三木笑，在秋日的阳光下，三木觉得小姑娘的笑容很温暖。小姑娘叫三木叔叔，那声音稚嫩清脆，那真像春天里画眉的声音啊。三木想问小姑娘想做什么，小姑娘的眼泪却先下来了。小姑娘告诉三木，自己的花头巾被风吹进矿洞里了。三木说，那你去拿出来不就行了? 小姑娘说，里面太黑，她不敢进去呢。三木心中涌起一股豪情，真是可爱的小姑娘。三木让小姑娘带路，来到废弃的矿洞前。矿洞不大，门口还有铁栅栏，可以看出曾被村里人当作牛栏用过，三木还真看到了一条花头巾孤零零地躺在矿洞里。三木说，我去帮你拿出来。小姑娘说，叔叔小心点。三木说，这么小的洞，有什么怕的。三木径直走进去。三木没想到身后的铁栅栏竟然关上了，还上了把大锁。三木捡起地上的头巾，还在笑，真是个小姑娘，为了这么一条小头巾流泪。三木满怀高兴地转过身时，还以为小姑娘跟他开玩笑，说让叔叔出来，叔叔捡得头巾了。

女孩的脸上一片灿烂，你出不来了。

三木说，你关我做什么? 放我出来，我还要赶路呢。

女孩说，等警察来了你再出来吧。

三木有些急了，说你快放我出来，不然我打你。

女孩说，你能打我吗? 你这笨家伙，通缉犯。

三木这才清楚，自己被女孩当作那个逃跑的家伙了。三木说，我不是逃跑的犯人呢，你放我出来。

女孩说，我才不放你。我都跟踪你好久了。等下警察来抓了你，他们就会给我钱，我就能去买新衣服了，我就可以去上网了，你懂得什么叫上网吗？我在网上还有一个男朋友呢，他叫温柔一刀，我叫青苹果呢，有了钱青苹果将会变成红苹果了。

三木说，我真不是逃犯，你弄错了。

女孩说，跟我说这些没用，我才不上你的当呢，你就等着警察来吧，傻家伙。女孩转过身，看着不远处的大路，唱起了三木在电视上听人唱过的《千年等一回》，不再理睬三木。三木想找块石头砸烂那铁锁，但很显然这矿洞已被小姑娘清理过。这小姑娘早有准备了。

三木双手抓着铁栅栏，看着外面阳光下又唱又跳的小女孩，再也想不出该说些什么。洞内的阴暗让三木几乎看得清灿烂的阳光中浮动的尘埃。一颗又一颗、一串又一串的尘埃在阳光中翻滚搅动，原来就很耀眼的光线更加金光闪闪。姑娘漂亮的身子也罩上了这层美丽的衣衫。这衣衫后边的脸在三木的眼中不断地变换着各种嘴脸。三木想起在茅桥监狱里，也有这么一些不停地换嘴脸的人，三木听大同说，这样的人不是领导，就是骗子。三木问自己，是不是这变幻莫测的阳光遮去了姑娘本来的面目了呢？三木有些恨自己，三木，你都快三十来岁了，就看不清这点呢？看不清你不就活该被关进这牛栏？

三木踢了几个栅栏，咣咣的声音把小女孩又引了过来。小女孩这次手里拿了支狗尾巴草，她把狗尾巴草伸到三木鼻子下，说通缉犯，好看吗？三木看着小姑娘的眼睛，那里边全都是兴奋和期盼。三木想伸手去抓小女孩，却又够不着。

警察终于被小姑娘等来了。警笛的叫声震得阳光下的灰尘直乱荡，来的还是在路上铐过三木的大个子警察。大个子警察一看到蹲在里边的是三木，就笑了起来，笑得眼泪直流，笑得弯下了腰，蹲在地上转圈。小个子警察让小姑娘把门开了，三木站在阳光下看着小姑娘和小个子警察，小个子警察说，看什么看？快走你的路。大个子仍在捂着肚子笑，三木突然生出一股怨恨，笑，咕，就吼，你在说什么？三木赶紧说，我骂我自己倒×霉呢。三木朝小姑娘看去，小姑娘战战惊惊地躲到小个子的后边。狗仗人势，三木在心里骂那小姑娘，刚才你还嘴巴那么硬，怎么现在不敢出声了？

你们都欺侮我！三木这样想，一这样想，三木就觉得眼睛痒痒的，但三木使劲忍住了，没让眼泪流下来。

## 利周

走在利周的长街上，三木的身子直晃悠，力气和热量正一点点地远离三木，看街边小摊上冒着热气的各种食品，三木的双眼闪起了金星。从河口到利周，三木拖着沉重的步子走了两天，这两天他只是在一片芭蕉地里找到两只快烂掉的芭蕉充饥。三木曾想去采石场帮老板做工，先混两顿饭吃，但老板一听到他的浪平口音就拒绝了，说我讨厌浪平人，你滚吧！

利周正是赶场天。

利周靠近浪平，就有许多浪平人到利周赶场来了，听着久违的熟悉的乡音，三木的眼睛又湿润了。

我怎么老是想流泪呢？三木问自己。

三木坐在乡政府门前的台阶上看赶场的人来来往往。看得肚子咕咕直叫，口水从嘴角不停地流下来。三木看到市场管理员从远处过来了，原本还笑嘻嘻的市场管理员，到了一个浪平口音的老太婆的摊子前时，脸色变得阴暗，像吆喝孙子一样吆喝着满着白发的老太婆，要她快些交管理费，老太婆抖抖索索从包了几层的破布包里挑出几张旧票子时，三木听到老太婆低低地咕噜了一声：你们只有欺负我们浪平人。

老子就要欺负你们浪平人。市场管理员恶狠狠地说。

市场管理员突然出手打了老太婆一个嘴巴。"老子就欺负你们这些浪平人。"工商员还在说。

老太婆一个趔趄，跌倒在地，殷红的血从嘴角流了出来。然而市场管理员并没有放过老太婆，他扬起他的脚，一脚一脚地把老太婆半背篓的菜——一些白萝卜和黄的南瓜踢得遍地都是。

他一边踢一边骂：狗日的浪平人，狗日的浪平人。

三木开始还忍着，那么多浪平人，会有一个出头评理的。但还是没有，三木终于忍不住了，他像一头豹子般从台阶上跃起，从一个卖牛肉的案上抄起一把砍刀，冲到那市场管理员跟前，挥刀就砍。刀却被一双手牢牢地托住了，是那个卖肉的老板。他原来红润的脸铁青了。

他说兄弟，三木听着他叫自己兄弟，也是浪平人呢！他说这种事情太多了，他们都看得麻木了。

我们惹不起啊！老板握着三木的手说。

日他娘！三木走过杂乱的街道，狠狠地骂，日他娘！

三木自己也弄不清楚：这该是骂谁呢？

利周的山野，已露出明显的冬的迹象，四处灰蒙蒙的，破败的枯草在风中瑟索。田野里的鸟雀越来越少，孤零零的几只麻雀越发显得田野的苍凉。偶尔有一两只田鼠也完全失去了往日蝗机灵，蹲在田坎上惊惶地东张西望，看着老山顶挂着暗灰色的云雾，能感觉到寒气正渐渐地过来了。

三木在心中催促自己：快走吧！过了利周，穿过老山，就该到家了。但三木却实在是走不快了。饥饿已使他四肢发软、发抖，寒冷使他走不出直一些的步子了，冻疮开始在他的耳朵和手脚上驻足，并且开始化脓了。三木担心自己会死在路上，他甚至怀念茅桥的日子，至少在里边是不受冷不挨饿的。这个想法刚冒起，三木就骂自己：你狗日的真是个贱骨头呢！浪平是你的家乡啊！

是啊，浪平，浪静风平的浪平，是自己的家乡。想起这个，三木就觉得温暖了些，振奋了些。浪平是三木心中的光，心中的火。自己一定要回到家乡，三木这样告诫自己。三木决定，即使乞讨，也要回到浪平，自尊毕竟没有比能够回到家重要，自尊毕竟没有比活命重要。

三木昏倒了。

又冷又饿的三木昏倒在公路的涵洞口中，三木醒来的时候，发现自己已躺在涵洞内的稻草上。稻草散发着芳香与霉味混合的味道，涵洞里还有火光，阴暗的光线里，三木只能看到一个佝偻着的背影正在火上煮着什么，三木翻了一下身，流脓的耳朵被稻草勒住，三木痛得呻吟起来。见三木醒了，那黑影就端着碗东西挪过来，三木这才看清这是个老头，脏兮兮的，头发胡子乱成一团，一件破棉衣用绳子扎着，三木知道了这是个拾破烂的老头。三木没想到的是老头端给自己的竟是一碗面条，一碗热气腾腾的面条！老头把面条递给三木，双手比划着让三木吃下去，这老头还是个哑巴呢！三木看着老头混沌的眼，也来不及多想，就呼噜噜把面条倒进肚子，面条下去，暖气就上来了，三木这才想起这面条似乎少了些盐，少了油，但三木仍觉得这面条实在是太好吃了。老头见三木把面条吃空了，又从一个破尼龙袋中捡出一件破棉衣让三木披上。三木迟疑了一下，老头又呜哩哇啦比划起来，非常着急的样子，三木知道了这老头是怕自己冻死。三木就把衣服披上了。老头的脸上有了笑意，看着老头，三木再也控制不住自己，趴在地上，就给老头叩了一个响头。

三木身体其实还是挺好的，只是寒冷和饥饿折磨他太久了，捡破烂的老头每天都弄来些野草，熬成黑糊糊的水，给三木洗耳朵、洗手，只过了两三天，三木的冻疮就开始好了，力气又重新回到了三木身上。老头很舍不得三木，三木也舍不得老头。几天时间相处，三木觉得老头像自己逝去多年的祖父、父亲，虽然他不会说话，但他的一招一式都透着对自己的关心，但三木还是认为应该走了，应该在大雪降临之前穿越老山，回到浪平。三木告诉老头，自己回家看一下，有机会就回来看他。三木还想，如果顺利，就把老头接去与自己住。三木临走时又给老头叩了一个头，两人眼里都有了泪水。

三木把稻草垛给烧了。

三木躲在不远处的灌木丛中，看那大大的稻草垛先是冒起浓浓的白烟，然后就亮起了火光，真是冲天的火光，还散发出噼噼啪啪的爆炸声，稻草垛后人家的大狼狗先叫了起来，是恐惧的哀嚎，接着那脸上干瘦无肉的男女就跑了出来，跺着脚在诅咒，还用桶去打水灭火。三木想，这火你是注定灭不掉了。

火光渐渐弱了，大大的稻草垛成了一丘黑灰，那对狗男女的诅咒也更加清晰,火的余光中能看清那两人的眼睛血红,嘴角的泡沫挂了一大团,三木知道他们是在诅咒自己,那么一大垛稻草,牲畜一个冬天的草料啊!都烧了,能不气愤么?看着那两人的模样,三木觉得高兴,谁让你不把人当人看?

三木对着那深红色的楼房说,要不是你家的狗凶,要不是有铁门拦着,老子还想烧掉了狗日的房子呢!

三木此时的心情如同当年举着铲子捅药材贩子一般痛快舒畅。

三木走过村子,村子很大,有百来户,密密麻麻地挤在大路旁,看着那些两三层的平顶房子和高大的门楼,三木知道这寨子富着呢!三木有些高兴,这样的寨子总会比穷寨子好找吃的东西。然而三木很失望。三木连续敲了三户人家的门,都被轰了出来。还有一家正在办酒席,一开门,浓烈的饭菜香味和酒气就涌了过来,但三木还是被轰走了,像轰一只讨厌的苍蝇,像轰一只肮脏的老鼠,像轰一只渺小的麻雀。主人的眼都是白眼仁多黑眼仁少,站在高高的台阶上,嘘嘘地挥着手,还不耐烦地骂。三木想,不给就不给,你做什么要骂呢?你干什么要用棍子撑呢?我又不偷你的,又不抢你的。但酒足饭饱的主人没有这样想。还有一户人,从里边泼出一盆散发着烫鸡鸭味的水,把三木一只破解放鞋弄湿了。

操你娘!三木一边抖着鞋上的水一边骂。

三木开始时并不想烧草垛,他只想在草垛下躲一个夜晚,草垛毕竟比其它地方温暖些,但那可恶的大狼狗发现了三木,疯狂地嗥叫,男主人就走了出来,发现蜷缩在草垛根的三木,二话没说就给三木一脚,仿佛三木是一头猪,仿佛三木是一块烂木头。

踢过三木，那家伙还把翻毛皮鞋在草上擦了擦，好像是踢三木给弄脏了。那男人没让三木开口中，就喝道：滚。那男人肯定是相信三木会滚的，一个讨饭的家伙，怎么敢与大屋子里的人顶呢？那男人吼过就往屋里去了，那狼狗像个汉奸般在他屁股后摇头晃脑，可三木却偏偏没走。三木想，我睡在草垛下都不行么？你又不是警察，让我滚我就真的得滚？三木继续缩在草垛中，在稻草的清香中睡去，待到那大狼狗咬住他的裤脚把他从草垛中像拖一只死猪一样拖出来时，三木才认识到这草垛真是不能待了。

你弄脏了稻草，我家的牛马不吃了怎么办？女主人在旁边说。

再不滚我就让狼狗咬死你！那男人说。

快滚，两几乎是异口同声地说。

三木从地上慢慢站起来，觉得有一股苦味，有一股狠意从胸口涌上来，三木咬了咬牙齿，转过身就慢慢走了，看都没看那两人一眼。

天已全黑了，又去哪里找个栖身的地方呢？三木想。

三木想在背风处烧个火，有了火，寒冷就会走远些。但天空中又下起了毛毛雨，火怎么也烧不燃。

操你娘！三木骂，操你娘！

骂了几遍，三木就倒回去，把那稻草垛给点了。

三木在火光中想，离浪平没有多远了，穿过原始森林就到了。

千好万好都不如自己的家好！三木对自己说。

## 穿越森林

三木曾经很多次穿过老山坡的原始森林。

一翻过老山坡，原始森林特有的微甜的、凉彻肺腑的，混合着森林各种气味的浓郁湿气就裹住了三木，三木觉得自己成了蚕茧中的蛹，很亲切，很温暖。毕竟是在自己家乡的土地上了。

尽管多年过去了，但三木对原始森林仍如同自己的身体一般熟悉。他没有忘记，过森林，要先过天王庙，再经田家湾、香椿岭、学堂坳，翻过十一道坡，过二十四道沟，就可站到浪平背后的廖家坳上了。

站在老山坡的坡顶，三木张着大嘴呼吸着。天空中有凉凉的阳光，无边无际的森林上有迷迷蒙蒙的云雾，正在轻轻地飘，好像有谁在舞动一般。冬日的原始森林，仍有着厚重的颜色，铁青色。有风来了，接着就有林子的摇晃声由远至近，轰然而至。

林子上的颜色在冬日的阳光中是一致的，但三木知道，在每一道坡、每一道梁、每一道沟，却是绝对不同的，三木仍记得在天王庙的北面坡，长的都是青枫树，一树一树的青枫籽，被调皮的小松鼠一摇，哗啦啦就往下掉，下雨一样，青枫籽是这些小家伙过冬的食物呢！而在南面坡，则长着大大小小的榉木，秋天的时候，那叶子有金黄色的、有深红色的、有天蓝色的……就像是谁把颜料桶打翻在那里了；而在田家湾，就是泡桐木多了，几个人都围不过来的泡桐，是做家具的好材料，还能做棺材呢；香椿岭却没有香椿树，香椿岭满坡满岭是野山楂和酸枣，深秋时野山楂和酸枣都红嘟嘟的，摘一颗，放进嘴就往肚里掉了，但这东西却不好保留，只能在树上吃饱，想带走，没到家就会烂掉了；学堂坳上有两个空屋基，还有一个山神庙的遗址，应该是许多年前有人在那住过，那地方到处是草莓和恩桃子，三木记得自己有一年春天和荞子到那里去，吃草莓嘴把嘴都吃紫了，荞子还晕倒了，她吃恩桃子太多了，那东西甜甜的，吃多了，也醉人呢！

森林里还有许许多多的鸟雀和动物。三木记得有种鸟的声音和人的声音差不多，春天一到就在林子中叫"咕——嘎嘎——"，如果你也学它叫，它就会以找到同伴了，飞到你旁边的树上叫个不停，那鸟瘦瘦的，翅膀一张却有一根扁担那么长，羽毛的颜色也很好看，但却是个傻家伙。还有布谷鸟，三木最讨厌布谷鸟的，仲春初夏，三木到森林里采香菇，挖药材，听到那布谷鸟有一声没一声，一声近一声地叫，总是觉得孤独、寂寞，让人心慌慌的——现在站在老山坡顶，三木却特别希望听到一声布谷鸟叫，即使乌鸦叫也行，但没有，冬天了，鸟们都回家了——森林里生活得最自由的还是猴子，猴子据说是人的亲戚，舅舅辈的，但猴子远比人灵活，自由，整天在树上东游西逛，荡秋千，抓虱子，三木还曾看见两个谈恋爱的小猴子躲在一块大石头后边亲嘴。三木还清楚，看草坪的猴子分为四个帮派，谁也不惹谁，谁也不随意侵犯他人的地盘，就像生产队一样，这里的猴子都长着金黄色的长毛。森林里的霸王是野猪，野猪高兴了或者发怒了都会六亲不认，横冲直撞，就像利周市场上的市场管理员……

寒流还是来了。

三木刚走过田家湾的老林子，就能感觉到寒流从远处的林子里逼过来了。田家湾的老林子里有好多纵横的山沟，沟里有清清的流水，三木从山沟的石板下摸出几只开始冬眠的蚂蚁，在火上烧吃了。这里的林子大多是牛奶树，树上还有残留的牛奶果，深黄色的，寒风一吹，它就咚咚地掉到水沟里，听着那不期而至的声音，三木知道，寒流来了，得加快回家的步子了。天悄悄地就黑了，三木准备在一个多年前就发现的树洞里度过黑暗的夜晚。半夜时分，三木听到外面开始下雨了，毛毛细雨，还刮起了风，是分不清东西南北的牛毛风，时强时弱，时缓时急，火也快熄灭了，树洞的热气越来越少，三木努力把自己蜷缩成一只刺猬的样子，仍然抵不过那源源不断涌进树洞的寒气。好不容易等来天亮，三木爬出树洞，首先就碰上了树洞口悬挂着的冰凌，使劲把冰凌敲开，到了洞外，三木呆住了，昨天还暗青色的森林，全变得白茫茫的，地面、树上都结满了厚厚的冰，林子里还不断传来清脆的树木的断裂声，那是那些老树抗不过寒冷，被折断了。这样的天气，要穿越几十公里的原始森林，三木知道太难了。

难道还返回利周？三木问自己。

绝不！冰再厚也要回浪平！三木这样回答自己。

三木知道这样的天气里，寒冷和饥饿最容易要掉人的命，但三木还是决定要走。浪平肯定有旺旺的炭火在等自己，有热腾腾的饭菜等着自己，有暖洋洋的问候等着自己，三木这样劝自己。脚下的冰块在嘎啦嘎啦地断裂，三木的脚已感觉不出寒冷了，但三木清楚，冰块裂一块，就离浪平近一步。三木一到下午就赶紧在林子里找些食物，找好栖身的地方，为了再找出冬眠的蚂蚁，三木的手指被冰块划破了，血却流不出来，给冻住了。

三木用两天时间，走过了香椿岭，又用一天时间，越过了学堂坳。三木的冻疮又复发了，手指、脚指、耳朵、鼻子……凡是裸露的地方，全都红彤彤的，像吸足了水的红萝卜。更危险的是，因为结了冰，林子里很潮湿，火老是难得烧燃，生火的火柴已经没有了。

三木开始担心，自己能不能活着回到浪平。

三木爬进那间用板皮围成的窝棚时，把里边围着火堆烤火的人吓了一跳，三木是看到窝棚的缝隙透出的红光才找来的，三木几乎是手脚并用才走近窝棚，三木已在林子里冷了整整两天，三木听见屋子里传出的乡音，就想自己有救了，自己还能活着回浪平了。

围着火堆的几条汉子看到几乎趴在地上的三木，全都跳了起来，三木已不像个人样。原先秃亮的脑袋长满了头发，却像杂草般脏乱，眼睛深凹着，透着饥饿和茫然。他们还看清了三木身上那套破烂的囚犯服装，他们不能不跳起来。这是一伙为了生计到原始森林里来偷猎的猎人。

三木把身子挪的近火堆，看着他们说，兄弟，我也是浪平人。

汉子们都看着三木，等待他继续说。

三木说，兄弟们，给我点吃的吧，我饿得很。有一个汉子就替三木从火堆里拨拉出一只红薯，一只散发着焦香的红薯。三木来不及吹掉上面的灰，就咬了下去，三木已不知道烫，吃了几口，他只觉得哽，哽得他透不过气来。那汉子又给他递来一盅水，三木把水喝下去，终于好受些。

散在旁边的汉子不知是太冷或者见三木是这副模样，又挤拢

115

了过来。问三木从哪里来，问三木是哪个寨的。三木一一回答了，却没有谁认识他。又有一个问三木看释放证，三木去摸口袋，却把手从口袋底伸了出来，那证早掉了。汉子见三木找不到释放证，就有些疑惑地看三木，三木着急地说，大哥，我真是放出来的呢。

好！好！一个汉子说。

三木说，都是乡亲，你们还不相信我？

又一个汉子说，相信，怎么不相信呢。

三木说，兄弟们明天带我一起走好吗？我一个人太难走了。

一个汉子说，成，怎么不成？自己老乡，昨个不一起走呢！

三木就说，还是老乡好啊，还是我们浪平好啊。

三木又流泪了。三木这次的泪流得真舒服。

靠在火堆旁边，坐在乡亲的中间，三木觉得真暖和啊。还有这浪平话，听起来让人耳朵直痒，嗓子眼直麻。三木把头靠在一个年纪大些的老乡身上，昏昏沉沉就睡去了。三木又做起了梦，梦见自己走进了老家的门，可那该死的烂门槛，却把他的脚绊住了。三木气得醒了过来，醒过来的三木却又气得昏过去，哪里是什么门槛绊住了脚？是那几位老乡，把自己的脚给捆住了，把手也给捆住了。

三木急了，三木想挣扎着站起来，却被两个汉子扯住了。

三木说，都是乡亲，你们怎么这样做呢？

一个汉子说，什么鸡巴乡亲不乡亲的？林子大了，什么鸟没有？

三木说，我不是坏人呢。

一个汉子说，不是坏人？那你怎么穿这身衣服？况且坏人脑

116

门上也没刻字。

三木着急得哭了起来，三木说，我想回家呢，你们咋捆起我？

一个汉子说，不捆你？不捆你我们就会被你捆了，防人之心不可无呢。

三木说，我怎么会这样做？我不是那样的人。

一个汉子说，你说也没用。汉子对另一个汉子说，捆紧些。

三木实在忍不住了，就骂，狗日你们，你们怎么这样做？

一个长脸汉子抽了三木一个嘴巴，还骂人？场坝上的公安都不敢骂我，你还敢？又是一个嘴巴。

那些汉子把三木绑到柱子上，收拾行李，趁着夜色就走了。

三木喊，你们跑了，把我绑这里，还不冷死我啊？

一个汉子说，死了算×。

一个汉子说，说不定等下就有野狗来看你了。

另一个汉子说，就他那个×样？野狗怕还嫌他脏呢。

一群人像吹哨子般尖利地大笑起来。

三木在里边大骂起来，我操你们的娘。

一个汉子在外边说，我娘早死了，要操你就上阴间操吧。

另一个汉子说，老乡，过半天你就能上阴间操他娘了。

三木没想到自己竟然弄成这个样子，让一群老乡给收拾了。他没想到日思夜想回浪平，却被绑在了野地里。

三木在寒冷的空气中，一声比一声弱小地骂，你们都欺负我呢，操你娘的，人善被人欺，马善被人骑，你们都欺侮我呢。

声音越来越小。迷迷糊糊的三木回想起自己出狱后的遭遇，一种坚硬的东西倏然也从三木的内心深处生起，三木告诉自己，从此时起，三木将不再是从前的三木了。

三木是被一个老头给解开绳子的，老头骑着一匹马，穿着厚厚的棉衣棉裤棉鞋，还戴着厚厚的棉帽。老头看样子是要穿越森林去走亲戚。老头清晨路过窝棚，听到三木的呻吟就进来了。三木其实不是呻吟，三木是在骂人，但寒冷使他口齿不清，饥饿使他有气无力，也就与呻吟差不多了。老头解下三木，又重新点燃火堆，见三木渐渐恢复了知觉，就走了。

三木看着老头的背影，犹豫了好久，才喊，老人家！

那老头听到三木喊他，就重新钻进窝棚，刚抬头，三木就把一根木棒砸在老头的脑袋上。那棉帽滚出去好远。老头噗地倒在地上，脚弹几下，就没了声息。三木解开老头的棉衣，又脱下老头的棉裤、棉鞋，套在自己身上。三木一步一步向前，艰难地跪下，对地上皱巴巴的老头重重地叩了三个响头说，老人家，莫怪我，怪不得我。我要回家呢。三木走出窝棚，骑上马，得——得——得，马的步子很急，三木看着林子的方位，知道就到学堂坳了，知道就到廖家坳了。马背上的三木看着坡底迷迷蒙蒙的浪平，心中有一股气直涌上来，三木以为自己又要流泪了，等了好久，却又没有流出来。

三木又被警察捉了。三木从廖家坳下来，刚下到半坡，就被草丛里冲出的警察摁在了地上。

三木被判了死刑。

将要行刑了，警察问三木有什么想说的。三木说，能让我去把我娘坟上的草拔掉么？警察说，拔什么拔，你就要去见你娘了。三木又说，能让我去看看我的家么？警察说，看什么看，你那烂房子早倒了。

　　三木想，怎么会倒呢？房子怎么会倒呢？三木像根面条瘫软在地上。

　　三木被拉到廖家坳的半坡。行刑的枪响了，三木感觉到子弹穿过自己的心脏，带给他一种解脱的重负般的感觉。一种暖洋洋的呼唤在遥远处响起，那是娘在叫自己。三木还想再看一看坡底的家乡，却再也睁不开自己的眼睛了。

# 家　丑

## 1

在我们浪平场坝，一个男人如果讨了一个不清不白或者名声不好的女人做老婆，就会被人笑称"背了烂背篼"，也就是替别人背黑锅的意思，这句话的杀伤力与"戴绿帽子"差不多。大凡有些骨气、有些自尊的男人，断然是不会去背"烂背篼"的。当35岁的阉猪匠张吉高高兴兴地把李玉蓉接进家门，在深夜泛黄的油灯下发现李玉蓉微微腆起的肚子，就像喝包谷酒喝昏了头，青紫着脸一屁股坐在了床前的泥地上，嘴巴怎样努力也合不拢。张吉以这样的姿态在地上待到半夜鸡叫，才回过神来，他知道这个夜晚自己也背上了一只烂背篼，一只让男人无地自容的烂背篼。清醒过来的张吉一巴掌搁在李玉蓉挂满泪水的脸上，夺门就走。张吉也不知道自己要去哪里，但他就想出去，脚刚伸出门槛，他看到了跪在外面的父母，母亲的枯发在夜风中飞舞，父亲老鞋底子般的脸上填满乞求，张吉的脚也软了下来，跪在父母面前，"你们合伙算计我啊"，张吉如同遭绑的猪一般哀嚎。父亲说，儿子啊，我们只有这样的命。屋内的女人也在哭泣。母亲说，人家姑娘不嫌我们家穷，不嫌你年纪大，我们就莫要挑三拣四，你还想打一辈子的光棍吗？张吉再也忍受不住父母的诉说和长跪，缩回屋里，关上了房门，用捏猪卵子的手劲提拾起李玉蓉。张吉的诅咒和拳击下，李玉蓉把村长许长许大麻子的恶行告诉了张吉。张吉说，我日他娘，你咋就让他日了呢？李玉蓉只流泪不说话。张吉又说，我日他许大麻子的娘，他还是你表叔呢。李玉蓉说，我们家成分不好，哪里还有什么亲戚？我没有这表叔，他是个畜牲。张吉听了这话，稍微舒服了些，又说，你咋不去告他？李玉蓉又哭起来。母亲却在门外骂起来，要告了，这脸往哪放？张吉说，你们就让我背这烂背篼？母亲在外边说，儿啊，莫管好背篼烂背篼，我们有一只背就烧高香了。

　　张吉看着床沿垂着头哭泣的李玉蓉，张吉知道，这七村八寨一枝花的李玉蓉，如果不是被这狗日的许大麻子糟蹋了，断不会走进自己家的破门，能要到这般如意的老婆，真的是自己拣了大便宜。但张吉咽不直这口气，这狗日的许大麻子，咋想日谁就日谁？

　　阉猪匠张吉坐在床前的木凳上，一边诅咒许大麻子，一边抹着脸上的泪水和鼻涕，渐渐地就睡过去了，睡梦中他还在不停地诅咒，屋外已是天亮，父母操弄家什的声音把他吵醒时，他看到李玉蓉仍坐在床沿抽泣，在黎明的阳光中肿着双眼的李玉蓉依然美丽。张吉说，别哭了，你就留下好好过日子吧，张吉的这句话，弄得李玉蓉酣畅淋漓的一场大哭，张吉有些慌了，跑出门去找母亲，母亲却说，让她哭吧，她把心中的冤屈哭出来，就会真心跟你过日子了。

　　李玉蓉在张家待了下来，但张吉却从不靠近她。张吉一看到那越来越大的肚子，就仿佛看到一脸麻子的许长正趴在上面得意的笑，他的下面就没有了精神，娶了老婆仍解决不了性饥饿的张吉只能以四处出游阉猪来消磨自己烦躁的时光。摸着小母猪光滑的屁股，他就不停地说，你咋就给他日了呢？你咋就给他日了呢？捏着公猪的卵子，张吉就觉得是捏住了许大麻子的骚根，捏的劲大，刀子下的也慢，把那猪折磨得呼天抢地地嚎叫，把血淋淋的猪卵子踩在脚下，他还要继续骂，我让你还骚！我让你还骚！旁边的主人心疼自己的猪，说张吉你的手艺变差了呢。张吉这才从痴迷中回过神来。

由于手艺差了，找张吉阉猪的人越来越少了。更多的时候张吉只能坐在自己家的院坝里一边听旁人家公猪母猪的嚎叫，一边回忆自己的阉猪匠生涯。

"都是许大麻子这狗日的害的啊"张吉在心中呼喊。

张吉在院坝的泥土上，用木棍画出一个男人，是许大麻子，就用阉猪刀划掉脖子，画一个女人，是许大麻子的娘，阉猪刀的柄直往裆里桶去。

不管张吉多么地不情愿，也不顾张吉和他不停地诅咒和各种稀奇古怪的巫术，李玉蓉肚里的孩子还是不管不顾坚强地来到了张家。洪亮的哭声震得张吉家破屋上的尘土往下掉，震得张吉一家人耳朵芯直痛。

真是个讨债鬼啊，张家作了什么孽？张吉的母亲在孩子的哭声中唠叨。

张吉干脆扯了两团棉絮塞住耳朵。张吉的父亲却把它扯了出来，父亲说，孩子生在张家，就是张家的人，你就是他爹，你塞什么耳朵！

张吉说，他爹是许麻子。

父亲说，你放屁。孩子生在张家，与他许麻子有什么相干？不是一家人，不进一家门。她就是我的孙女。

张吉说，好，好，你说是就是吧。

父亲说，这样就好，就取名字叫张美丽吧。

张吉想说，还美丽呢？麻子下的种能美丽？但看着父亲铁青的脸色，张吉到嘴边的话又缩了回去。

父亲又说，往后谁也不要说美丽是野孩子，她就是我们张家的根苗。哪个嘴巴多哪个就要遭祖宗咒。

张吉依然很少落屋，阉猪的活少了，他就去了铁匠铺，整天挥汗如雨，叮叮当当地锤炼着镰刀斧刀，他坚信，这其中有一把，肯定会去取了许麻子的祸根。

女孩张美丽在慢慢长大。快要两岁了，仍不会说话，张吉的父亲和母亲都有些着急，别是个哑巴。他们开始有些后悔当初对孩子的厌恶和诅咒了。

他们没有想到，在一个开满桃花的清晨，女孩突然说话了，她坐在大门槛上，对着垂头丧气的张吉，甜甜地叫了起来，"爹……"张吉吓了一大跳，李玉蓉和父母也吓了一跳，张吉东张西望好一会，看到张美丽的大眼睛盯着自己，才知道自己被人叫做"爹"了。张吉手一软，手里的铁匠家什砸在自己脚上，一阵巨痛，他才清醒过来，一种麻酥酥暖洋洋的感觉从心底生起，不由自由地就应了一声"哎——"。

也是在这个桃花瓣洒满院坝的夜晚，张吉恢复了男人的本色，搅出了李玉蓉一脸的桃花喜色。张吉和李玉蓉垂着眉一起走出房门时，张吉的父母知道，张家的幸福时光开始了。

## 2

李玉蓉对张吉说，我们好好过日子。

张吉说，嗯。

李玉蓉说，我们把屋顶翻一下，茅草都烂了。

张吉说，翻吧。

李玉蓉说，往后我们会有瓦房的，三间两屋的大瓦房。

张吉说，肯定会有。

李玉蓉说，你的胡子，头发都该理一下了，野人一样。

张吉说，懒得找人理。

李玉蓉说，我帮你理。

张吉说，你会吗？

李玉蓉说，咋不会？不就和烫鸡烫鸭一样？

张吉说，我又不是鸡鸭。

李玉蓉不理他，去灶上烧了开水，然后把张吉的脑袋摁到热水盆里，然后就把张吉的脑袋刮成大秃子，李玉蓉的手抚摸着泛青的秃头，手心有些刺痒，李玉蓉心中也有些激动。

张吉，李玉蓉说。

嗯，张吉应道，等李玉蓉出声，李玉蓉却不说话了。

怎么拉？张吉说。

渣渣进眼睛了，李玉蓉说。

张吉抬头去看，李玉蓉的两只眼中有些湿湿的，张吉想，又没有风，哪里飞来的渣渣？

张美丽从院坝外边跑进来，见张吉的光头，伸了胖胖的小手去摸，说爹的脑壳像太阳呢，晃眼睛，又摸张吉的下巴，说爹的下巴有刺。张吉说，刺着哪里了？张美丽说，刺着手了，张吉去吹女儿胖嘟嘟的手心。张美丽说，爹……张吉说，怎么了？张美丽却跑了，像一团桃花般飘向门外，李玉蓉看着女儿远去的背影说，张吉我们还会有孩子的。

张吉说，嗯。

李玉蓉说，我会给你生一串你自己的孩子。

张吉说，你又不是老母猪，咋个能生一串？

李玉蓉和张吉一起在三月明媚的阳光下笑了起来，女儿又从院门外探进头来，说爹、妈，你们笑什么？

李玉蓉说，我们被笑娘娘的尿淋中了。

女儿说，笑娘娘在哪里？让我也淋一点。

李玉蓉一把把女儿搂在胸前。


李玉蓉没有能为张吉生一串小孩，李玉蓉只为张吉生了一个儿子。张吉说，叫张庆吧。父亲说，你叫张吉，儿子叫张庆，听名字像两兄弟，张吉说，管他那么多，就叫张庆，一家吉庆，好听。李玉蓉看着一脸皱纹的张庆，说张吉，你不会嫌弃美丽吧？张吉说，不会。听着张庆的哭声，李玉蓉过一会又问，张吉，你真的不嫌美丽？张吉又说，真的，李玉蓉还是不放心，说张庆才是你的亲骨肉，如果你嫌美丽，你就讲一声，我把她送给别人家。张吉说，放你娘的屁，我养得起我的女儿，你要送给别人？张吉想了一下又骂，你是条狼，没有良心呢，那么乖巧的女儿也想送人。

李玉蓉说，她不是你的骨肉啊。

张吉说，再说我扇你嘴巴。

李玉蓉张嘴又想说，张吉就真的一巴掌过去了。真打，打得叭地一响，张吉被自己竟敢动手打李玉蓉而怔住了，把手抬在那里不知所措。李玉蓉却张着嘴呜呜地哭了起来。张吉的父母和张美丽从屋外跑了进来。

父亲说，你狗日的咋敢打人呢？

母亲说，不好好过日子，还打人？

张美丽说，妈，你咋个是在笑？

李玉蓉说，爹、妈，不怪张吉，他打了我，我心里舒坦。

张吉的手还在举着，张美丽说，爹你的手咋要举起呢？

张吉说，我的手麻了，放不下。李玉蓉噗嗤一下笑了，说你这个背时鬼啊！伸手一拉，张吉的手就放下来了。摇一摇，正常了。张吉对李玉蓉说，你还懂得医道呢。

## 3

张美丽比她的弟弟张庆要乖巧。

张美丽穿着花衣裳，托着蝴蝶结，像只闲不住的花蝴蝶般整日在院坝里跑动，搅得一院子的喜气。

跟爷爷奶奶疯够了，张美丽又去烦张吉，扯张吉的胡子，蒙张吉的眼睛，拿一些稀奇古怪的问题去考张吉，考得张吉一脑门的糊涂，张吉说，去问你妈，张美丽说，我就问你。

冬天一到，屋外就结冰了，遍地是冰碴子，一踩，嘎吧嘎吧响，到处灰蒙蒙的，太阳也不知躲到哪去了。风在外面发威，刮得板壁和挂在屋檐下的农具叮当乱响，风像薄刀子似的，割得人生疼，这样的时节，张美丽就出不了屋了。她在火铺上和猫狗玩，烦了，就缠剥谷的大了。大人没空搭理她，她就自己弄个小板凳，站在窗前，看着外边迷蒙的山色，奶声奶气地唱：

腊月二十七，

新媳妇回门去。

叫一声爹，

叫一声妈，

女儿给你们作个揖。

转过头，看女婿，

——你咋还不把头低，

我一脚把你踹进灶窿里。

张吉听得呆住了，张着的嘴忘记了合上。他看着窗前的张美丽，心中在想，这原本就是我的女儿啊，怎么会是别人家的？张吉过去，一把抱住女儿，把粗粗的胡子扎在张美丽的脸上。张吉在心中呼喊，这是我的乖女儿啊！

李玉蓉问女儿，你咋把男人踹进灶窿里？张美丽说，他不孝敬我爹妈，咋不踹？

李玉蓉说，乖女儿，踹得好！

张吉的父亲就说李玉蓉，你这当妈的咋这样教女孩啊？这样的女孩谁家敢要？

张美丽说，没人要我就不嫁了，在家陪公婆、爹妈和弟弟。

张吉说，咋会没人要，我家美丽那么乖巧。

张庆在火铺角说，长大了我讨姐姐。

在我们浪平，很多人都有一种共同的嗜好，就是喜欢翻看他人陈旧的伤疤，并在上面撒些盐。他们喜欢看欢叫的猫突然遭到棒打，幸福的鸳鸯被猛然惊飞，我不知道这些人是骨子里与生俱来就有这种癖好，还是浪平场坝沉闷的生活把他们引上了这条歪门邪道。

张吉的伤疤就是在他开始创造幸福生活时被人揭开了，血淋淋地裸露了出来。

张吉去铁匠铺打铁，铁匠铺主人杨章说，张吉，张美丽是你的种么？

张吉有些糊涂，这杨章，怎会问这个？

杨章又说，有人说张美丽不是你的种？

张吉有些生气，说你扯什么淡。

杨章说，看你急成这个样，场坝上好多人都在讲呢，说张美丽有些像许麻子。

张吉说，张美丽就是我的女，谁再乱嚼舌头，老子就操谁的祖宗。

杨章说，想不到你三棍子打不出一个屁的张吉，还有这份勇气呢。

杨章又说，我说你张吉，你老婆当年被许麻子欺负的事谁不懂？你就承认了吧。

杨章见张吉还是不应答，就说，你张吉养这张美丽，是猫翻甑子替狗做，何苦呢？

杨章看着张吉脸被气得发紫，就嘿嘿地笑了，说张吉下回有打仗，让你去得了。你戴得绿帽子，也是个解放军呢。

张吉说，狗日你杨章。

张吉把大锤锤丢在杨章脚背上，杨章痛得眼泪都飙了出来，杨章说，张吉，你瞎眼啦？

张吉说，张美丽是我的女。

张吉又把大铁锤举了起来，狠狠地砸在铁架上，你说是不？他问杨章。

杨章看着张吉血经的眼，赶忙跳开，说，是你的女，是你的女。狗日你张吉你咋就不去跟许麻子凶？

张吉说，哪个再敢败实我老婆我女儿，我就找哪个。

杨章说，你狗日的硬是母猪上树，有些邪火了。

张吉说，邪火就邪火。

张吉又说，杨章你讲给那些乱嚼舌头的，小心老子一把火点了他的屋子。

张吉又说，老子屋里头还有一瓶农药，毒得厉害呢。

张吉边说边往铁匠铺外走了。

杨章看着张吉慢吞吞的背影，心想这矮墩墩的闷汉子今天咋变得这样恶了？杨章使劲地想，想得自己的头发根都直了起来，呸，这世道，杨章在心中骂。


# 4


在我们浪平，有一种叫芥枝叶的小树，它有非常强的生命力，不小心折断一枝，丢在泥地里，它也会慢慢地生根发芽，扭正自己的方向，向蔚兰的天空生长，你甚至在某一个清晨或正午为自己的发现惊讶，嗬，什么时候这芥支叶竟然长高了，并萌发出绿莹莹的新叶。芥支树的嫩叶可以摘了来炒食或作汤，有一股淡淡的山野清香。但不管怎样，人们还是极少地关注过它，重视过它，仿佛它只不过是阳光下可有可无的一粒尘埃。

张吉他们家，就像那芥枝树一样，在浪平场坝喧嚣却空洞的日子里，不经意地生活着，但如果你细心去看，你就会发现，那虽然破落，但却干净整洁的家，就是张吉家，从破板壁的缝中经常漏出笑声而不是哭叫诅咒声的，是张吉家，那开满鲜花的小院，就是张吉家。

张吉他们家，一家人虽然穿的破旧，但却比其它浪平人整洁。他们一家人的脸上，虽然也有营养不良的灰黄，但灰黄上的笑却是那么灿烂。连院坝里踱方步的鹅和鸭的叫声，也是暖洋洋的。

张吉的父母对张吉说，讨了李玉蓉，是我们家前世修来的福气。

张吉就幸福地说，是福气。

张吉是个很闷的人，但张吉的心却不比任何一个浪平人差，铁匠铺歇气的时候，他总会坐在落满铁屑的长凳上想，想李玉蓉，想渐渐长大的儿女，这时他的耳朵里尽是儿女仍带着乳香味的叫爹声，笑意就不经意地浮在他的脸上。

杨章说，张吉，你发什么梦懵？捡到元宝了？

张吉说，嘿嘿，福气呢。

杨章说，什么福气。

张吉不想说给杨章听，但杨章偏是个打破砂锅的人。杨章说，张吉你就讲给我听吧。

张吉说，我爹讲给我，我家有李玉蓉，有张美丽，是我前世修来的福气呢。

杨章有些不屑，这张吉，把一个破背篼背进家，还说是福气，真他娘是一样米养百样人，花生壳里长臭虫，什么人都有。

杨章说，你扯什么谈？你那算福气？

张吉有些生气，张吉说，我这不是福气，你那个福气？养了几个仔，连叫都不叫你一声，尽给你翻白眼。老子养的狗还懂摇尾巴呢。

杨章被张吉骂得没了底气。他想自己家的几桶儿子，想想自以为生了儿子就劳苦功高，把父母和自己都不当一回事的婆娘，再想想张吉一家，杨章觉得，也许这张吉真是身在福中呢。


张吉的父母把张吉和李玉蓉都叫到自己的床边。

父亲说，儿子啊，要爱惜这个家，要好好过日子。

母亲说，儿子啊，人这一辈子不容易，莫轻易把好日子摔脱了。

父亲对李玉蓉说，你是个好媳妇，张家感谢你。

母亲对李玉蓉说，这个家是你撑起来的，妈下辈子还跟你做一家人。

李玉蓉哭了起来，说爹，妈，你们咋说这些呢？我一辈子都记住你们的大恩大德。

张吉在旁边说，这辈子都还这么长，你们咋就说起下辈子的事情呢？

父亲说，儿子啊，我们这辈子就要走到头了。

母亲说，做梦梦见你嘎婆在叫我了。

母亲又说，儿子，跟玉蓉好好过日子，把美丽和张庆拉扯大。

张吉和李玉蓉都跪在父母床前哭了起来，没过两天，父母真的同时无疾而终。操持完后事，李玉蓉还是每天对着黑乎乎的遗像哭。张吉说，莫哭了，人死了也不能复生，再说是喜丧呢。

李玉蓉说，我想哭。

张吉说，那就哭吧。

李玉蓉说，父母没有了，往后的事全得靠我们自己操持了。

张吉说，靠你呢。

李玉蓉，儿女都在长大了，娶嫁都要用钱呢。

张吉说，我多去打些铁器。

李玉蓉说，我们养几头母猪吧，还养几十条鸡。

张吉说，养吧。

李玉蓉说，还种两亩烟，种两亩田七。

张吉说，种这些我又帮不上忙，你一个人弄得过来么？

李玉蓉说，能，咋不能呢？

张吉说，真是辛苦你了。

李玉蓉不说话，李玉蓉定定地看着比自己矮一头的张吉。

张吉说，怎么了？

李玉蓉伸手替张吉拔去一根显眼的白发，泪水就下来了。

张吉说，你咋又哭了呢？

李玉蓉像抱一个孩子一样，把张吉搂在怀里。嘴里不停地呻吟，张吉——张吉——

张吉说，嗯——

李玉蓉说，我们会过上好日子的。

张吉说，会的。

李玉蓉说，孩子们读书毕业了，我们就松活了。

张吉说，当然。

　　说到孩子，李玉蓉和张吉的心情就像连日的阴雨终于迎来了晴天一样，舒畅起来了。


　　一转眼，张吉和李玉蓉就开始老了。一转眼，张美丽已经长成明目皓齿、丹眉凤眼、标致漂亮的姑娘，张美丽背着包从学校回到家中，张吉和李玉蓉都快认不出这是自己的女儿了。

　　张吉说，不好好读书，咋跑回来了呢?

　　张美丽说，不想读了，该我挣钱养你们了。

　　李玉蓉说，你口气倒是大，可这恁大个浪平，有哪里是好挣钱的?

　　张美丽说。你们就看着吧。

　　张吉说，你现在还是该读书的时候呢。

　　张美丽说，爹，我懂得我能吃几碗干饭。我不是读书的料，一看书本我的脑门心就疼。

　　张吉说，以前我也是这样呢，

　　张美丽，你看你把这个毛病都遗传给了我，我还能读书?

　　张美丽说，找个工作多好。我挣了钱回来，让你们吃香的喝辣的。

　　李玉蓉说，屙出来都是臭的。

　　张吉偏着张美丽，说李玉蓉你是狗嘴里吐不出象牙。我的女儿这么聪明，会挣不到钱?

　　张美丽抱着张吉的胳膊，向李玉蓉嘟着嘴说，就是。

　　张美丽象只活泼的燕子般在浪平场坝上扑腾了两天，还真找了个工作，是在许麻子开的服装厂坐办公室。

　　从前斗资批修，政治第一，许麻子当着村长，改革的风一吹，有钱才是爷，许麻子就辞了村长，当了董事长，开起了几个公司，服装厂只是他的一赚钱摊子而已。许麻子不当村长，可是比当年当村长还威风，不用说村长，就是我们浪平场坝的书记，乡长也听他吆喝，还有县里来的领导，总是悄无声息地住进他家，亲兄弟般的随便。

李玉蓉知道张美丽是去许麻子的工厂上班，脸上就雷公火闪堆起了菩萨云，说不准去那里上班。

张美丽问为什么不能去？李玉蓉说，打死都不准去，你也不要问那么多的为哪样。

张美丽说有多少人在抢这个位子你知道吗？脑袋都挤破了。

李玉蓉说脑浆子出来我们也不稀罕。

张美丽说那我硬要去呢？

李玉蓉说那你试试。当天晚上，李玉蓉就把张美丽反锁在屋里。第二天一早，张美丽想出去上班，可是任她喊破了嗓子，哭肿了眼睛，李玉蓉也不开门。张吉几次要去开门，都被李玉蓉拦住了。李玉蓉说，你要开了这个门，往后你后悔都来不及。

张吉说，你看美丽，哭都没有力气了。

张吉又说，你就忍心听美丽那么伤心？

张吉还想说，看到两行眼泪挂在李玉蓉脸上，到嘴边的话立马改了，不去就不去吧，我们美丽还怕没有工作？张吉扶了李玉蓉往西屋里走，张美丽却在东屋里面呼天抢地的叫起来：爹——

听到那凄惨的叫声，张吉就像一只中枪的獐子，差点就跌在了地上，张吉的眼泪也下来了。李玉蓉看着张吉一脸的汗水和泪水，看着张吉牙痛般的表情，推开了张吉扶着自己的手，说我不管了，捂着脸转身跑进了屋内。

张美丽兴高采烈地去上班了。李玉蓉却有了头疼的毛病，这姑娘，哪里不去，咋偏去给这畜牲打工呢？

张吉说，过去的事情就莫再去想了。美丽不就是去做个工吗？靠劳动吃饭。

李玉蓉说，我还是有些担心呢。

张吉说，那就把美丽叫回来两天吧。

李玉蓉说凡事多长个心眼。

张吉说，做事就做事，千万莫委屈自己。

张美丽说，看许老板也不像坏人，我会保护好我自己，你们的女儿记住你们的教导了。

张庆也从学校回来了。

张美丽说，老弟，你继续读书吧，姐领工资了，姐全力资助你。

张庆说，姐你的钱还是多买些化妆品和时装吧，有个漂亮姐姐我心里头也自豪。

张美丽说，你真是狗咬吕洞宾。

张庆说，我也要有工资领了，我供你读书，你愿意么？张吉说，你回家屁股还没坐热，去哪里就要有工资领了？

张庆说，过几天你们就懂了。

真的没过几天，张庆就到利周派出所的治安队干上了，原来张庆的同学的父亲是利周派出所的指导员，招自己的儿子也顺便把张庆给招了。

张庆临去时对张美丽说，姐，老弟也算去政法机器的一分子了，谁欺侮你你告诉我，我一锯锯了他。

张美丽说，你就莫老惦记我了，领了钱把自己弄精神点，整天像个小老头一样。

张庆说，还是我姐关心我。

李玉蓉说，哪样？

张庆就笑了，说姐，爹妈吃醋呢。

张庆对站在大门前的父母和姐姐挥一挥手，就满腔豪情地上路了。

李玉蓉望着远去的张庆和身旁的张美丽，鼻子有些酸酸的，眼睛有些痒痒的，李玉蓉说，张吉——

嗯，张吉应到。

儿女都懂事了，有出息了，该我们享福了呢，李玉蓉说。

张吉说，我妈说这是我前世修来的福分呢。

说到父母，张吉和李玉蓉就想起有好长时间没去父母坟前上香了。李玉蓉说，去看爹妈一趟吧，张吉说去吧。两人提着祭品来到父母坟前，拔掉坟上的杂草，把祭品供上，把香纸点燃，李玉蓉一边烧纸一边向父母汇报家里的情况。这时一条小青蛇从坟砖缝里钻出来，向远处游去了。李玉蓉就说，张吉，你看。

张吉说，是父母出来看我们呢。

李玉蓉，父母一定懂得我们家越过越好了。

张吉说，当然懂得，他们的魂魄在看着我们呢。

祭罢父母，两人回到家里，把肉重新煮了一下，就是晚饭时分了。李玉蓉在桌上摆上两个杯子。张吉有些不解，李玉蓉从不喝酒，今天莫不是有客来？

李玉蓉说，没有客，就我们两个。

张吉说，你也喝酒？

李玉蓉说，我陪你喝一点，我还从来没陪你喝过酒呢。

两人碰了下杯子，就开始喝了。越喝，话就越多。李玉蓉说，今天我才懂你也话多呢。

张吉说，人家讲山里的兔子是狗撵出来的，人的话茬儿是酒引出来的，喝酒了话就多。

李玉蓉说，那往后我们就天天喝酒。

张吉说，为哪样？

李玉蓉说，我想听你讲话。

张吉说，我讲不好。

李玉蓉说，你讲得好，怎么不好呢。

张吉说，我只懂得我是在享福，享你和儿女带给我的福。

李玉蓉说，我也是呢。我也在享你和儿女给我的福呢。

张吉说，莫讲了，我们睡吧。

躺在床上，两双手互相抚摸着，突然间就有了冲动。许久不曾晃动的牙床又开始像年轻时一般吱吱呀呀地叫起来。张吉说，我还有劲吧？李玉蓉吧，你还像个小伙子呢。张吉说，狗日的杨章还讲我老了，不中用了呢。李玉蓉说，听他们胡说。我们都不不老，孩子们还等着我们一起享福呢。

# 5

有人说，我们浪平人是贵州的毛驴，外强中干，这句话基本上是事实。在我们故乡浪平场坝上，你见到的乡亲，大多气壮如牛、粗声大气，仿佛天下是他们的天下，国家是他们的国家。但对各种穿制服和大盖幅的，他们又有一种本能的恐惧，他们像见了猫的老鼠，见了鹰的兔子，诚惶诚恐慌，战战兢兢，哪怕是见到穿着制服的兽医过来了，他们也会赶紧闭上片刻前还高谈阔论的大嘴。场坝上的傻子肖福君不知受了什么指使，常常穿一件破警服，鬼魅般在街角闪出，吓得蹲在地上闲聊的乡亲遭蛇咬一般弹起来，这时饱受欺辱的肖福君就会抚掌大笑，也许在他心目中，这些曾时常驱逐他的正常人不期之举，简直是一场精彩的小戏。

张庆前脚刚走，张吉就催着张美丽赶紧打电话给张庆，要他寄两张穿制服的照片回来。张美丽说，老爹想弟弟也不用那么着急啊，刚出去两天，张吉说，你少啰嗦，赶紧把事情办好。

张庆果然就把照片寄来了。照片里的张庆，穿着深蓝色的制服，臂上挂着微章，打着领带，头上戴着大盖帽，手上提者一支黑电棍，眼里添了一股狠劲。张吉对李玉蓉说，你看我们的儿子手里还拎着一支马卵棒呢。李玉蓉说，黑不溜秋的，恶得很。张吉说，你真是脑筋不开窍呢。提着那东西，才有煞气，才镇得住阵脚，浪平场坝上的公安能这么吓人，还不是靠手里头的这棒子？

张吉把张庆的照片放大了一张挂在堂屋的照壁上，那地方从前是贴毛主席像和门神的，另一张小一些的，张吉就买了一张白纸包住，放在自己的衣兜里，带着在村街上游走，带着上打铁铺做工。浅浅的衣兜，总是露出上面的一截。场坝上的人好奇的去问，张吉懒洋洋地说，是我儿子呗。有不清楚的指着张庆手里拎着的电棍问张吉，说这是什么，张吉说，电棒吧，朝人身上一点，就翻倒了。张吉一边说一边用手指仿作电棍朝人的肩胛点去，问话的人腿忽然就软了。

杨章却不想看张吉袋里的照片。张吉几次想跟杨章提起关于儿子的话题，杨章都无精打采地把他冷落了。搞得张吉挥锤的手总是没有劲。中午休息的时候，张吉把纸包丢在杨章的心经之路上，他相信杨章一定会捡起来看。他没想到杨章却是瞎着眼一脚踩过去，张吉心疼得哇哇叫起来，捡起照片猛拍。杨章这才斜着眼瞄了一下，说这样子就像电影里的汉奸。张吉说，放屁，我儿子是治安队员。杨章说，轮得到他维持治安么？他们只不过是一群攉山狗，被那些真正的公安使来唤去。

张吉说，你真是张烂嘴巴，杨章说，人家真警察才威风呢，一个破治安队员也叫得呱呱响，你张吉真的就是只看到簸箕一个天。我们浪平说的簸箕是一种晒东西的竹制品，跟一个一米见方的筛子差不多。说张吉只是见过其大个天，也就是张吉见的世面、懂的事情太少了。

张吉说，你还是个表叔呢，就这样看不起侄子？

杨章说，事实就是这样么，要是张庆是正经警察，反过来我叫他做表叔。

张吉说，正经警察那么好当么？

杨章说，哪条路不是人走出来的？想办法呗。

张吉的脑门又疼起来了。


张吉从我们浪平出发了。张吉提着一桶茶油和一袋花生，登上了往外乡去的客车，坐在脚臭气、汗气、臭屁味混杂一起的车厢里，张吉却是心情澎湃。四十来岁的张吉脸色潮红、四肢颤抖，他觉得他的心都激动得快要跳出来了。

张吉要去外乡看张庆。

但车上的乡亲的却不停的胡说八道。他们问张吉、带着大包小包的东西，是不是去给儿子讨老婆？

另外一个人说，或者是看小老婆？看相好？

还有人说，人家张吉是去做生意呢，张吉要发财了。

污浊的气厢里一阵笑声。

张吉有些气恼，张吉说，我去看我儿子。

大家都知道张庆在外乡做治安员。笑声最响的人说，你不会迷路吧？

我去看我儿子，怎么会迷路？张吉说，其实张吉也有些害怕找不着儿子，他已在脑子里默想了好几遍往儿子方向的路。

笑得眼泪都流出来的人说，人家张吉是去送礼呢。儿子做了治安员，他能不送礼，想法搞成真警察？

这回张吉的腰杆硬了。又一个人说。

张吉真的是想给张庆的领导送礼，但他不想跟这些人承认。他在心里想、我儿子当了警察，我就让他先找你们的岔子，让你们吃十天半月的大米饭。

张吉不理睬旁人。他缩在角落，抚摸着袋子里儿子的照片，觉得心中有了底气，我儿子总归会成真正的警察的，张吉在心中说，现在让你们笑吧，到时候落在我儿子手里，我叫他一点乡亲情份都不讲。

## 6

张美丽很少回家。

　　张吉对李玉蓉说，美丽咋不回家呢？是不是认了许麻子，攀高枝了？李玉蓉说，你少讲那些事。她敢这样，我打断她的脚，李玉蓉又说，况且她也不懂许麻子是她什么人。

　　但李玉蓉越越想越有些害怕。冷汗慢慢就顺着脊梁下来了，身子像打摆子一样晃荡，张吉吓得起紧抱住她，说，我乱嚼舌头呢，你莫多心，我们家美丽心眼多着呢。李玉蓉说，不行，还是得把美丽叫回来。张吉说，那你自己去叫吧。李玉蓉说，我不去，我见了许麻子就恶心，张吉只好自己去了。花了小半天的功夫张吉才到服装厂，却被门卫和大狼狗拦住了。大狼狗朝张吉龇牙裂嘴，门卫也没有好脸色，好像他刚死了爹一样阴着脸。张吉看着他们，心想你们真是亲兄弟，一路货色呢。门卫说你在嘀咕什么？门卫声音一大，狼狗就更加得意忘形，真是狗仗人势呢，张吉又在心中说。

　　许麻子的服装厂也真他娘大，光房子就有十几栋，张吉坐在离门卫房不远的土坎上，看着这个在稻田里长出来的服装厂，横看坚看都像一朵毒蘑菇，他弄不清楚，这么一大块好田好地，咋就成了许麻子的厂房？他记得前不久场坝上的吴老四想在自己家的菜园里搭个灰棚，还被乡里的土地所罚了几百元，灰棚也硬生生被推倒了，可是人家咋就想起多大的房子就可以起多大的房子呢？

　　张吉远远地看到有一个胖子在厂房前的草坪上背着手像毛主席一样走路。张吉想，这是个哪样货色，也敢这样走路？那人朝门口来了，门卫和狼狗都一齐围过去，像电影里的汉奸般围着那胖子转，张吉这才看清是许麻子，许麻子一脸油光，在正午的阳光下亮堂堂的，嘴一张，那一嘴金牙直晃张吉的眼，这狗日的，张吉骂了一声，觉得喉咙有些干，心头也有些疼，也不再找张美丽，吐一唾沫，用脚狠狠踩进泥土，就转身走了，这狗日的许麻子，张吉边走边骂。

在我们浪平的场坝上，每天，每个时分，总会有乡亲或坐或蹲地聚在某个墙角下、某个岔路口，就等着看从乐业方向和田林方向来的车辆，看车下走下的外乡人。看着那些人，我们的乡亲总是把他们和我们浪平场坝上的人事联系起来，看着外乡人嘴里的金牙和手指上的戒指，他们就想起乡里的书记，那个姓盘的瑶人，他的嘴里也镶着晃眼的金牙、手指上套着来路不明的戒指。我们的乡亲认为，这外乡人的黄货，比乡里书记的肯定是大多了，值钱多了。想着那脑壳昂上天的书记也有比不过外乡人的时候，我们的乡亲心中总会觉得舒坦；看到妖妖娆娆的女子，他们就觉得这场坝上，甚至整个乡里的女人都长得丢人，乡里的女子和车上下来的女子简直就是鸡和凤凰的差距，这时他们就会想起专门收留女人的许麻子——这是我们乡亲最不能容忍的，一个鸡巴服装厂，男人就不能进，那些女工人不就多了两坨肉么？男人还多一条尾巴呢——他们想，要是这车上的女子们都去了许麻子这骚骡子的厂子，那许麻子还不乐得把金牙齿掉出来？还不累得呕血？在我们乡亲的故事中，这许麻子，几乎把除了自己亲人在外的女人都睡遍了。

张吉说，那些挨睡了的女子，就不懂去告他？

乡亲们更加觉得这张吉真是木脑壳了，还是一桶笨卵，乡亲们说，你们家张庆才去干了几天治安队员，你的法律水平硬是长进了呢。但你见有哪个告？许麻子有的是钱，搞了，给上钱不就得了？躺在床上，两个都舒服，总比在机器旁累得像牛要强。况且一个黄花姑娘，嫁出去的彩礼，也就是三四千块钱，听说许麻子睡一个黄花姑娘给一万呢。一万，数都要数好久，我都想把我老婆扮成黄花姑娘给他呢，有一位乡亲说。另一个乡亲说，也有不从的，要去告，那是屙尿搅灰呢，许麻子有钱，鸡巴毛比我们腰杆都粗，告得倒？

一个镶着铜牙的乡亲问张吉，听说你家姑娘也在许麻子的厂里，你可是要招呼着点，不要让那许麻子给看上了。张吉想都没想就朝那张马脸上吐了一泡唾沫，我操你娘，让你嚼舌根子。张吉又摸起了屁股下的半截砖头。

狗日你张吉，你硬是吃错药了呢。看张吉一副要拼命的样子，铜牙乡亲跳着脚跑开了。张吉失去了目标，就把砖关砸向不远处正连着屁股交配的狗男女。狗汪汪地叫起来，张吉说，我让你恶，我让你恶。

张吉有些慌乱地往家里去，他想快点回去和李玉蓉商量，李玉蓉这聪明灵巧的女人，会想出办法来的。砸锅卖铁，也要保住女儿的清白，千万不能让女儿像场坝上的人讲的那般，让狗日的许麻子欺侮了。

乡亲们看着张吉跑开的模样，开心地笑了。这狗日的张吉，真像只被哨子吓起来的麻雀，有什么卵好慌张的？那么好看的一个女，真让许麻子日了，还不熬出他的骨髓来？这点帐都算不来。有的乡亲不同意，说张吉的女儿那么好看，怕是许麻子都会动真情呢，讨去做小老婆，张吉一家还不就过上神仙日子？众人都一致认为这第二种说法最好，有名有利，甚至是一本万利呢。

许麻子的原配在一个深夜莫名其妙地死了，公安说是病死的，我们的乡亲都有些怀疑，那个牛高马大一顿能吃下三碗饭的黄脸婆咋会病死呢？但公安这样说，许麻子的舅子也这样说，大家也就觉得不可能假了。许麻子后来讨了个城里的大学生。妖妖精精的，像根竹竿般细，却就是这个人，让许麻子吃尽了苦头。那姑娘几乎刮走了许麻子的大半家产，还害得许麻子不敢出高声，这事情乡亲也是懂得的。许麻子后来放了风要讨一个场坝上的本分姑娘做老婆，更是让我们的乡亲有些欣喜若狂，家中有妹子的乡亲们，有不少都在期盼着许麻子叫他亲爷亲娘。跟人可以有仇、跟野兽，甚至跟一棵树，一颗石子都可以有仇，但谁能跟钱有仇呢？乡亲们总是这样劝自己。也有些年轻人在愤怒，操他娘，我们一个老婆还没有，他一个泥巴埋到脖子的人，怎么还想到处选黄花女子，还选了一个又一个，他以为他是皇帝吗？但愤怒也只是挂在嘴上，他们知道，许麻子那用钱扎起来的腰杆，比自己要硬得多。

## 7

张吉坐在自己家院坝里，核桃树的阴影正好遮住他，核桃树老得不成样子了，枝桠断折，树皮开裂，但仍是冒出新芽。这棵核桃树还是孙吉的父亲小时候种下的，父亲都死了许多年了，核桃树还活着，陪着一家人。张吉看着核桃树，想着父亲临死时对他说的话：好好过日子！张吉想，有哪个不想好好过日子呢？憨包才不想好好过日子，可就是有些人，硬是不想让人过好日子。

李玉蓉从外面回来，猛然看到阴影下黑乎乎的一团。吓了一跳，搓了好了阵眼睛，才认清是张吉，李玉蓉说张吉你咋有空在这里歇凉？你不是去看美丽了？张吉说，那狗日的工厂不让进，大狼狗和狗腿子守着呢。李玉蓉说，你不懂跟他讲一声啊！张吉说，我才不求他呢，我才不求那个看门狗，李玉蓉说，那该咋办？场坝上又传有人被许麻子祸害了呢。张吉从地上站起来，说，真的？李玉蓉说我听好多人都在传。张吉说，我操他娘，张吉走到核桃树下，把正往核桃树上爬的蚂蚁搓死，一边搓一边骂，我操他娘，不让人过好日子。张吉看到核桃树的叶子在晃，一遍又一遍，他想，是爹和娘在听自己说话呢。

想起爹娘，张吉就想起爹娘还在世的日子。那些日子真省心，主意由爹娘拿，大事由爹娘扛，自己一天到黑只管做事。可如今爹娘不在了，这付担子只能自己挑了。张吉有些心酸酸的，望着核桃树晃动的绿叶子，张吉眼泪出来了，张吉对屋里的李玉蓉说，煮一个祷头打两帖纸，我们去祭一下爹娘。李玉蓉说杀一个鸡吧，好久没有拿鸡去祭父母了。张吉说，随你。张吉依旧坐在院坝的阴影里，想那些缠成乱麻的事。李玉蓉在屋里乒乒乓乓地操持着。李玉蓉在屋里喊，张吉，水开了，你去把鸡抓来吧。张吉就满院坝去追鸡。追得头昏眼花时，却见一个人跌跌撞撞的堆开院坝的栅栏进来了。头发散乱着，身上的衣衫也扯破了。张吉想，这是哪家走失了的疯姑娘呢？张吉正要开口，那人却先叫了起来，爹……一听到和美丽熟悉的叫声，张吉就像中了弹弓的老鹰，扑楞楞往地面掉，瘫倒在地上，屋里的李玉蓉听到外面的动静也走了出来，张美丽扑在李玉蓉怀里，呜呜哭起来，张吉和李玉蓉知道，这一回，是自己的女儿出事了。

天真的就垮下来了！

许麻子也是真心看上了张美丽，张美丽进了服装厂，许麻子就觉得眼睛亮了许多，他坚信自己的愿望即将实现。他把张美丽安排在办公室，后来又让张美丽做了秘书，使她有很多机会懂得了许麻子权势的牢固和钞票的厚度。曾经有一天许麻子提着一密码箱的钱在办公室里，要把臭烘烘的嘴凑到张美丽的脸上，许麻子的密码箱曾经顺溜地轮流脱下县城壮剧团的生旦净末几大名角的外包装，那几个都是县里的名人，美人。许麻子想这初出校门的张美丽见了这一箱白花花的票子，一定会晕了过去，像醉酒一样，女人不醉，男人没机会，这话讲得好啊。许麻子自己总结，但他没想到，这张美丽却硬是不给他面子，三番几次，张美丽都把许麻子象推木头一样推开了。许麻子又想，这是小女孩面皮薄，往后就成了。可往后还是如此。许麻子有些生气，许麻子想，我的钱分开了几多女人的大腿，怎么就叉不开你张美丽的大腿？在这县里，竟然还有许麻子办不了的事，许麻子真地就生气了，有钱人生气与穷人生气是不大一样的。许麻子生了气，就撵走张美丽宿舍的其它工友，把张美丽卡着脖子摁在了小床上，许麻子像抽了筋的蛇一样从张美丽的床上瘫软下来后，对眼睛哭出血的张美丽说，你等着，我会让人上你家去提亲，往后我的家产都是你的。张美丽哭着吼叫，我要去告你，许麻子说，随你。许麻子并不相信这张美丽会去告，在他的村长和经理生涯中，这样从强奸变成通奸的事不少了，他已经积累出了经验。他看着张美丽跑出去，并不去追赶，他坚信出不了两天，张美丽一定会乖乖地回到自己的床上。他只是觉得张美丽的哭叫声太难听，像我们浪平后边的岑王山中的母狼的嗥叫。在我的地盘，怎么能有这样不懂道理的哭嚎呢？许麻子想，往后是不能再有这样的事情发生。

在我们浪平场坝，我们乡亲的想象力是非常强大的。从岑王的上下来一阵微风，他们就能想象出场坝上将会尘烟滚滚；从村头核桃树上乌鸦的几声鸣叫，他们就能够知道有几个老家伙就要归西了。他们都是当作家的好材料，只可惜他们仅仅是为了想象而想象，浪费了满场坝的好毛坯。张美丽刚刚回到家，听着张吉家屋子里传出来的哭声，他们就想象出那"嘎嘎"的声音是张吉在磨刀准备杀鸡迎客了，许麻子一定已着人提着一箱子的钱走在往张吉家的路上了。他们甚至想，那张美丽和李玉蓉的哭泣，只不过是被即将来临的幸福激动得如此罢了。

我们的乡亲有些羡慕，这狗日的炊烟都不雄纠一点的人家，咋就能有这么大的福气？他们又有些失望，许麻子这骚驴子，怕是再也不会看上自家的女子，于是我们的众乡亲中又有不少的人失眠了。

## 8

我必须佩服我的乡亲关于乡村生活的经验。他们听着母鸡的叫声，就知道它是否已经下蛋，看着一匹马扭动的屁股，就知道这匹母马的需求；听到远处传来的声音，就知道这家人是在炒菜还是在磨刀。许多乡村的传闻趣事就是在他们长久的经验中发展出来的，他们听着张吉家的沙沙声，就知道张吉在磨刀，这一家人又有好东西吃了。但这回他们却破天慌地把后面的事想错了，张吉磨刀不是想杀鸡，而是想去杀了许麻子。

我要去杀了这狗日的。张吉边磨刀边说。

我要把他的鸡巴割下来喂狗，张吉说。

张吉改行后干的是铁匠，这刀就磨得很有章法，不大一会，就磨得锋利无比了。张吉往刀刃上吹了一口气，再用手指弹弹，发出尖后的回音，张吉又把自己的手指往上试了一下，血球就像眼泪般冒了出来。

我要去杀了他，张吉说。

爹——，张美丽喊。

张吉——，李玉蓉在喊。

我现在就去，这许麻子太欺负人了，张吉说，张美丽和李玉蓉一起扑过去抱住了张吉。

你们放开我，张吉说，他许麻子不是人，该死。

不能去，你去了，丢下我们怎么办？李玉蓉说。

往后让张庆陪着你们吧。张吉说。

张庆还小啊，李玉蓉说，张庆都还等着你关照他呢。

我操他娘的许麻子，张吉骂起来，眼泪也随着骂声一齐涌出来，那你们说怎么办啊？张吉双哭着叫起来。

我要去告这畜牲，张美丽说。

造孽啊！李玉蓉说，李玉蓉突然之间就显得十分苍老了。她坐在泥地上，直不起身。

这许麻子，张吉说，我饶不了这个畜牲。

我一定要告倒这个老流氓。张美丽说。

把张庆叫回来吧，张吉说，让他一起想个周全的办法。

第二天一大早，张庆就回来了，张庆抢着一脸泪痕的姐姐，说我给你报仇，我一电棒捅死他。张美丽说你何苦呢老弟，他又不是死罪，你做什么要陪他送命，我还是要去告他，让法律来惩处这流氓。

张庆还是提拎着警棍往许麻子的服装厂去了，穿着治安服的大个子张庆走在林道上，我们整个浪平场坝都激动起来，长长的队伍跟随在张庆身后，张吉也提着弯刀去了。张吉远远地就看到一个胖影子在那厂门口闪了一下就缩进去了。张吉知道那是许麻子。许麻子在厂里呢，张吉说。张庆就小跑起来，冲着服装厂喊狗日你的许麻子莫跑，张庆手里的电棒冒着蓝色的闪光。到了厂门口，却突然就闪出了我们乡里书记，乡长和派出所的所长，还有一帮乡干部，书记说你不是张庆吗？你两父子想做什么？张庆说许麻子欺侮了我姐，我来找他算账。乡长说就凭你们父子一句话？证据呢？张庆说会有证据的。书记说，你年轻人千万不要冲动，我们现在是法制社会呢。张庆说是法制社会，那你们现在就先把许麻子找出来吧。乡长说你也太不像话，你一句话，就要我们关一个经理？影响了乡里的财政收入咋办？张庆说，这是你的事，我不管，我只找许麻子，你们让开。书记说，还真的没有王法了？在浪平这块地面上还没有人敢这样顶撞我呢。张庆说你们让开，今天找不着许麻子我不会罢休。张吉也在旁边说，我要杀了这骚狗日的，我要把他割成几截。两父子在乡亲们的围观下要往里闯，派出所所长说，张庆，你是治安队员还要我给你讲法律么？有事先到派出所讲，蛮干你这治安队员就打脱了。张庆说，那我这就向你报案了，你咋办？所长说，报案还要有证据，让你姐来报，你们先回去，都是同一战场的兄弟呢。听所长说是同一战壕的兄弟，张庆心中觉得舒松了些。他说，那就让我姐到派出所报案吧。所长说，这还差不多，有点法制观念，我看你往后会有机会当警察呢。张庆没有出声，他看着机器轰鸣的厂房吐了口唾沫，顺手把电棍点在旁边门卫牵着的狼狗身上，那条在我们场坝上耀武扬威，日遍了场坝母狗的大狼狗像一根面条般软了下来，哼也没哼一声。看着狼狗，我们的乡亲们又开始想象，这电棒点在许麻子身上，该如何呢？

# 9

也许这件事又将成为传说，在我们浪平的乡亲们的印象中，从来没有哪个女娃享受到那么多高规格的说客上门说媒，这是一件空前绝后的盛事。

张吉和张庆刚回到家，乡里的书记的小车也停在了张吉家门口。大家都知道大凡书记都是能言善辩、能吹会捧、软硬兼施、恩威并重的行家，我们场坝的书记自然也是这等角色。他进了门先是说张庆有法制观念，是个当警察的料。说自己有一个朋友是公安局的头，他可以帮打个招呼，这是一件很容易搞定的事。接着书记又称赞张吉和李玉蓉养了对好儿女，儿子聪明能干，女儿如花似玉，书记的话几乎把张家人的头都绕得晕乎乎的，觉得这书记真是个好人，到最后书记才说许麻子想要娶张美丽，他认为这个正合郎才女貌的古礼，是一门好亲事，他就自觉来保这个媒了。

张吉说不行，我家美丽不高攀这狗日的，要做媒你上别家做去。

书记说你张吉咋这样讲呢，我还不是为了你家好。出了这么回事，人家许麻子正好也有这个心意，不正好两全其美么？

张美丽在屋里说，麻烦书记告诉许麻子，让他死了这条心，等着法院见面吧。

书记说你们一家人就不讲面子？往后你怎么做人？

张美丽说，我不偷不抢，堂堂正正做人，嫁给许麻子我才觉得丢人。

书记说你们就铁了心要告？

张吉说，要告，告到北京也要告。

书记说，那你们爱告就告吧，我要看一下在我们地盘上谁恶得起来。

书记走了乡长又走了进来，乡长说张吉你这破房子也该推倒重起了，住这样的房子不说委曲你两口子，是委曲两个小孩呢。乡长的话是旁敲侧击。我们的乡长已经习惯了在浪平场坝上用这种诱敌深入的高明办法让他的子民上套。张吉自然也乖乖顺了乡长的思路去想，张吉说早就想新起了，但口袋不乖么？不乖就是不听话，不能随心所欲差使的意思。乡长说要是我有像你家这么块大屋基，我就起个三层小楼房，围个院子，院子里种几株果树几排花草，硬是神气得很呢。张吉有些高兴，他没想到这平日里一肚子油水的乡长竟然和自己想得一样，张吉有些飘飘然了，这乡长，也比自己这老百姓高明不到那里去呢。张吉的脸上甚至有了一股潮红，手脚开始颤抖了，我们乡长虽然没有学过心理学，但察言观色的本领却也炉火纯青，他及时给了沉醉中的张吉一记闷棍，他说，起这样的房子，怕有十万也不够吧？张吉说十万？我们家一万都没得呢。乡长说，只要你张吉愿意，人家许经理向我许愿，只要你家美丽答应嫁给他，彩礼十万，再帮你起一幢房子呢，这好事就是你一句话的事，容易得很。

张吉这时才清楚又中了乡长的迷魂药，张吉从凳子上跳起来，说乡长你的嘴就莫张了，再张我又要骂人了，我家美丽是个人，不是猪，不卖。

乡长说，凡事都好商量么。你又不是不清楚，恁大个场坝，几多姑娘都想嫁给许老板。

张吉说，谁爱嫁就嫁，嫁给猫嫁给狗我们也管不到，我们家美丽就是不嫁。

乡长还想劝几句，李玉蓉从屋里走出来，扬起扫把扫出一屋子的灰尘，乡长只好落荒而逃了。


派出所所长来找张庆，张庆去了，却接到自己做治安队员的那家派出所所长的电话，所长和张庆在电话里咕噜了好久，张庆的脸一阵青一阵白。放下电话，张庆就往家去了，张庆坐到张美丽的床前。张美丽看着欲言又止的弟弟，说你有什么话你就说吧，姐姐不会想不开。

张庆说，姐，你真要告吗？

张美丽说，一定要告。

屋子里沉默了好久，张庆又说，姐，今天派出所找我，说可以帮我转作正式警察。

张美丽说，恭喜你老弟。

张庆一边说话一边流汗。

张美丽说，弟你咋流汗呢？又不热。

张庆说，热呢，姐。

又过了好一会儿，张庆又说，姐，你铁了心要告么？

张美丽有些奇怪，她弄不清这么向来快言快语的弟弟咋就变成这样了，她说弟你别怕，姐都不怕呢。我想好了，明天就上城里做司法鉴定，我不信告不倒这恶棍。

　　张美丽说话的时候张庆看着窗外，窗外是院坝里的核桃树，暖洋洋的阳光照着翠绿的叶子，有小鸟在上面追逐，树叶在一闪一闪的，不知是被小鸟翅膀晃的还是风给吹的。张美丽见张庆看着核桃树发愣，就说老弟你在想什么呢？张庆说没什么姐，我在想我们小时候呢，张美丽说小时候真好。可我们还是长大了。张庆转过头，看着依然美丽的姐姐，说姐，那你就去告吧，可是我得回去上班了，张美丽说告状又不是打架，你就安心去上你的班吧。

　　张美丽去了城里，美丽的场坝姑娘张美丽穿过乡亲们如刺的目光，留给乡亲无尽的想象。张美丽要去做司法鉴定。张美丽去找人鉴定那块被许麻子捅破的东西。这个令乡亲们和狗都一致兴奋的消息在场坝的每一缕风中飞扬。想不到这东西也可以鉴定了，乡亲说，另一位说，还可以论斤卖呢。于是我们的乡亲，又蹲在场坝的灰尘中议论，说张美丽那块东西可是要卖出好价钱了。不少人还骂起了自己的老婆，当初怎么就生了几桶没用的儿子，半点用处都没有，真是多长一个洞，发财没人懂，多长一根卵，死等救济款。张吉也听了这些闲谈。张吉就拎着自己打的那把长刀出现在了场坝另一头，正午的阳光下，那把被张吉磨得锋利的长刀闪着清冷的蓝光，蹲着的乡亲和趴着的狗在刀光中如同苍蝇拍下的蚊子，哄地就四散去了。

## 10

　　看着张美丽的背影消失在自己的视线之外，李玉蓉又开始流泪了，李玉蓉的眼睛已反反复复肿了好几回，李玉蓉不说话，只是哭，张庆临走时说，妈你莫哭了，这口气我们总是要出的。张美丽也说，妈你莫担心，我不是那么好欺的人，随随便便就让这畜牲给欺侮了。张吉不懂该说什么，他的脑子已被这件龌龊事和几天来不间断过的媒人弄成了一团乱麻，连杨章，那个同自己一起打铁的老表，竟然也成了说客。张吉的脑怎能不乱？看着李玉蓉的样子，张吉只能像一只迷失了方向的蚂蚁般在她旁边乱搓手、跺脚，磨那把已经很锋利的刀。磨得张家的屋子一天到晚都是磨刀声。看着张美丽的车子翻过大坳，李玉蓉就对张吉说，张吉，我要去找一下许麻子，张吉说，你咋能去找他呢？他是我们家的仇人。李玉蓉说，我要去看一下这桶畜性还想做什么？张吉说，你莫去了，去了也没有用。李玉蓉说，当年他欺负我，现在又欺负美丽，美丽还是他的骨肉呢。张吉说，放你妈的屁，美丽是张家的人，李玉蓉说，我要去讲给他听，让他懂得欺侮的是自己的女，看他还敢找人来做没媒，看他在这场坝上怎样做人。张吉说，叫你莫去就莫去好么？美丽去告状了呢。李玉蓉说，我要去。我要给他懂得自己造了什么孽，猪狗都懂得理呢，他许麻子连猪狗都不如。张吉说李玉蓉，几十年都过来了呢，你就听我的，莫去了，张庆也说了会有我们家出气的时候。张吉看着一只大蜘蛛落在李玉蓉的头上，就伸手去捉了，却被蜘蛛叮了一口，张吉赶紧吐了口吃得唾沫在伤口上。李玉蓉看着张吉，张吉老了，腰有些弯了，人显得更矮了。李玉蓉说张吉，你讲不去我就不去了。张吉说这就对头了。李玉蓉又说张吉你去办点菜，等一下给爹妈烧个纸，张吉就去忙活了。不大功夫，就把酒菜置办好了。李玉蓉说先祭一下吧。烧上香，烧上纸，肉刀头上的热气渐

渐淡了。李玉蓉说，得了，我们自己吃吧，喝点酒，张吉说你今
天咋个了？要喝酒，李玉蓉说，让酒压一下心头的气，两口子就
开始喝了，边喝酒边说以前的事，张吉却醉了，将要睡去的张吉
说我想睡了，你也在我旁边睡一下，李玉蓉说，我洗一下脸就
来，李玉蓉流了脸，还梳了头，脸上散着香皂的香味，走进屋
里，却见张吉已打起了鼾声，李玉蓉摸着张吉的头，坐了一会，
就出去了。

　　李玉蓉死了。李玉蓉用一条麻绳把自己吊在许麻子服装厂的
大门口。张吉找了她一夜，天亮时找着她，早已变硬了。张吉抱
着李玉蓉在浪平清晨微凉的空气中晃荡的双脚，双眼翻白，喉咙
咕噜地响了一阵，也倒在了金碧辉煌的大门口。

　　许麻子是在厂门口乱成一锅粥时才出来的。他起床时觉得右
眼皮老是跳，接着就知道李玉蓉死了。死了就死了呗，又不是老
子掐死的，许麻子想，许麻子只是有些烦，有些恶心，他挥着手
对门卫说你狗日的不懂把她搬远点？门卫就弯着腰一人抓头一人
抓脚把李玉蓉搬到旁边的草地上。许麻子说，还有这个呢。两人
又来搬张吉，门卫边搬边发牢骚，这鸡巴矮子，还那么重。

　　厂门口聚了许多人，闹哄哄的，许麻子说，像苍蝇一样，赶
远点，门卫就提着警棍在空中比划两下，人们就退后了好多。

　　许麻子回了办公室。透过窗子看着围墙外躺着的李玉蓉。许
麻子想这女人也太他妈可恶了，竟然说张美丽是自己的种。老子
当年是日过你，但日一回就生了根不成？她还想威胁自己。日他
娘，老子怕过谁？老子就把你们两母女都日了，又怎么样？穷人
硬是命贱得很。

　　张吉刚醒过来，警察就来了。张吉说警察你们要替我报仇

啊。我老婆被许麻子害死了。张吉说着就爬过去抱着李玉蓉哭起来。两个警察问了周围的人，见张吉还在哭，就说，你还哭那样？你老婆是自杀呢，赶紧抬回去埋了，臭了污染环境。

张吉说，我老婆怎么会自杀？一定是许麻子害的，她出来时候还好好的。

警察说，凡事讲证据呢，你莫乱诬蔑别个。

张吉说，就是许麻子干的，这个狗日的硬是欺我们家呢。

警察说，你拿证据啊。

张吉说，我女儿让他欺侮了。

警察说，你女儿不是上城里告状了么，桥归桥，路归路。你女愿意告就告，可你老婆却真是自杀呢。

张吉没有话说了，张吉捡起地上的半截砖头往里闯，我们的警察这时显出了他公安学校的绝活，眨眼功夫，就把张吉搁倒了，还一铐子铐了起来。

警察说你敢渺视法律。

张吉没有应他，张吉哭了起来，那哭声让我们的乡亲听得心都颤颤的，杨章说，你们放了他吧，他是个老实人。警察说，好吧，你们帮他把人抬回去。

乡亲们抬着李玉蓉走了，警察进了许麻子的办公室，警察和许麻子都不说话，只是抽烟，喝茶，过了好久，警察才说，许老板，你出个2、3万元，让人把丧事办了吧。许麻子说，莫扯淡，老子一分不出，关我什么事呢？许麻子在窗前站了一了会，又说，你们那破车也太不成样子了，我赞助你们换一辆吧，十万够不？警察说，那就谢谢许老板了。

张庆从外乡赶回来，直接就去了服装厂。张庆腰里别了把刀，他想这许麻子真是活到头了。可没等张庆进门，许麻子就得到消息，两个武警复员的门卫没费什么功夫就把张庆摁在了地上，许麻子说，城里的警察老子还随便使唤，你一个破治安员也敢向我叫板？张庆说你许麻子会有报应的。许麻子说管他妈恁多。你妈也这样讲，你姐不是上城里告状了么？我等倒报应呢。许麻子说完就笑了起来，开心的笑声震得张庆耳根子发麻。张庆说我操你娘。许麻子说你也只是讲一下，我倒是操了你娘，还操了你姐呢。张庆说我要杀了你。许麻子说小子哎凭你这点能耐想弄我？做梦都做不成，你还是先去外面练一下吧。

张吉和张庆、张美丽把李玉蓉埋了。不埋也不行，派出所的人守着，尸体都开始流水了。派出所的人对张庆说你也是干这行的，也懂得你妈是自杀，为你们自己好，还是埋了吧。就只好埋了。把母亲送到地里，张吉说你们先转回去吧，我陪你妈坐一下，姐弟俩回到显得空荡荡的屋里，张庆说，姐，我们没有妈了。话没说完两人抱头哭起来，哭了好久，张美丽才说，弟，莫哭了，我们的妈不爱听我们哭，我们要给她争气。张庆就慢慢停了下来，张庆说，姐，往后咋办呢？张美丽说我要继续告，为我，为妈出这口气。张庆说，爹呢？张美丽说，爹有我陪着，你就放心去吧。

两人在家坐了好久仍不见张吉回来，有些惊慌，就急急去找，张吉还在李玉蓉坟边，却是睡着了，苍老的脸上还有泪痕。张美丽拉着张吉的手，说爹，我们回家吧，张吉清醒过来，看清是自己的儿女，说就我在跟你妈讲话呢。三人又哭了一场，天渐渐黑了。张吉说，美丽你过来，张美丽就走到张吉身边。张吉说美丽你跪下，给你妈叩个头吧，张美丽就趴在地上叩了三个头。

张吉又说美丽你也给爹叩个头吧，张美丽觉得爹有些怪，但还是叩了。张吉说，美丽，你是个好姑娘，我讲给你一件事你一定莫慌张。张美丽说你讲吧爹。张吉说美丽，你不是爹的亲女儿，你是你妈当年被许麻子欺侮怀上了带过来的。张美丽像疯子一般抓着张吉，说这不是真的，我的爹是你，张吉说，真的，爹咋能哄你呢？张吉的话刚说完，张美丽就像一截木头般倒在地上。

张庆该回去上班了。张美丽对张庆说，弟你记住姐今天讲的话，我爹是张吉，我弟是张庆。张庆说，姐你这是讲哪样？张美丽说，我只懂得许麻子欺侮了我，害死了妈，如果我真是他的种，我更要告他，张庆说姐，你从小就是我的好姐姐。

## 11

不晓得是从哪一个清晨或者哪一个黄昏开始，总之我们场坝上的乡亲们是不怎么注意这些细枝末节的。他们只是有些侥幸的样子相互转告，那张吉，怕是成癫子了。在我们乡亲的叙述中，张吉成了一个可叹可悲、不自量力的张癫子。幸好他们没有读过塞万提斯的书，不晓得唐·吉诃德，不然我们的乡亲怕是早就叫张吉做唐·吉诃德了，他们给别人安花名的喜好实在是太强烈了。比如他们就把我们的乡书记叫做胡传魁，把乡长叫做鸠山，把我们的村长叫做王连举，因为大家选了他当村长，他却站到了另一边，当然这些花名也很少当面叫的。我的乡亲们聚在场坝尽头的矮墙下，或蹲或坐，任由山风把尘土扬得一脸一身。他们使劲去想张吉的每一句每一件事，把张吉像一颗槟榔一样在嘴里反反复复地嚼。直到夜色逼得他们不得不散去时，他们还会像乡里的领导般来一个总结。

这张吉，时气也太背了。

胳膊扭得过大腿么？人家一根屌毛比你腰标还粗。


杨章见张吉一个孤老头守在屋里，就过来陪他。两位铁匠在一起讲话也总是冒火花。杨章说老表，告状是那么容易的事么？古话都讲衙门八字开，有理无钱莫进来，美丽这状子告得落么？张吉说，这是新社会呢，还没有讲理的地方？杨章说话是这样讲，依我看，还是向许麻子要上十万八万算了。往后你也过个安逸日子，张吉说你才卖女呢，你才卖老婆呢。杨章说这个是事实，我也是帮你考虑，张吉说我看是人家许麻子的鸡巴塞你嘴了，帮着外人讲话呢。杨章说你硬是放冲天屁。两人吵了一阵，又停了下来。杨章说，烧两筒烟？两人就把一支烟筒卟噜卟噜地轮来轮去地抽，抽得一屋子烟雾。杨章说，老表，我们被人家吓，是我们无钱无势无靠山呢。张吉说，有哪个吓你？你那几桶仔像牛一样蛮，杨章说蛮个卵。在家对老子蛮，出了门就是黄鼻脓一个。那大仔前天去县城硬是着守茅厕的老太婆罚了五块钱。张吉说，命中注定是恁个样子，我又去找哪里的靠山。杨章说我讲的你硬是歪倒想呢。你家美丽即使不愿嫁，弄点钱过来也能昂起脑壳做人。有了钱你家张庆还怕当不成警察？张吉这次没有骂杨章，他觉得杨章的话也有些道理，真让张庆当了警察，不也是政府的人了？毛主席当年还讲枪杆子里边出政权。警察一当，谁还敢狗胆包天吓他们。张吉说，除了求许麻子，你帮打听一下，求哪个张庆才能当警察。杨章说，没有许麻子，你拿哪样去求人？张吉说，我去捡破烂成不？我把房子卖了成不？杨章一听就吓了一跳，他说老弟我是乱说呢，你别听风就是雨，张吉说其它你莫管，你要是老表你就帮我弄清哪个人有办法。杨章说好好，我去打听吧。杨章这是在敷衍张吉，他想自己一个一辈子只会打些锄头弯刀的铁匠，去哪里帮他找人呢，不过他相信这张吉也不会真当回事的，求人是那么好求么？刚起头怕你自己就吓怕了，求人是拉不干净的痢疾呢，没有个终了的时候，但杨章还是告诫自己，往后与张吉这种老实得差不多吃牛屎的人，千万莫乱扯闲谈了。

杨章没有想到自己错了，没隔几天，张吉就来了。张吉说老表你帮我问了没有？杨章开始还不明白张吉问什么，想想，清楚了他就说，还没得空呢。过了几天张吉又来了，杨章说，这种事急得么？你先找点钱呢。张吉说我在找钱呢，我一天找了差不多二十块钱，杨章说找多点再讲吧，几百元，不够塞人家的牙缝。张吉说我去找，你也得快点，你表哥讲话总得算数么。杨章晓得这张吉这几天真的在四处捡破烂，他逢人就说要找点钱让张庆当警察。杨章看着一身肮脏的张吉摇摇晃晃地离开铁匠铺，他想，这回真是捉了只虱子往脑壳上搁了。

## 12

读过书和没读过书的人真是不一样。如果换做另人，早就哭天抢地上吊投河了，或者就是任孽种在肚子里发芽。但张美丽没有这样，她脸色平静地走进了妇产医院，平静地对大夫说，我被人奸污了，请你们给我做个鉴定。那老医生的眼瞪得圆溜溜地从镜片后看着美丽，张美丽知道她在怀凝自己是不是疯子。张美丽说这是真的，你们就鉴定吧。鉴定完后张羡丽又躺在了手术台上，张美丽让医生给自己清扫一个子宫。医生说先检验一下是否怀孕吧，张美丽说不用了，你们就刮吧，刮干净了我心里才清净。从手术床上下台，尽管腰有些疼，但张美丽还是觉得轻松了许多。

张美丽去了城里的妇联。妇联是一个很轻闲的地方，在我们故乡所属的县里，妇联的干部的主要的业务是织毛衣、嗑瓜子、一年到头难得有几个人来找他们，县领导已多次在各种场合批评了妇联的工作。但妇联的干部们还是有些委屈，女同胞们自己不来，我们又去哪里找机会帮助他们呢？张美丽走进妇联的办公室的时候，妇联的同志真是欣喜不已，全体人员都围着张美丽，递毛巾、添茶水，齐声控诉可恶的臭男人许麻子。妇联的主席说这件事咱们管到底了，我们一定给你申冤。妇联的全体同志陪着张美丽去吃了一个工作餐。说是工作餐，却也上了七、八个菜，热气腾腾的。张美丽吃着吃着就哭了，妇联主席说孩子别哭，我们就是你的娘家人呢。

人的潜能是无限的。县妇联这架老旧的机器，由于张美丽的到来焕发了勃勃生机。全体人员在主席的号令下，仅半天功夫，状子也写好了，律师也请了。律师也是位女同志，仅从那薄薄的嘴唇和短短的头发看，张美丽就知道这是一个不简单的人。律师看了张美丽的状子，说这官司肯定赢，不赢她就再也不当律师。律师让张美丽上公安局去告状，把医院开的鉴定书和沾有许麻子的脏东西的红短裤等物证一并送去。妇联的同志和律师都说，你就等着看许麻子进班房吧。张美丽到公安局的刑警大队递了状子和物证，公安局的人事先就接到了妇联的电话，刑侦队副队长的老婆就是妇联的主席，见了张美丽，立马就把状子接了，立了案，公安说姑娘你放心，你这些东西是铁证呢，跑不了他许麻子。有恶必惩，你相信我们会办好的，最迟三天。张美丽看着公安局的照壁上金黄色的"为人民服务"的大家，眼泪像决堤的河水般淌了下来。

张美丽在县城的同学家休息了三天，这三天她过得非常开心，她几乎已经忘记了许麻子给自己带来的烦恼。我们浪平场坝姑娘张美丽却丝毫不知道，就在这三天里，外面的世界发生了很大变化。

妇联的办公室只有一个戴眼镜的姑娘，张美丽曾与全体妇联干部一起吃饭，没见过这个姑娘。张美丽说找主席，姑娘说有什么事跟她说，妇联的人都下乡了，她来帮守办公室。张美丽就说了自己告状的事。姑娘盯着张美丽看了一会，才说，噢，这事我晓得，主席说有些问题麻烦呢。她让你直接去找律师，张美丽走出妇联大门还在想，这姑娘是谁？咋也晓得我的事了。走在县城的长街上，张美丽突然有些莫名其妙的烦恼，她使劲去想，想了好久也没有想出来由。

张美到律师办公室时，那女律师正在抽烟。一团团烟雾笼罩在她头顶，看着她的样子，张美丽想这是个有主见的人呢。律师见了张美丽进来，也没出声，只是指了指旁边的凳子，张美丽知道是叫她坐。刚坐下，却见律师把一摞卷子啪地甩在办公桌上，还骂了句他妈的。张美丽有些吃惊，她以为是自己什么地方惹律师不顺眼了。赶紧从椅子上站起来。律师说，你坐吧，我不是说你。律师替张美丽倒了杯水，说美丽，你这案子不归我管了。张美丽急起来，说前几天你不是说你要办到底么？律师说，美丽，我有我的难处啊，张美丽快要哭了起来，说我去妇联，没有人在，找你，你又说不归你办了，那我去找谁啊。律师没有出声，张美丽看得出律师心中烦躁，就说，都说律师是最讲法律的，求你帮帮我吧。律师在屋里子踱着乱步子，踱了好久，从公文包里拿出一个信封，说美丽，这点钱你拿着打官司用吧，你休息一下，我有点事出去一下，说完竟走了，留下张美丽独坐在陌生的办公室。

张美丽不知道自己是怎么走出律师办公室，又怎么来到公安局的，她只觉得走了很长时间，走出公安局刑侦队，张美丽几乎没有了一点力气，张美丽坐在长条椅上，觉得自己快要散了。眼泪不知觉地流了下来，接待过张美丽的公安走过来，说姑娘你怎么了？张美丽说我来问我的案子办得怎么样了。公安说姑娘，我们还没调查呢。张美丽说，证据不都在你们手上么？公安把脸转向另一个方向，背对着张美丽说，姑娘，你交来的证据丢了。张美丽惊叫的声音吓了屋子里的人一大跳，怎么？你们弄丢了？公安说，是丢了。张美丽说，公安局怎么会丢东西呢？公安说，姑娘，公安也是人啊，张美丽坐在椅子上，脑子一片空白。过了好久她才说，我该怎么办呢？公安说，再想想办法吧。张美丽说，你们管法律，找你们都没办法，我又去哪里想啊？张美丽盯着公安局的人看，眼神直勾勾的，看得那久经沙场的警察低下了头。张美丽走出公安局时，公安都在后边看着她，都觉得她今天这个样子，更加像是被侮辱了。

张美丽走在县城大街上，她也不知道自己的目的地是哪里。街道上来来往往尽是车辆和行人，她不认识任何一个人，也没有一个人注意她，直到刺耳的喇叭声在她身后响起，她才知道不知不觉地走到了街道中央，她走在街道的树荫里，张美丽想这是别人的城市，大概不会再有人来过问自己了。

张美丽坐在乐里大桥的栏杆上，她想要是自己从这里跳下去，有谁会来救呢？

张美丽在街头的电话亭打了个电话给张庆，一听到电话那头弟弟叫姐姐的声音她就哭了起来，眼泪哗哗地往下流，张庆在那头急了起来，说姐你怎么啦？张美丽说没什么，只是有点想你。张庆说姐你那官司打得怎样？张美丽揉揉眼睛，说他们正在办呢。张庆说姐我帮不上你的忙，你要保重啊。张美丽说，弟，姐姐想你。张庆说姐，我也想你。张美丽说姐姐脏了，别嫌弃姐。张庆说姐，你今天是怎么啦？张美丽说，我想先回去看一下爹，张庆说也好，爹一个人在家也不放心呢。你回去就说我一切都过得不错吧。

## 13

张吉住在百色城的百林大桥的桥洞里。

张吉离开流平，走了一天的路，到了凡昌，穿着的一条旧裤子被凡昌小学校里的小孩放狗撕破了。张吉对放狗的小孩说，莫要狗来撵我，我不是坏人。小孩说浪平过来的都是他妈的坏人。张吉想，这小孩大概是没有爹了，没有爹娘教的孩子才这个样子。没想到张吉刚把石头砸在狗腿上，顺着狗汪汪的叫起，一匹满脸毛胡子的汉子就跑了出来，手里的棍子里蚴蚴的像条乌梢蛇，说你敢打淋病的狗？张吉赶紧跑开，边跑边想，两爷仔都凶，哪天见到我的仔，看你还凶不凶。

　　到了乐里，张吉的眼都被街上的汽车搞得眼花了。站在乐里大桥上，他两脚直发抖。过了小半天，他才清醒过来，晓得自己真的就是来到了好找钱的城市了。看到穿着内褂子的清洁工过来，他赶紧凑过去，说兄弟往后我跟起你扫垃圾成不？黄褂子的人让张吉滚开。张吉想这狗日的一身灰尘，也看不起人呢。

　　张吉沿着乐里河往上走，终于找到一个堆满废旧物品的地棚，一问，原来是一个贵州人。瘦小的贵州女人问张吉，你是种地人咋也出来捡垃圾？我们贵州生活苦才出来捡。张吉听了她的话心中就有些自豪，说我不是屋里头苦才来捡垃圾的，我是要找钱供我仔考警察。贵州女人不相信，说你这样了和我的也差不了多少，还有仔要当警察，你就真吹牛了。张吉说你还莫不相信，张吉从贴胞的口袋里摸出张庆的照片。贵州女人看着照片说，真是个精神的后生，哪像我家的儿女，歪锅烂灶的。张吉还想与贵州女人再说说儿子，看着贵州妇人一大堆的废品，就说大妹子你教一下，哪里好捡垃圾？贵州人说，乐里还有哪里好捡哟？捡垃圾的人比垃圾还多。张吉说，大妹你指定一下，我记住你的恩德呢。贵州女人说，听讲百色好捡，百色是大城市，应该好点。张吉说那你咋不去？贵州女人说，我们从贵州的山脊旯来，到乐里都不错了，哪里还敢去百色哟？张吉谢过女人，沿着公路往百色出发了。

　　百林桥的桥洞全住的全是捡破烂的人。有贵州的，有百色的，有凌云的，就没有一个浪平的。张吉怕被人欺侮，就把自己的铺盖卷放最高的桥洞里，凌云说，你年纪那么大，别爬那么高，贵州也说大家挤在一起，也热闹点呢。张吉从此就开始了他在百色捡破烂的日子。早晨学校的喇叭一响，他就背着背篓出发，晚上他也是最后回桥洞的一个。凌云问你一天吃了什么？张吉说早上一个馒头，中午两个馒头，晚上一个馒头。凌云说，怎么晚上也只吃一个馒头？你顶得住么？张吉说，咋顶不住呢？张吉捡的破烂，每卖得十元钱，他就在桥洞的水泥墙上用捡来的粉笔画一个杠。贵州说，你还要记工分？张吉说，记上，我心头舒服。凌云说，这又是为哪样？看你又累又饿，都快成鬼了。在一个下雨的傍晚，几个人把捡到的一瓶白酒喝了，有些迷糊的张吉跟贵州、凌云、百色说了自己家的事。两行混浊的眼泪挂在张吉的脸上老掉不下来。凌云说，咋是这个样子？贵州说，日他娘呢。百色说，往后，我的帮你。张吉说，哪能呢，你的也不容易。贵州说，不容易才更要帮你。

张吉在水泥墙上的杠子，渐渐地一天就有一杠了，张吉想，儿子要当上警察，怕是要两千元钱才够。两千块就要两百个杠。张吉眯着眼睛云数，有70个，有120个了。张吉告诉贵州和凌云，凑够200个，他就要走了，办好事情再回来看大家。百色说那差几个杠？张吉就说差九个，百色就拿过张吉手上的粉笔，直接在墙上划了九个杠，说，我帮你，张吉看着百色手里的钱，说要不得兄弟，你要捡半个月才有这点钱。百色说，你真管那么多，就当是我给侄儿的见面礼，张吉说，那我就先谢谢兄弟们了，你们放心，我仔是个知恩知谢的人。

张吉幸福地睡着了。张吉在梦里梦见自己拿钱回去把张庆的事办成了。张庆当上了警察，头上的帽徽亮得晃眼睛。张吉在梦全都笑出了声，弄得把自己都笑醒了，醒过来的张吉吓呆了。

几十个城管围住了他们。

城管车上的灯明晃晃的，就像电影里鬼子在城上装的按照灯，高音喇叭抵着耳朵芯子吼。说他们污染了城市形象，是盲流，要驱赶出去。贵州说我们住在这里又不是流氓又不犯法，咋要赶我们呢？高音喇叭说这里不是你们该待的地方，从哪里来的就回哪里去。凌云还想说什么，高音喇叭就说，我喊一、二、三，你们不卷东西我们就帮卷了。贵州说等天亮我们自己走，高音喇叭说，还由得你说了算？领头的一挥手，一群城管就像狼扑羊一般扑了过来，眨眼的功夫东西就散在了草地上。刚回过神来的张吉赶紧翻自己的铺盖，刚收好的2000元钱不见了。张吉惊慌慌地喊起来，哪个拿了我的钱？张吉看凌云，凌云说他的翻了，张吉看贵州，贵州说就这些人。百色说，你们谁见了他的钱，拿给他，他是个可怜人呢。城管的头说，咦，看样子是赖上我们了？张吉拉着头头的手说，你格找一下吧。头头把张吉一手摔到地上，说你是想妨碍公务。张吉一下子就跪了下来，说求求你们了，把钱给我吧。头头踢了一脚，一群人就风一般走了。

张吉疯了。疯了的张吉整天在草地里翻，一边喊，我的钱呢？我的钱呢？贵州和凌云两个人牵了张吉去找城管，正好碰到有大领导观察工作，城管的领导和颜悦色地对贵州说，师傅你先休息下，我们一定会按领导指示解决好的。贵州见这领导慈眉善目，觉得遇见了贵人，就在接待室坐下，喝着红牛饮料，嗑着瓜子，贵州对凌云说，这饮料真甜，凌云对贵州说，这瓜子真香，都香得我头晕了。张吉也安安静静地坐着，一脸的幸福。

领导终于走了，一个年轻人来叫他们出去，说先带他们先去一个地方，他们都是头一回坐上公家的小车，头就更晕了，晕乎乎的他们被拉到一个林子里，那年轻人让他们下车，贵州想问这是什么地方，后面的车上就冲出几个人，把他们摁在了地上，拳

167

脚像夏日的雹子般落下来，等他们清醒过来，人早没影了。他们知道，这事没地方讲了。第三天清晨，凌云和贵州还在梦中就被张吉喊醒了，他俩看着口齿清楚的张吉，呆住了。张吉说，两位兄弟为了我遭罪了，我给你们赔个不是。说完就跪了下去。贵州说兄弟你莫跪，我们是一路人，该相帮衬起呢。凌云也说都住在一个桥洞里，客气哪样？张吉说，我要谢你们，我就要走了，你们就各自保重。贵州说你要回浪平么？张吉说不晓得，走到哪算哪吧。张吉转身就爬上了大桥，在凌云和贵州的泪光中，张吉又爬上了百林大桥的护栏，像一只被枪击中的乌鸦，扑进了滚滚的右江。贵州和凌云张大着嘴却喊不出声，想跪又脚杆发软。

凌云和贵州沿着右江找了三天，终于找到面目全非的张吉。贵州和凌云凑了钱把张吉送到火葬场。贵州说，人家死了都有曲子，我们怎么办？凌云就去问，放一支曲子50元，两个搜了全身也只有15元，凌云就说，我来吧。在凌云敲击捡来的破脸盆的声音中，张吉被送进了火炉，看着屋顶烟囱里冒出的几缕白烟，贵州说兄弟你算是超脱了，不用再苦恼了。

贵州和凌云处理掉所有破烂，背着张吉的骨灰上路了。他们从百色出发，过汪甸、利周，翻过高山，终于走到了浪平。他们找到张吉家的小院时，两个人都瘫倒了。

在贵州和凌云和叙述中，张美丽晓得父亲是死了，那个疼自己爱自己的老实的父亲没有了。张美丽把父亲的骨灰放在神桌上，一滴眼泪也没有，在送别贵州和凌云时，却哭得天昏地暗。贵州对凌云说，这是个重情重义的孩子啊，可惜没爹没娘了。

## 14

张美丽没有把父亲的死讯告诉张庆，她独自背着父亲的骨灰来到母亲坟前。在许多浪平人的记忆中，都记得那个下着细雨的清晨，一个美丽的女子在山坡上挖坑，每一锄头挖下去，都伴着一句哭歌，那哭歌声穿过雨雾，凄凄楚楚的，让人直掉眼泪。

埋了父亲的第二天，张美丽在浪平乡亲的注视中，走过自家屋前的石板路，走过雨后泥泞的场坝。乡亲们看着张美丽脸上已没有了半分的哀愁，映入眼的尽是妩媚、精致、可人。大家想，这姑娘要去哪里呢？

张美丽要去乡政府，她决定给书记回话，嫁给许麻子。她站在的办公室门口，对书记说，我不告了，我愿意嫁给许老板，你让他自己来提亲吧。书记听到这话比自己娶了老婆还激动，说美丽你坐，我现在就给许大哥打电话，往后你就是我嫂子了。

## 15

往后的故事在浪平乡亲的演义中流传着。先是张庆真的就做了警察，还被封为副所长。只是张副所长的脸总是阴郁的，看人的眼光冒着寒气；场坝上的乡亲们都说，这张庆全靠他姐有张好脸有块好×啊！接着是许大麻子发了疯，像一只丧家犬似的在厂区内乱撞，抽自己的耳光，抽得脸都变形了，最后在一个阳光灿烂的午后把自己沉进入犀牛塘。

张美丽关掉了让浪平的头头脑脑们引以为傲的服装厂，把厂房送给了福利院，她就从浪平失踪了。有人说张美丽嫁给一个收破烂的凌云人，还养了一个贵州的爹。

对于浪平乡亲来说，这浪平十里八村美丽绝代的张美丽嫁给一个下贱的破烂王，真是一件伤乡亲们的心、丢乡亲们的脸的事情，这样的家丑，不提也罢。

# 秋风掠过山梁

## 一

仿佛是在一夜之间，桂西山野就熟透了。整个云贵高原的余脉上一遍金黄。从老山坳过去，往浪平，一直到学堂坳、妖店子、香里、翻天坨、老鹰洞，到处都沉浸在秋的浓香中。谷子、小米、荞麦、芝麻的香味混杂一起，浸透了天和地的肺腑。

秋收了。

天地蓝得更加深远了。

杨青山走在田野上，挥着手里的竹竿驱赶偷食的麻雀，苍老的吆喝声在秋日山野的迷蒙中飘荡。快抢收啊，杨青山有些着急，不快些抢收，野猪就会来了，猴子就会来了，老鼠也会多了。乡亲们快抢收啊，小娱快抢收啊！

杨青山在心中着急，可是急也没有用。七十岁的老头，力气早从他身上漏光了，连那些叽叽喳喳的麻雀和田鼠都不怕他了。对面的田里邻居刘长寿也在挥着竹竿，杨青山慢慢挪过去，倚在田坎边坐下。

"长寿，今年这谷子好啊！"

"好有什么用？收都没有人收，怕是要烂在田里了。"

"你家的几个崽都不回来么？"

"他们哪里愿回来，说来回的车费都能买这些谷子了。"

刘长寿的几个子女都去打工了，已经去了两三年，现在这片田，都是刘长寿用儿女们寄回来的钱请人种的。

"这些不要根的年轻人啊！"杨青山叹息。

"这个也怪不得他们，这谷子也便宜过头了。我家这些田，割下来的谷子还真卖不得那请人帮工的钱呢。"刘长寿说。

那你还着急去种哪样？插秧时我见你像火烧屁股一样着急。

唉，屋里没有谷子哪里睡得着觉呢？刘长寿说。

一群麻雀又落在刘长寿家的田里，叽叽喳喳叫个不停，仿佛这秋天就是它们的节日。

"你听你家里的麻雀像以前生产队开会一样热门呢，你也不去撵一下？"杨青山说。

"让他们吃点吧。"刘长寿说，"吃下他的肚子，总比烂在田里好点。"

杨青山和刘长寿都老了，不知不觉间就变老了，刘长寿说，人老了，真是一点用都没有了，眼看着黄澄澄的谷子都收不动了，年轻时一天就能收一片田呢。杨青山说，年轻时我还比你能多拿一个2分，咋就一下子老了呢？半夜里我都听见骨头在响呢。刘长寿说，骨头响算哪样？我还听见我那死鬼老婆坐在门槛上同我讲话呢。杨青山说，唉，老了，还是死快点好，免得拖累小辈。刘长寿说，你那乖孙女舍得你死么？说到孙女，杨青山眉目舒展了些。抬头望望远处，暮霭已开始飘荡起来了，还不见小娱的踪影。杨青山说，都苦了我家小娱了。刘长寿说，小娱陪着你，是你的福气呢，哪像我，孤坟野鬼一个。

田里的麻雀也呼朋引伴开始归巢了。远处的村子上有淡淡的炊烟飘起，还有吆喝声、铃铛声，但两个老人都觉得，这村子是生气越来越少了。村里的青壮年差不多都全部去外地打工了。刘长寿说，我们学堂坳怕是只有小娱一个年轻人留着了。杨青山说，都是我这害的呢，都是我这不中用的人拖累了我家小娱。春天刚到的时候，小娱也想去广东看一看，那段时间小娱整天都在向广西回来的同伴打听那边的情况。最后别人都走了，小娱却还是留下了。刘长寿说，小娱孝顺着呢。你把他姐弟俩拉扯大，她咋舍得下你呢。哪像我家的几个，钱才是他们的亲爹呢。

两个老人都不再说话，只是看着暮色出神。夜的影子越拉越长了。刘长寿说，回去吧。杨青山说，你先回去吧，我还坐一下。刘长寿就慢慢地走了。稻田的波浪和夜色把杨青山给淹没了。一串老泪从杨青山的脸上滚落到谷穗上，小娱，你今天去哪里了呢？

一阵匆忙的脚步从远处的田坎上传过来，还有焦急带着哭音的叫唤：杨青山知道是小娱找自己来了，身上一下子仿佛有了力气，挂着竹竿从田坎上站起来，小娱，小娱。小娱跌跌撞撞地从夜雾里跑过来，拉着杨青山的手，公，我都找你好久了，我们回家吧。回家，杨青山说。爷孙俩牵着手在田野上走着，杨青山又说，小娱，是我拖累了你，收完秋，你也去外边走一走吧。小娱说，公，我不去，我要陪着。杨青山说，小娱，公老了，谷子也收不得了，公对不起你。小娱哭了起来，公，你不要说了。杨青山家里栋木楼的轮廓越来越清晰了。杨青山又说，梁子回来了吧？梁子是小娱的弟，在省城的大学里读书。小娱说，快回来了。杨青山说，梁子回来就好了，你有个帮手了。

小娱也在盼望梁子快点回来，梁子回来了，就可以帮自己一点忙了。小娱时时都在想念着梁子，想梁子是否长高了些，读书是否长进了些，想梁子是否有了女朋友。没有了父母，小娱就成了梁子的依靠，梁子也成了小娱的希望。每到夜晚，安顿完家里的事务，公也唠叨够了，休息了，小娱就坐在自己家的院子里，看天上的星星或者萤火虫，听夜鸟在林子里婉转地唱，但小娱心中还是想着弟弟梁子。她相信那满天的繁星，肯定有两颗是父母在遥望着自己，爹、娘，你们放心吧，梁子去读大学了，梁子已成大人了呢。小娱在夜空下自言自语。听老辈人说，每一个人就有一颗星星，小娱想，公是哪一颗？是那颗太白金星吧？梁子呢？那么聪明、俊秀的小伙怕是跟太阳差不多吧？而自己又是哪一颗呢？

小娱这天是到镇上去了。小娱担了一担香菇到镇上去卖，她想卖了香菇，先给公买一条烟，就要"刘三姐"，再买两瓶酒，剩下的钱就去请些零工来帮忙收谷子。往年的秋天，集镇的路口，都会蹲满贵州过来找工做的人。小娱没想到今天连一个影子也不见。转了几个地方，人家说今年做工的人少，价钱又比往年贵一半。小娱想贵就贵一点吧，谷子黄了，这是讲不得价的时候。小娱就顺了村街去寻找那些贵州人。走过邮政所门前，那外号叫"刘副官"的老人叫住了她，说有一封信。小娱想，有谁会写给自己呢？是征北吧？征北很久没写信来了。或者是荞麦？她也在广东打工。小娱走进邮政所，接过刘副官递来的信，原来是梁子写来的。该放假的时候梁子却写信来，小娱心中有些不快，但这不快马上就给担心给压走了。小娱火烧火燎地拆开信，原来梁子说要与同学一起去桂林旅游，迟一些回来，同时希望小娱能汇点钱给他。梁子说同学们都准备了四五百元钱，他手里只有一百多了，很不好意思，但有一个女同学一定要他去，他就不好拒绝。小娱仿佛看到了梁子在那女孩面前的窘相，就要了张汇款单，填了五百元钱，递进柜台，里边的姑娘说要十元邮费，小娱去摸袋子，却没有一分钱，她这时方想起今天就卖了这500元钱，她想了想就说寄490元多少钱？姑娘说9元，小娱又问480元呢？姑娘有些不耐烦了，说8元。小娱赶紧说，那就寄480元吧。办完汇款手续，小娱手头还剩下10元钱。她想，这收谷子的零工是请不成了。请不成就不请吧，自己慢慢去收，只要梁子高兴就好。小娱这样劝自己。走出邮电所大门，小娱这才觉得有些饿了，还没吃早饭呢。走到一家小饭馆，刚想叫一份快餐，看了看墙上的牌价，一份5元，她就说，要一碗米粉吧。吃了米粉，她又去给公买了两包烟一瓶酒，公喝些酒对身体有好处的，她对自己说。

小娱回到家，不见公在家，她知道公又去田里赶麻雀了。小娱劝他几次，叫他不要去。杨青山说，小娱，公也只能帮你赶一下麻雀了。一听这话，小娱赶紧收了口。小娱在自己家院子里的石凳上坐下，才觉得有些累了，身上也出透了汗，稍微歇息了一下，到后屋洗了个澡，就开始做晚饭。待小娱把饭做好，把屋后菇棚里的香菇淋了一遍水，仍不见杨青山回来。外面的夜色已越来越浓了。猫头鹰喑哑的声音在远处冈上高高低低地哭着。小娱突然有一种不祥的预感，头皮一阵发麻，匆匆忙忙地就朝自己家的田块地跑去。杨青山苍老的声音在稻浪中飘来时，小娱的眼泪不知不觉地流了一脸。

天刚麻麻亮，小娱就起床了，她想趁早上天凉去收割谷子，一个人收是太慢了，但总还是能收一点，总比烂在田里好，等梁子回来再收是等不了。杨青山也早早起来了，坐在火灶边烧着了火。杨青山问小娱，这谷子咋个收法？小娱说我去慢慢收吧。杨青山说我也去吧，帮你搬两把谷子也好。小娱说公你就莫去了，你在家帮我弄点饭就得了，田里又热，你身体不好。杨青山捶着腿说，都是我这脚不争气。

小娱扛着谷桶腰上别着镰刀，穿过薄薄的晨雾往田里走去，学堂坳的田坝子很宽，都种满了谷子，早上还看不清谷子那金黄色的颜色，但小娱还能从那微凉的空气中弥散着的香味中想象到那弯腰垂头的沉甸甸的谷穗，正在急切地呼人们快来收割呢。

小娱走到自己家的田坎边，放下谷桶，稍微休息了一下，就开始做工了，早上的田野长满了露水，小娱手里的镰刀一伸，露珠就醒了，谷丛中的秋蚂蚱就醒了，在谷子被割下时愉悦的呻吟中，桂西的太阳也悄悄爬上了学堂坳的山尖，千篇一律的一天又开始了。

小娱割完一垢田的谷子，坎子上的人才开始多起来，但都是些老人小孩。刘长寿请了他的舅子来帮忙，两个老头在稻浪中艰难地移动着。小娱说，九叔，你怎么不叫三庆他们回来？刘长寿说，三庆他们哪里舍得回来？他们讲来回的路费都够我买这些谷子了。小娱说，那你就请点人手帮忙吧。刘长寿说，哪里请得到呢。工钱贵不说，还都是些年纪跟我差不多的，听说现在贵州的年轻人都往四川、陕西去了，说是去搞什么大开发。小娱说，是西部大开发。刘长寿说，全学堂坳就你一个年轻人在家，小娱你也不容易啊。小娱说，我也去打工，我公就没得人招呼了。刘长寿说，难怪人家电视讲有女儿是福气，你公是前辈子积了阴德啦。

摔打谷子的声音稀稀疏疏地在坝子上响起，全无了往日的热闹。收获应该是个喜庆的时节，这里却有些冷清，有些无奈，甚至还有些凄楚。小娱举着谷禾的手显得有些沉重。人气一少，麻雀就多了，田坎上全是这些小东西的欢叫。小娱想起以往收割的日子，那是多么有生机、热气腾腾，谷禾的香气和年轻人的欢歌笑语纠缠在一起，快乐浸润着全身的每一个毛孔。但不知从哪一年起，这田坎上的年轻人就渐渐少了，多肥沃的土地，多饱满的谷子，却没有多少人珍视它了。

劳作的时候时间总是过得很快。小娱第二次伸直腰，才发现已是中午。田坝上的摔谷声更加零落，只有远处山林中的斑鸠的叫声透着几分苍凉。她想该回家吃饭了，不然公就等得急了。回到家，陪着杨青山吃了午饭，杨青山说，娱，下午我去帮你吧。小娱，公不要去，你要是闷了，就看一下电视，把菇棚的香菇再淋些水，田里的事我做得完。小娱安顿好杨青山，就去村头的李六一家借马。李六一是荞麦的爹，见小娱进来，就说小娱你那么年轻，不要把自己累着了。小娱说，叔，不累呢，力气睡一觉又会长起来的。小娱又问荞麦的情况，李六一说荞麦写信来说是在玩具厂做工，一月有一千多元钱，每个月荞麦都寄五百元钱回来。小娱说荞麦姐运气真好，李六一就说你也去吧，去了也好给荞麦做个伴。小娱说，公身体不好，怎么去呢。两人又闲扯了一阵，小娱就牵了马回了自己家的田里。把马系在田坎边的桩上，卸下马背箩，小娱就开始去摔谷子。下午的田坝上已没有什么人，小娱摔谷子的噼啪声显得空荡荡的，斑鸠的叫声也越来越暗哑，越来越远，太阳却越来越辣，光秃秃的坝子，没有一个阴凉的地方。小娱觉得腰有些疼了，这感觉一生起，她似乎觉得头、手、脚都发生了问题，全身好像要散架了。马在旁边无精打采地喷着响鼻。小娱干脆坐在谷草上。把草帽盖住自己的头脸。小娱这时想起了早逝的父母，他们把照顾公和梁子的责任都推给了自己。小娱知道自己不能责怪父母，但她还是忍不住想，要是父母还健在那该有多好，自己就可以轻轻松松地跟着荞麦他们外出做工了，即使不外出做工，也能在家做些轻松活。她又想到梁子，小娱知道桂林是个风景区，还从书上知道那里有阳朔、有漓江、有象鼻山，还有一条洋人街，梁子会不会与洋人街上碰到的洋人说外国话呢？应该会吧。小娱还想起了征北，征北今年信来得更少了，来的信也很短，只说他正在搞战备，很忙。小娱想你刚是个小排长就这样忙，那连长、营长还得了。小娱有些怨他，你不回来看我，也该回来看你父母吧，但每次来信的最后一句话还是让小娱觉得有些温情，有些幸福。想着想着，小娱就在谷草上睡着了。她不知道睡了多久，等到马的叫声把她弄醒时，已是黄昏了。

黄昏里的田坝漂亮极了，平坦的坝子，金黄的稻浪，微熏的稻香。晚风中沉甸的谷穗如孕妇般舞蹈，别有一番风情。远处的村庄上缠绕着淡淡的炊烟，马、牛、猪、狗的叫声和孩子们的嬉闹声混在一起，仿佛是与生俱来的。小娱平时没有远距离地审视自己的村庄，这时她才发现自己的村庄也很美，很迷人呢。小娱有了一种想歌唱的感觉，先是想唱《在希望的田野上》，觉得太老了，想唱《九妹》又觉得不太合适，想了想她就轻哼起了《情哥哥去南方》，小娱边哼着歌边牵着驮了谷子的马行走在归家的路上。

　　小娱是在村口碰到立秋的。立秋踩了辆单车往村里赶，见了小娱就跳下单车。小娱说，立秋，你近段忙什么？立秋说，忙什么？学文件呗。小娱说，整天待在单位学文件，你这农业技术员不怕下岗？立秋说，我早就厌烦天天学文件了，我还真想下岗呢，小娱吓了一跳，说立秋你可别吓我，想下岗你当初拼命读书做什么？立秋说，我现在有一身劲用不出呢，说不定下岗我就干出名堂了。沉默了一阵，立秋说，小娱，征北怎么样？立秋、征北和小娱都是高中同学，小娱说，还不是老样子，说是整天在忙。立秋说，征北忙你就不能去看他一趟？小娱被立秋的说法弄怔住了，好久才说，两家老人都要照顾，再说他也没叫我去。两人默默地又走了一段路，到了往立秋家去的岔路口，立秋才对小娱说，你也不要太累了，有什么事跟我说一声。边说边顺手拈掉小娱头上粘着的一截谷草，说完就一抬腿上了单车往家里去。小娱看着立秋结实的背影，心中有一些慌乱，她想，这是怎么回事呢？

## 二

　　征北的家在另一个村子香里，学堂坳隔香里也就是几里路。小娱跟公说了声，又去村头的小卖部买了些糖果饼干就往香里去了。路上碰到刘长寿，刘长寿问小娱匆匆忙忙去哪里？小娱说去香里呢，刘长寿说小娱你真是个乖姑娘，两家的担子都压着你。小娱说，叔，我愿意呢。小娱又让刘长寿晚上去陪公坐坐，自己怕是今晚回不来。刘长寿说，你去吧。

进了征北家，却见他家冷冷清清，也不见有人在家。小娱就去问邻居，邻居说征北的母亲到卫生所看病了。小娱说前个月我来看还是好好的，怎么就病了呢？邻居说还不是让地里的活给急的。征北的父亲患有风湿病，弟弟妹妹也去了广东，家里的事就全靠征北的母亲支撑。小娱放下东西就往卫生所赶去，征北的母亲正躺在卫生所的长条凳上长吁短叹。小娱说，伯娘，你怎么成这样呢？征北的妈一见小娱眼泪就下来了，说小娱，田里谷子都烂了啊。小娱问医生征北的母亲得的是什么病。医生说，心急了，急火攻心，眼睛就看不清了。小娱就说，伯娘你不要太心急了，我会想办法的。征北的妈说，又要辛苦你了。

小娱回到征北家，扫了屋子，做好饭菜就到乡里去。在街头的公用电话处挂了电话给征北，电话嘟——嘟——久久地响，小娱的心情似乎也随着那声音在跳动。终于等来一声"你好——"，小娱差点就把眼泪掉下来。小娱问了声征北你好吗？征北在那头说，还好，你有什么事吗？小娱一听这话，泪就下来了，声音有些哽咽地说，我没有事，是你妈病了。征北说病得重吗？小娱说，不重，都是你家谷子无人收给急的。征北在那头沉默了好久才说，我现在很忙，麻烦你给请几个零工收一下，钱我会给你的。小娱坐在电话亭里不知自己怎样挂的电话，她似乎觉得自己又有什么地方好像不对劲了。天空似乎阴暗了许多，空气沉闷了许多。

小娱在街头凉亭休息了一下，调整了一下心情，就去找立秋。立秋正在宿舍里一团团地揉废纸。小娱说立秋你怎么一副国民党溃逃的样子？发生什么事了？立秋说如果发生什么事那就好了，我就恨什么事都没有呢。小娱说，你连社会主义这点优越性都享受不了，怎么迈进新世纪？立秋说你就不要拿我开心了，我想你今天不是专程来看望我吧？小娱说少胡说八道，我是来找你借钱的。立秋说，你这专业种菇户找我借钱？小娱说我急用呢，没有就直说。立秋就从抽屉里摸出 400 元钱，说够吗？小娱说够了。立秋说你要这钱做什么？小娱说征北家谷子没有收，他妈又病了，我想去请那些高价零工。立秋听说是征北家的事就不再说话，两人都默默地，最后还是立秋沉不住气，说小娱，我请你吃饭去。小娱说好吧。两人到小饭店，饭馆的女老板说立秋，这是你女朋友吧？立秋说，是我同学。小娱的脸也有些红。两人坐在桌前，点了菜，立秋，喝点酒？小娱说，我陪你喝点吧。一顿饭吃了一个钟头，走出饭馆，立秋说小娱，我送你。小娱说，不送了，我去请工人呢。

梁子回来了。梁子还带了位女孩回来。

梁子说，姐，你咋变得又瘦又黑了呢？梁子抓住小娱的手说。小娱有些心酸，也有些欣慰，小娱说，整天在田里做工，能不黑不瘦么？梁子给小娱买了套藏青色的套装，梁子的女朋友给小娱买了套化妆品。小娱说，你们还是学生，去哪要钱买这些？梁子的女朋友说这是他们在桂林阳朔的洋人街上给外国人当翻译挣的。小娱拍着梁子的肩说，梁子，会挣钱了，开始有出息了。

梁子的女朋友跟小娱说，姐，我也跟你去收谷子吧。小娱说，你不要去，把你晒得黑黑的，你怎么回学校？女孩子坚持要去，梁子也说姐你让她去吧，让她体验一下农村的艰辛。梁子回来，公的病似乎也好了许多，他说，你们去吧，慢慢收，我在家给你们做饭吧。

三个人在田坝上有说有笑地收谷子，梁子好像有用不尽的力气，谷把摔得谷桶嗡嗡直响。小娱说梁子你轻点，谷穗撒了呢。女孩问小娱，一亩田的谷子卖得多少钱呢？小娱说，卖得五六百吧。女孩说，以前我不大相信种田不赚钱，今天我才信呢。小娱说，靠种田是赚不得钱的，女孩说，那就种点赚钱的。小娱说明年再说吧。梁子说女孩，你连谷子和小米都分不清，还敢当我姐的指导老师？小娱说，梁子你怎么这样说话？姐还真想照这个思路做一回呢。

谷子快收完的时候立秋也过来帮忙了。梁子说立秋哥你怎么不早点来？现在才来真有点卖乖的嫌疑。立秋说梁子你上了几年大学把嘴都上油滑了，你不见我身上还沾着谷草，我是从田里直接过来呢。小娱说，收你家的都够你受了，这里就不用你帮忙了，看你累成这个样子。立秋说也没有什么累的，只是心里郁闷，连个说话的人也没有。梁子说，嘁，立秋哥你是想找我姐做知音啊？小娱骂梁子说你张烂嘴。

镰刀的沙沙声越来越急促，秋蚂蚱集中在最后一块谷禾里惊慌失措地乱跳，它们快要失去自己的家园了。女孩说，今天我才知道什么叫秋后蚂蚱呢。这话把四人都逗笑了。将近黄昏的时候，谷子终于收完了。梁子和女孩牵了马先回去。小娱和立秋坐在谷桶边，看着低低的谷禾茬和那黑油油的地，上面还有蚂蚱在跳，夕阳的余晖把收割后的田野渲染得有些朦胧了。小娱说，谷子终于收完了，可以松一口气了。立秋不说话，小娱说，这土地真肥沃啊。立秋还是不说话，小娱就说，立秋你咋哑巴了呢？又想什么？立秋说，小娱，我想跟你商量个事。小娱一听这话，心中有些慌乱，两只手捏了谷草来来回回地扯，她想立秋这家伙，会说出什么话来呢？立秋见小娱不应，就说小娱你听见了没有？

小娱把头转向一边，看远处山顶的晚霞灿烂的燃烧，有什么你就说吧，小娱说。立秋说，我想辞职，你看行不？小娱见立秋说的是这个，心中有些坦然，也有些怨恨，你就舍得那铁饭碗？立秋说，我是端着铁饭碗，但是是在等着别人打饭给我呢，那种讨饭般的感觉要多难受有多难受。小娱知道立秋这人的秉性，他是受不了那份约束的，立秋是一匹总要奔驰的马，栅栏不是他的归宿。她就问，辞职了，你能做什么？立秋说，我们村有这么宽整的田地，有这么丰富的资源，难道会饿着我？小娱见立秋说出这番话，就说，你还是好好想想吧，不要草率做出决定。立秋说，好吧，我听你的。小娱说，走吧，该回去了。走了一会，立秋又说，小娱，你还是去看看征北吧，小娱有些生气，说你这立秋，比我还关心征北，你不懂说点别的？立秋说，我是为你好。

立秋上的是农业大学，毕业后就分配在乡里的推广站，一待就是三年，推广站有5个大学生，一年的业务就是卖些种子、农药，下乡查一下病虫害。其余的时间就是政治学习和喝酒。立秋曾认真地调查了全乡的农业基本情况，向乡领导建议发展特色农业。乡领导充分地肯定了他的工作积极性，还把他列为入党积极分子加以培养。立秋很高兴，觉得一身抱负终于有了展示之机。但季节一个连一个地过去了。立秋的建议还是停在纸上，立秋就不停地去找书记，书记烦了，说立秋你也不看一下时候，县里号召种木薯种甘蔗，我能种你那些什么反季节蔬菜么？我这书记还当不当。立秋知道那木薯、甘蔗县里都下了死任务，签了责任状，就说，县里就不考虑各地的特殊情况。书记说这话轮不到我们说呢，我们只能像牛一般听吆喝。立秋说那你们就听吧，我是不想听了，书记说，立秋你不要牛，我当初也和你一样呢。

　　杨青山对梁子说，梁子，谷子收完了吧？梁子说，公，都讲给你几次了，谷子早收了。杨青山说，收完了好，不要糟蹋谷子啊，梁子你懂么，是谷子养大了你们。梁子说，不是谷子，是你养大了姐和我。杨青山又问，梁子，你姐呢？梁子说，姐去征北家了。杨青山又说，梁子，往后要好好待你姐。梁子说，公，你今天怎么啦？杨青山说，没有什么，我想你婆和你爹妈了。梁子坐到杨青山旁边，替他点着旱烟杆，公，你不要想那么多，有我和姐陪着你呢。杨青山说，梁子，要好好待你姐。梁子和姑娘的眼泪掉了下来。

　　小娱从征北家回来了。梁子说，姐，公好像有点不对头呢。小娱说，有什么不对头？梁子说，我也说不清楚。小娱就进屋看杨青山。刚跨过门槛，杨青山就说，是小娱么？小娱说，公，是我。杨青山又说，小娱，谷子收完了么？小娱说，公，收完了。今晚煮新米吧，杨青山说，公想闻一下新米的香味。小娱说，公，我就去煮。杨青山说，让梁子煮吧，你陪我坐一下。小娱就坐在杨青山旁边，杨青山说，小娱，你累啊！公懂得你累，却又帮不上忙，公对不起你。小娱说，公，我不累。杨青山说，小娱，你跟征北的事怎样？小娱说，公，你不要问这个。杨青山说，好，公不问。小娱，你长大了，遇到什么事都不要哭啊！小娱说，公，你是怎么啦？杨青山说，小娱，公老了，谷子也收回家了，我想去找你婆去了。小娱听了这话，趴在杨青山腿上就哭了起来。杨青山说，小娱，不要哭，我还舍不得你和梁子呢，公饿了，你去弄饭吧。

　　新米煮的饭透着田野的清香，饭粒晶莹透亮。小娱还让梁子杀了一只鸡，小娱说，梁子，你去喊你立秋哥过来吃饭吧。梁子站在大门口，对着立秋家的方向就喊，不一会立秋就过来了。五个人高高兴兴地吃了起来，杨青山说，这新米真香啊，小娱，再给我舀一点。小娱说，公，你胃不好，少吃点饭，多喝点汤吧。杨青山说，我还是吃点饭。小娱就又装了半碗米饭给杨青山。杨青山先吃完，就到堂屋的躺椅上坐下，说，梁子，你来把灯开了，再烧几根香吧。梁子开了灯，点了香。梁子小娱也吃完了，杨青山就说，梁子、小娱你们过来，两姐弟走过去，杨青山说，梁子、小娱，公走了，你们莫哭啊。说完头一歪，就倒在了躺椅上。

杨青山死了，死得从容而安详。

小娱和梁子不相信公就这样抛下他们走了，伏在两旁放声大哭。立秋忍住泪说，小娱、梁子，别哭了，你公都说过要你们不要哭呢。小娱停了下来，梁子却依然大哭，立秋又要去劝，小娱说让他哭吧，我们去准备别的事。

村邻三三两两地来了，老人们替杨青山沐浴更衣，就放进了棺材。刘长寿说小娱、梁子，再看你公一眼吧。小娱和梁子又趴在棺材边，刘长寿说千万不要哭啊，泪水掉在你公身上，你公下辈子会很苦。两人强忍住了。刘长寿说，那就封棺吧。

杨青山就埋在田坝边上。世上少了一个人，田里多了一丘土。小娱坐在田坎上看着那坟，想念着把自己姐弟俩拉扯大的公。如今成了一堆土，往后有谁还会在黄昏里穿过暮露到田野上呼唤自己？有谁会在雨季里撑一把伞斜倚在院门上等候自己？想着想着，泪水又如线般倾泻而下，梁子说，姐我们回家吧。女孩也说，姐我们回家吧。

家里的哀伤气氛淡了一些，梁子对小娱说，姐我该回学校了。小娱说那就回吧。小娱叫梁子一起把菇棚的香菇送到街上去卖。梁子说，姐，我不想再跟你要钱了。我会去勤工俭学挣来生活费的。小娱说你瞎说什么？梁子说，姐你太苦了，你还是去外边散散心吧。小娱说，你是我弟啊梁子。

梁子和他的女朋友就要走了。梁子说，姐，你装个电话吧，我会常常打电话给你。小娱说我也早想装一部了。车来了，梁子他们上了车，在尘烟中远去了。小娱孤零零地站在山坳口，站成一棵树。泪水和尘烟渐渐地模糊了小娱的脸。

## 三

立秋接到乡里的紧急通知时正在右江区河谷的农业开发区里转悠。

立秋是悄悄地来考察这里的特色农业的。立秋知道河谷与家乡桂西山野不一样，但他还是要看，他主要看的是人家的管理、经营方式和开发思路。立秋对为他引路的老同学说，你小子运气真好，有这么好的条件给你施展你的本领。那同学却说立秋你不要嘲讽我，这河谷寸土寸金，成本太高，制约着发展，你那里才是好地方呢。立秋说，地方是好地方，但好地方也轮不到我做主。老同学就笑立秋说你观念还陈旧呢。现在到处都在改革，你就不能把自己从工仔改做老板。立秋说，这主意不错，我会考虑，到时还得请你当参谋。

立秋匆匆忙忙回到乡里，才知道是组织部来考核他。

书记把立秋叫到自己宿舍，关起门对立秋说，他已推荐立秋做副书记，分管农业，而他自己则将到县里做分管农业的副县

长。书记说你还年轻，要珍惜这次机会，你会前途无量的。立秋
被这事弄得有些坐立不安，这是个他从来没想到的事。自己毕业
几年，一直碌碌无为，一事无成，怎么就要做副书记？书记说上
面不是提倡要尊重知识，尊重人才么？况且你确实也有能力，你
的特色农业的建议提得多好！立秋说，好那你怎么不去实施呢？
书记拍着立秋的肩膀，立秋，我也是农民的儿子，我也是学农出
来的，怎么不知道哪样可行哪样不可行？但是实际情况容不得你
去考察这些啊，身在官场，就必须知道服从，太多的行政命令把
各地的不同特点都抹杀了，乡镇的可塑性太小了，但你不服从行
吗？三天一个通报，半月一次总结，你总不能次次都让县领导抽
你的脸吧？立秋说，不干总可以吧？书记说，我是上了船，船离
开了岸，下不来啦。好了，不说这些，好歹媳妇熬成了婆，往后
的空间会大些，立秋你也要抓住这个机遇，你会有大显身手这一
天的。立秋说书记，我不想干。书记说，立秋你这混蛋，乡里有
几多人要抢这位子，我要不是看你是个人才，我才不理睬你呢。
立秋说我感谢书记的厚爱，但我还是有我的想法，书记说你有什
么想法？立秋说，还是以前跟你说的那些，书记，我是学农业
的，我不想离开土地。书记皱着头抽烟，好久才说，立秋，你会
后悔的。立秋说，谢谢你了，我肯定会去找你要求支持的，我想
你这县官会比其他清醒些。书记说你小子别乱说，我们今天说的
话出了门就没有了。立秋说，老哥，你也累呢。

　　告别书记走在乡政府的院子里，立秋觉得今天真是很多年没
有过的最轻松的一天。

　　荞麦和小米回来了。

　　荞麦和小米款款地走过老鹰洞村前的土地路时，村里的人们

都以为是来了两个城里人，来了两个城里演戏的演员——村里以前曾来过这样的人，待他们走近了，人们才从那身材、那轮廓、那声音中依稀认出，这两个漂亮姑娘原来是从村里走出去的土妹子荞麦和小米。真是人换衫、马换鞍，不一样就是不一样，村里的老人们这样说，他们从荞麦和小米身上也看到了自己家外出儿女归来的辉煌。他们怜惜着土地，却又毫不吝啬地夸赞着年轻人的收获。

小娱很晚才回家。

小娱是去给山上的药材杀虫。喷雾器在她背上压了一天，手也晃动了一天，她觉得很累，但她还是坚持把活做完，田七叶上的虫太多了，会影响今后的收成。等她走出田七棚时，天已黄昏，她卸下背上的工具，坐在棚间，看着夜雾中的老鹰洞坝子。她的田七棚在村后的山腰上，村子在她眼里一览无余。狗的叫声和小孩的哭叫声有些遥远而虚假，透着橙黄而微弱的灯光的村子也显得不怎么真实，一切都与白天不一样，但小娱心里还是有点温馨的感觉。夜宿的麻雀在田七棚顶的茅草中叽叽喳喳地吵闹时小娱才想起应该回家了。

走到家门口，小娱被院子里的两个陌生影子吓了一跳，待两个影子尖叫着"小娱——"扑过来时，她才弄清楚是小米和荞麦。小娱说你这俩癫子，快放开我，我身上脏着呢。小米和荞麦替小娱拿下喷雾器，也不管她脏与不脏，抢着就是一阵抓挠，闹够了三人才在屋里坐下，小娱说，在广东好好的，你们怎么就回来了？荞麦说，想家了呗，就回来一趟。小娱说，噢，是唱着《常回家看看》才想起的吧？小米和荞麦都说小娱你瘦了呢，你在家太累了。小娱说，在家风吹日晒，能不累不瘦么？哪像你们？荞麦说，干脆你也和我们下广东吧，你那么聪明又那么漂亮，还怕找不到工作？小娱说我漂亮？刚才你们还说我又黑又瘦呢。小米说，真的，娱姐，你也去吧，我们也多个伴。小娱说，我能去么？山上还有田七，屋后还有香菇。小米说，你把这些收了再去，一个人在家你不见凄苦烦闷？小娱说，有什么办法？都到这步了。小娱又问他们做工的地方好不好。小米说，当然好，就是太累太闷。小娱说，那就回来吧。荞麦说，唉，回来？回来又想出去，出去久了又想回来，也只是想回来看一看。小米说，在外面的时候想家，但一到家，见到村子的样子，又想起工厂了，我都不知道该怎么办了。小娱说，这就是以前老师说过的旅途的感觉吧。小娱又问起做工的条件、待遇，小米一一说了，小娱又说还有男工友没说呢，小米说，小娱姐，一天做工累得伸不直腰，能不找个能靠靠背、挨挨肩的？小娱说你这家伙春了呢！小娱见荞麦不怎么说话，就说荞麦你呢？荞麦说，不说了，你赶紧做饭吧，我们等你也等饿了呢。

　　三个人七手八脚地弄好了饭菜。小米说，真香，好久没有吃这么香的饭菜了。小娱说，那你就多吃点吧。荞麦说，小娱，我们喝点酒吧，也彻底地放松一回。小娱说，喝就喝，难道我还怕你两个？三人吃了饭，就喝起了酒，在酒精的刺激下，三个人又哭又笑，又叫又闹，小米说，小娱姐，我们唱歌吧。小娱说，你先唱，小米就唱《老乡》，荞麦说，这歌是男人唱的。小米说，今天我就要唱这男人的歌，小米喘着粗气唱完了。荞麦立即跟上唱《分飞燕》，小娱说，荞麦你怎么唱得这么好听？小米说，人家经常练着唱呗。小娱见她们唱得兴高采烈，张口就唱起《十五的月亮》，荞麦和小米就说，小娱在想征北了。小娱说，谁想他？

荞麦说，还不承认，那军功章都有你的一半了。小娱的泪水挂在了眼角。小米说，小娱姐，你激动啦？小娱说，我难过呢。荞麦说，那就不唱了。小娱说，还唱，这次我唱《从头再来》，荞麦呆呆地听小娱唱完，问小娱，能从头再来么？小娱说，能，为什么不能？除了娘生我们不能从头再来外，其他的都能。小米说，是啊，报纸上说咱们女人的那个东西都能弄成原样，还有什么不能？荞麦说，你这烂嘴！

荞麦和小米在家的日子，整天与小娱厮混在一起。荞麦说，小娱，我们一起去打工吧，家乡的活太重了，你会很快衰老的，当你猛然发现青春不在时，一切都已迟了。小米也说娱姐去吧，外边的世界精彩得很。小娱说，你们说的都对，我也认真想过，也许真的有一天我就去找你们，到时你们一定要帮我的忙啊。荞麦说，嗨，凭你的聪明能干，说不定不用一年你就会成为老板呢，还用我们帮忙？

雨不知什么时候下的。迷迷蒙蒙的细雨把桂西的山峰、坎子都染成斑斓一片，山林更加绿郁了，收割后的坎子则显出灰色的沉重。小娱站在窗前，看着窗外的世界，雨连绵不断，田坎上的飞鸟不见了踪影，炊烟在雨中也显得底气不足。有小孩的哭声如梦如幻地在雨中回荡，还间杂着几声牛马的声音和猪的嗷叫，雨点敲在瓦檐上，飘飘渺渺。小娱觉得自己的心情就如雨地里的泥土，一点点地正在塌落下去。公死去了，梁子去继续他的学业，荞麦和小米也去了她们留恋的地方，而自己却留守着，自己刚二十出头，难道真的会像荞麦说的那样会在这里把青春虚度了？小娱自己也不知道在窗前站了多久，她就一直站着，失神地望着外面。

电话声把她惊醒了，是立秋打来的电话，说他要去省城的母校找老师搞些咨询，问小娱想不想去。小娱说我去有什么用呢？我又不想搞什么特色农业。如果你去广东我倒是想去。立秋说，你真的想去？小娱说，立秋，我一个女孩，在家能有什么奔头？我也想去打工。立秋说，不去不行么？其实你不适合去的。小娱说为什么我就不适合去呢？立秋说，你去了就会知道的。小娱说，哪怕去看一眼外面精彩的世界也好啊。立秋说，小娱我怕你经受不起诱惑呢。小娱说，谁能预料到往后那么多的事呢。小娱突然有了一种想哭的冲动，声音哽咽起来，立秋在那头说，小娱，别哭，你有什么伤心的事？小娱却哭声越大了，立秋又说，小娱，我知道你心里有苦楚，你愿意你就跟我说说吧，说出来你会舒服些。小娱说，我只是想哭。立秋说，你一哭，我心里也不好受呢。小娱说，立秋——立秋在那头又说，小娱，你有点像《心太软》里唱的呢，我唱给你听听"……把所有问题都自己扛……"小娱在这头带着哭音笑着说，你这死立秋。

书记就要到县里上任，立秋觉得书记其实是支持自己的，就去送他。到了书记的屋里，却见一个老板模样的人正在和书记说话，一脸的神采飞扬。听到"啦啦"的口音，立秋知道这是个广东人。立秋不由得惊叹，这广东人信息真灵啊，书记刚做了有实权的副县长，人家就不远千里来探营了。这也难怪立秋有这想法，这乡里地僻人稀，鲜有老板光临，更别说有广东来的了。虚与两句，立秋就要缩回去，书记却把他叫住了，说立秋不会见我人走茶凉吧，到门口又跑了。立秋说，哪里，我拍你马屁还怕来不及呢，我是怕打扰了你。书记说打扰什么？这是我的老同学，到县里办事，知道我在这角落，特地来探望呢。立秋说，嘿，我还以为是哪个老板提前来给副县长拜年呢。书记说，你狗日的净他娘乱讲，快滚进来，我们一起喝几杯。立秋只好挨着那广东人坐下，书记给广东人介绍立秋，说这是农业大学毕业的优秀生呢。那广东人一听就说，敬仰敬仰，我们读书时都是补考的料，摸出张名片给立秋，立秋一看，嘿，还真是个老板呢。

饭菜很快弄好，其间又有几拨人来请书记赴宴，书记对老婆说，你去外面守着，说我在家接待上级领导，没空。三人就喝开了。书记和广东人边喝边忆旧，忆完旧书记又对立秋说，你别看我老同学脑满肠肥的老板样，他也做过一届副县长呢。立秋好奇心来了，问广东人怎么回事。广东人说，错了，我只干了半届，太拘束了，我有劲用不出，辞啦，立秋立即觉得这广东人有胆量，是条汉子，就问他发什么财？广东人说，马马虎虎，吃老师教给的手艺啦。书记又劝酒，说你在学校胆子那么小，没想到却做出这等事来。广东人有些醉了，拍着书记肩膀说，你不要干那什么副县长了，你都四十多了，什么时候才干得出头？不干了，跟我去，我让你做常务副总经理，工资嘛翻五倍，还给股份。书记说，那你炒我鱿鱼怎么办？广东人说，干不好就炒啦，炒了你就另谋生路，尿能憋死人？书记说，唉，不说这些，喝酒，喝酒。又是杯来盏去。书记又对广东人说，立秋小子年轻，又有本领，你干脆弄他去。广东人看看立秋，说，不说这个，喝酒，喝酒。立秋心中有些不快，他觉得这广东人不尊重别人，就猛劝广东人喝酒，最后三个人都醉倒在桌边。

第二天立秋睡了一整天，天黑醒来时他仍觉得头疼欲裂，惶惶如丧家犬般四处找水喝，喝水下去胃里却又泛起酸味，走出屋子爬到推广站三层小楼顶上立秋想再这样混下去怕真的会出问题了。推广站不远处是一条小河，河水很清澈，让人感觉出阵阵凉意，有几只鹭鸟停在河岸的芦苇上，远处有一只竹排轻悄悄划来，金黄的波光在河水中飘荡。立秋看着这些，更觉得心慌意乱，他抓着一块碎石往河里丢去，鹭鸟如箭般远去了。

广东人是第三天中午来找立秋的。立秋打开门，门外的广东人让他吓了一跳，裤管一边高一边低，一身的泥污，脸上还有划伤的痕迹，水渍把他的头发一绺绺贴在油光闪闪的额上，哪里还有老板的模样？简直就是个被追杀的汉奸的形象，立秋忍住笑把他让进屋，说你怎么弄成这样？广东人说，都怪你让我喝酒太多，昨天我到你联系的农户家走了一遍，摔倒了，昨晚又被农民兄弟灌了一肚子酒，就这样啦。立秋说你没事东跑西跑做什么？广东人却不出声，瞪着立秋看了半刻才说，你小子不错，不错。立秋不解，问他不错什么？广东人说，当然是技术不错啦。我在书记家看了你那份建议，怕是纸上谈兵，就去实地察看啦。你真是人才呢。立秋说，谢谢你的夸奖，广东人说，这不是夸奖，是实事求是。明天跟我走吧，去做我的总农艺师。立秋怔住了，这个广东人！广东人又说明天的事，立秋说，我考虑一下，明早答复你。

立秋把自己关在屋里。立秋厌倦了单位枯燥的生活，但当走出去的机会摆在他面前时，他又有些不知所措，有些不甘，有些迷惘，有些苦楚。他困兽般在屋里转着圈子，看到电话机，才想到去征求一下小娱的意见。小娱说，你一个男子汉，要果断些，想去就去吧，拖泥带水，过了这个村就没那个店了。立秋听着笑笑，说前两天我还在劝你呢，这事弄的真是。小娱说，记住，去了别犯错误。立秋说，什么错误？小娱说，去看小报就懂了。立秋说，你说你也想去广东，还去么？小娱说，不知道。立秋说，去了就找我啊！小娱说，什么时候走？要我去送行么？立秋说，明天走。

小娱很久没有与征北联系了。征北的父母也说没有征北的消息。小娱还感觉到征北的父母对自己的神态有些变化，似乎是从以前的热情变为客气，眼神也有些躲躲闪闪的。小娱心中有种分不清头绪的感觉。她决心再打电话找一下征北，电话通了，说他们的副连长在打篮球，让她稍等。小娱在这边想着球场上征北生龙活虎的样子，心中有些欣慰。按女孩的观点，征北这样的人，真正是个适合做丈夫的人，身材、气质都是一流的。小娱正浮想联翩，那边的通信员却说副连长不在，到团部开会去了。小娱不知道那通讯员是何时放下话筒的。她手里的话筒已掉到地上。满脸都是泪水，事情真那么凑巧么？小娱不相信征北真地开会去了，他只是不想接自己的电话。这可是变心的前兆，但小娱又在心里劝慰自己，人在军营，身不由己，也许他真去开会了呢？那就是误解，冤枉他了。

天也渐暗，小娱坐在窗前，看村子旁的黑色森林，看如波如涛的山梁，风从梁上走过，有呜呜的林啸传来，一道山梁，把村子与外界隔开了，隔不住的只有这微凉的秋风。小娱想起当年与征北、立秋结伴到县里上高中，每次翻过这道山梁，总觉得是越过了一道最困难的屏障。三个心高志远的青年曾站在山梁上，迎着秋风，发出多少豪言壮语，但自己却始终没能越过这道山梁。

第二天的中午，征北的侄儿来叫小娱，说征北的父母叫她去一趟，那小孩也说不清有什么事。小娱担心的是征北母亲的老寒腿又犯了，赶紧拉着小孩往征北家赶。刘长寿在田边碰到她，说小娃你那匆匆忙忙的，去哪里？小娃说，去征北家。看着小娃娇小的背影，刘长寿说，真是个孝顺的闺女啊。

到了征北家，见征北的父母都好好的，小娃这才心中松了一口气，问有什么事？征北的母亲说，也没有什么事，就想让你来坐一下，这几年你在家进进出出，劳累你了。小娃说，这有什么？征北不在家，我就该多担点。征北的父亲说，都是征北这孩子，一心只想上进，家里什么也不管。小娃说，这不能怪他，男人么，就应该有点上进心。三人一边说话一边做饭，小娃还是头一次见节俭的征北父母做这么丰盛的饭菜，这令她心中有些不安，但也有些高兴，觉得自己是他们所认可的，他们的态度就是征北的态度。吃完饭，征北的母亲对小娃说，小娃，你今天24了吧？小娃以为征北的母亲问这事是要提出自己与征北的婚事，心中有些羞涩，说有24了呢。征北的母亲说，征北的妹妹不死，也这么大了，你做我们的干女儿吧。听了这话，小娃怔住了，她一点都不明白征北母亲的意思，她只有定定地看着征北的母亲，征北的母亲见小娃的这副神情，有些害怕，求援似的看着征北的父亲，征北的父亲说，唉，小娃，都是征北不好，他说他还想上进，不敢耽误你，这是他给你的信。

小娃是第三天才看了那封信，征北在信中说感谢小娃几年来对他家的关心帮助，但自己还要在部队干下去，所以不想再耽误小娃。

小娃一边流泪一边打电话给小米。小米在那头义愤满腔，说这杂种征北说不干就不干了？几年来你风里来雨里去为他家奔波，就是白打工了？那两个老家伙就不讲点良心，劝劝他们的臭儿子？他们就记不起是谁一把屎一把尿地伺候那老太婆？小娃说，小米，你别骂人家，那都是我自愿去做的。小米说，那还不是因为征北？告他去！你几年的青春是让他给耽误了。小娱说，告什么？我打电话给你只是想找个人倾诉一下。征北把话挑明了也好。小米在那边说小娱你这笨蛋。小娱一听这话就哭出了声，小米说小娱对不起，我干嘛骂起你来了。小娱说，我没怪你，这只是想哭，你能理解我么？小米说，我能理解，你想哭你就哭吗，哭过了就好了。

小娱的事是小米告诉立秋的。立秋听了马上打电话给小娱。小娱说，我不怪谁，每个人都有自己的活法。立秋说，那征北就不觉得惭愧？你在家给他挑起家庭的重担，他说一声散了就真听他的？小娱说，有些事是我自愿去做的。立秋说，那你还哭什么？小娱说，我心里不痛快。立秋说，这征北，我早就看出苗头不对，只有你还老老实实替他做事，你真是木头脑子。小娱说，立秋你别说了，告诉你征北这样做，我也不是什么特别难过。立秋说，分了也好。小娱说，你说什么？立秋结结巴巴地说，还、还有我呢。

小娱收完山上的田七和院后的香菇后，她决定南下，小娱对自己说，外面的世界真精彩，她决心与老鹰洞孤寂的日子告别。她想把小屋锁上，托刘长寿给看管一下，又邮局汇了一笔钱给梁子，她对梁子说，这笔钱够你读大学毕业了，姐今天要下广东，梁子说，姐，你能行么？小娱说，梁子，你别小看姐，姐可不是两耳不闻窗外事的人，姐会做出名堂来的。梁子说，姐，你要保重。小娱说，梁子，你也要保重啊！

小娱挤上一辆大巴，60座的大巴挤了近一百人，浓烈的气味在车厢内发酵着，令人作呕，但每个人都面色潮红，满怀激情地谈论着即将启程前往的远方，描述着远方的富饶和美丽，并设计着往后的大好前程。似乎那机遇就只在离自己头顶一寸远的地方了。

车摇摇晃晃地上路了。没有谁再回头看看家乡黑色的山梁，车子驶过学堂坳的丛林，驶过妖杏子的田坎，过香里的盘山道，翻天坨地也丢在了车后，故乡渐渐消失在视野里，投入眼帘的渐渐是一些不一样的风物，车里人的兴奋被好奇取代了，真是不看不知道，一看吓一跳啊，一个中年人在感叹。司机说，这点就吓你一跳？到了广东那你还不吓得晕去？中年人憨厚地笑起来。

小娱却没有什么兴奋，她只是默默地看着窗外后退的家乡，这就是自己坚守了二十几年的家乡，今天却要离她而去，不是为了寻求生存的空间，也不是在逃避什么，小娱甚至弄不清自己南下的目的。但那么漫长的一生，又有几个人能清楚自己每走一步的目的呢？她对自己说，车子驶过老鹰洞坎子时，小娱看着坎子上灰色的田块和田坎边那堆埋了公的土丘，眼泪又下来了，田坎，对不起了，公，对不起了，小娱在心中呼喊。

车子走走停停。加油，加水，方便，车上的人们开始如霜打过的茄子般在发动机刺耳的吼声中昏昏沉沉地睡去。有人在呓语，有人在放响屁，劳累使不熟识的男女恋人般偎依在一起。司机不耐烦地诅咒着机器的毛病和滚滚的车流，傍晚时分，车子停靠在一个简陋的饭店前，司机说，吃饭啦，吃饭啦。有人在嘀咕，怎么又吃饭啦？留在车上休息算啦，司机又吼，都下去都下去，留在车上东西丢了你来赔？嘀咕的人说笑着下去了，旁边的人说，都是还没有发财的，有什么东西值得去偷？饭店供应快餐，都冷冰冰的，却贵，小娱只要了一份快餐面，正吃着，前边

却吵起来，饭店的人操着广东话怒骂吃饭的人，原来是菜里有只
苍蝇，吃饭人要求退换，广东人见那年轻人仍痴头痴脑张望，知
道他听不懂广东话，就换了夹生的普通话继续骂，说那年轻人一
个穷山沟出来的还穷讲究，有种的就滚回老家去，不要来这里影
响社会秩序。小娱心中有些愤怒，但见周围的人在默默地不出
声，也就只好忍了怒火。上了车，司机又训那年轻人，说个把苍
蝇，挑出来丢了就是，这是人家地界呢，小心黑社会黑了你。

　　小娱是知道深圳的，电视中深圳的高楼林立、车流如织，真
正的到了，小娱才知道自己的理解是多么的简单，站在地铁路
口，听着南腔北调，看着匆匆行人，小娱有种恍如隔世的感觉，
眼里全是人和商店、车辆、高楼，家乡的影子如在梦中。小娱去
买了张交通图，在路口张望了一下大概位置就去打电话给小米，
值班的人说小米在上班呢，下班再打过来。小娱坐在公用电话亭
旁的长椅上休息，坐了两天的车，她真是疲倦了。她迷迷糊糊地
睡着了，隐约有人拍她的肩，是个中年男人，问小娱多少钱？小
娱说什么多少钱？那男人说玩吹？小娱说那你就去玩吧，拍我做
什么？男人又说，与你玩一下啦。小娱这才清楚那男人是把自己
当作电视里常说的"鸡"了，她的脸一下子红了起来，站起身子
冲那男人骂：滚，再不滚我叫警察了。那男人见小娱这个样子，
低声说看你一个农村出来的，摆什么架子？低着头就走了。终于
等到下班时间，电话通了没多久，小米就接了，听到小米声音，
小娱说，小米，我都急死了。小米却在那头哭了，说小娱姐，你
在哪里？我去接你。

　　立秋成天跟着广东人在农业园里转悠，听广东人介绍红红的
辣椒、青青的豆角的生长过程及去向。立秋不得不佩服广东人的

订单农业精明和科技头脑。广东人说，怎么样？可以让你一展身手吧？立秋说，你让我自己看看怎样？广东人说，爱看你就看吧。立秋又继续在园里转悠，终于转出了门道，这些高科技都是钱生出来的，只有这订单农业还算特色，不过也是人弄出来的，立秋还发现了这广东人的农业园的短处；人工费用和土地租费太贵了，寸土寸金。这农业园没有发展的空间。螺蛳壳里做道场，折腾来折腾去也不会有太大的响动。立秋不由得想起老鹰坳广阔的被废弃的田野。那是多么肥沃而湿润的土地！立秋觉得有些悲哀，也许就是广东人和故乡人的差别吧？缺乏资金支撑，故乡人只能丢下土地，抛家别子南下打苦工。立秋去找了农业园的办公室主任，那也是一个外乡来的农大毕业生，立秋请他帮助复印了农业园的整套资料。那主任说，千万不能让老板知道了。立秋说，知道。但老板还是发觉了，他把立秋叫去说是想干什么？立秋说，没有什么，只是向你学习。老板说你就不要跟我来这个了，如果你不把真相说出来，我就让办公室主任回家。立秋想了想说，好吧，我说，你就不要难为他了。立秋把农业园的优势劣势分析给老板听，还详细地介绍了老鹰坳的优势。立秋说，我想根据你这农业园的规划，给我家乡弄出个项目，然后去招商，我的家乡以土地和劳力入股，合作方出资金，找出技术。老板说，能行？立秋说，有什么不行？广东当年不也是这样发展起来的？老板又说，那农民愿出土地么？立秋说，怎么不愿？闲置的土地有了收益，还怕烫手？老板说，政策允许么？立秋说，政策是土地承包五十年不变，但不是还有政府么？你的老同学又是管这的领导，我都找他问过了。老板又说，听起来是不错，你准备去哪里找资金？立秋说，一定会有的。广东人那么聪明，怎么会不明白低成本扩张的道理？老板眯着眼盯住立秋，说你小子就把我当成笨蛋啦？立秋怔住了，也盯住老板看，突然明白了老板了意思。一双眼就放出了光芒。老板说，好啦，好啦，我这个笨蛋请你去喝酒啦。立秋说，我怕你又醉呢。广东人说，该醉就醉吧。

小娱跟着小米去了工厂。小米和七个工友住在一个小房间里，上下铺，小米说，娱姐，你坐一下，我去找主任说一下，小娱就坐在床上休息，不一会，门外传来一个男人的骂声，还有一个女孩的争辩声，好像是小米，那男人似乎是在叫小米读宿舍规则，小米说，那是我姐呢？不让她住这她怎么办？那男人说，我不管，你让她马上走人。小娱听明白是在说自己。就再也坐不住，推门出去对小米说，小米，不要吵了，我走吧！小米又哭了起来，那男人见了小娱，眼里却放出光来，马上对小米说，好吧，好吧，爱住多久住多久，不要哭啦。小米破涕为笑，谢谢主任了，男人说，小意思啦。

小米陪着小娱玩一整天，小娱觉得这是自己这个秋天里最高兴的天。到了晚上，小米说，娱姐，你想找个什么工作呢？小娱说，我再看看吧。小米又说，娱姐，老板只批一天假，我不能再陪你了。小娱说，不用你陪。我自己走走就可以了。你把荞麦的地址给我吧，我去看看她，小米却开始吞吞吐吐，小娱说，你怎么啦？小米说，没什么。小娱又说，是不是荞麦过得不好？小米说，也不是。小娱就说，那不行了。小米说，可是——小娱说，有什么可是的？小米说，唉，不说了。然后就把荞麦的地址和电话写给了小娱。

小娱去怎么也找不到荞麦。她拿着小米给的地址找去，竟是一片别墅区。红瓦白墙绿地，房子都不高，有着教堂的尖顶，安安静静的，有罕见的小鸟在轻唱，有花有树，门口还有穿了黑衣服的保安。这地方与小米他们拥挤嘈杂脏乱的环境相比真是有着天壤之别。一看就知道这里是有钱人并且不是一般的有钱人住的。荞麦怎么会住在这里呢？难道她也发了大财？小娱有些高兴。也在心中怨荞麦，这家伙，发财了也不讲一声。小娱拿着纸片去问保安，说找一个叫荞麦的女孩。保安说，这里人的姓名我都知道，没有叫荞麦的。小娱说不会错的，她就住在这里的三号楼呢。保安笑了起来，你这人，三号楼的女主人叫思云，叫荞麦？还叫稻谷呢。另一个保安笑，不如叫玉米。小娱说，我说的是真的，你们一定弄错了。你们给打电话叫一下吧。保安上上下下地把小娱看了一遍，就去打电话。保安说，通了，你自己问吧。小娱就在这头问，你是荞麦吗？电话那头的人显然是怔了一下，话筒里只有粗粗的气流声。小娱又说，我被保安拦在外面呢。荞麦说，你等一下，我马上过来。保安被小娱的话给弄愣了，说她真叫荞麦？小娱说不相信你就问她。保安说，哪敢？那样他先生不炒了我们的鱿鱼？小娱说，她先生？保安还没说话，荞麦就挟着一阵风到了，抱着小娱就捏，就捶。小娱说，咦，你干什么？荞麦说，娱姐，我想死你了。

进了荞麦的家，小娱以为自己进了皇宫。小娱问荞麦，荞麦，你家房子得多少钱啊？想不到你悄悄发财了。荞麦却眼一红说，娱姐，你别问了，房里静寂无人，小娱就趁荞麦给自己准备吃的东西时到处转，转到卧房，却发现墙上挂着一张荞麦和一个老头的合影，样子很亲密。小娱的心一沉，莫非荞麦……小娱转身就往厨房去，张嘴要问，却又不知怎么问。荞麦看她的样子，就说，小娱姐，你别问了，先吃点东西吧，我会把一切都告诉你的。吃过饭，小娱看着空旷的房子，总觉得有些不自然，她对荞麦说，荞麦，我走了，我还是去小米那里。荞麦一听这话眼泪就流了下来。小娱姐，你是看不起我么？小娱说，不是。荞麦说，那你就在这里住吧，也好陪陪我。小娱说，那个人呢？荞麦说，那人两个月才回来一次呢。两个人谈家乡、谈亲人谈至半夜，荞麦才如小时候一样抓着小娱的手睡去。小娱看着微弱的灯光下的荞麦的脸，洗尽了铅华，却显得有些苍白，眼角也有些皱纹了。再看看墙上的照片，小娱想荞麦也不容易。没读多少书，却又不是能吃苦的命，还能怎样呢？也许这就是书上说的，每个人都有每个人的活法，并没有高下优劣之分。

在荞麦家待了几天，小娱说我该走了。荞麦说娱姐你去哪里？小娱说我去看一下立秋。荞麦知道小娱去找立秋，也不拦她，只是说，娱姐，回去你就对爹娘说我在工厂做工吧。小娱说，荞麦你别担心，谁也不会指责你。尽管小娱知道不指责荞麦的大概只有自己，但她还是这样说。告别荞麦，小娱直接往农业园去，那里的人却说，立秋回桂西了。小娱说他怎么又回去了呢？农业园的人说，他把我们的老板弄到桂西搞开发去了。小娱在心里骂，这个死立秋。回到小米处，小米说，娱姐，找个工做吧。小娱说去看看吧，两人就如灰尘般四处转。转了几天，小娱却发现没有一份工是自己喜欢的，没有一份工是自己能胜任的。小娱对小米说，小米，我看我还是回去吧，在这些工厂我都快找不到感觉了。小米说什么感觉？小娱说，就是喜欢的感觉。小米说我也没这种感觉，但我不是在做吗？小娱说，但是我不行，我得回去。

小娱发现自己简直有些脆弱了。回到家，丢下东西，她就往立秋家跑。立秋的娘说，立秋整天不落屋，也不懂他去哪，也不清楚他什么时候回来。小娱坐在立秋家屋前的台阶上，泪水不自觉地又流了下来，小娱觉得自己真是没有出息。立秋的娘说，小娱，你进屋里坐吧。小娱说，我就在这里等一下。

立秋是黄昏时分回来的。他兴冲冲地埋着头往家走，猛然看到坐在台阶上的小娱吓了他一跳。立秋说，我还以为是聊斋里出来了一位狐仙呢！小娱一句话没出来，泪水却先出来了。立秋忙说，对不起小娱，我这嘴是猪嘴，臭呢。小娱说，谁怪你了？立秋说，不怪就进屋吧。小娱说，我不进去了。如果愿意你就去我家坐坐吧。立秋说那现在就走？小娱说，随你。

两人走到小娱家，弄了些东西吃，立秋就问起小娱，说你怎么跑回来了？你不是说要在广东打工么？小娱说，我还是觉得回来更好些。立秋说，也许是这样。小娱问他，你呢？立秋就神采飞扬地说起了他的计划。他和那广东老板要把全学堂坳坝子上的田全部包下来，成立一个农业综合开发股份公司。立秋问小娱，你有什么计划？小娱说我一个人有什么计划？把山上的田七棚和屋后的菇棚弄大些就不错了。立秋说，那你不如参加我们的股份公司，大家一起干？小娱说，行么？立秋说，怎么不行！小娱一激动，就抓住了立秋的手。两个人一下子就静了下来，静得听得见这处林子里夜鸟的嘀咕声。立秋想，就让小娱这样抓着该多好！小娱却缩回手，立秋就在小娱耳边轻轻地说，小娱，把你的棉被搬到我家去，我俩先来个股份公司吧。

夜雾越来越浓了。秋风在山梁上打着口哨，学堂坳渐渐在黑暗中睡去。天上星光很灿烂，明天会是个大晴天呢。

# 香草坪生活片段

## 1

香草坪场坝上的日子，总是平平淡淡的，长久的渗润，场坝人的脸上，都显得有些麻木，甚至呆傻了。即使在春天的阳光下，场坝上那几棵柿树，也不愿多发几枝喜庆的新芽；垃圾堆旁的老狗，再也不去争抢那黑乎乎的骨头；喧嚣的风，从大坳坡上掠下，从街头吹向街尾，小偷似的，没有半点声响，只有到了远处的沙土路上，才恶狠狠的踩出一地尘烟，往远处的付家坳去了。来来往往的过客，从来也不曾在这里把脚步放慢些，仿佛这里就是一段噩梦，急着要把它匆匆抹去，就是那些飞鸟，也日渐势利，不再栖在场坝那些屋檐了。

许多场坝上的人都在想，连乡政府旁边那一泓平淡了几百年的犀牛塘，都能在一夜之间漏个精光，吓的山上的憨佬们赶场都绕了大圈子才敢走进香草坪，为什么我们的日子都却总是波澜不惊呢？

## 2

　　酒鬼老朝是一个铁匠，他的铁匠炉就摆在场坝的转角处。老朝已经很老了，胡子和眉毛一样白了，他的铁匠炉却比他还要老，但到底老多少，他也不知道。他只知道这铁匠炉是他祖上传下来的。他一懂事，就晓得自己注定要接下这个班。在老朝的记忆里，自从九岁握起铁锤，六十多年的光阴，就在这叮叮当当的声音中，不知不觉地溜走了。

　　香草坪人都记得，老朝曾经是一个有些霸蛮的铁匠。在香草坪场坝的传说中，九岁的孤儿小朝，在头一天用一杆大秤吓跑偷牛的恶贼后，赶紧用一天的时间锻出了场坝的第一杆砂枪，就是那杆枪，打出了自以为是的三个偷牛贼满脸的麻子和他的聪明机智，也把他从小朝打成了老朝。做父亲的喊，老朝！做儿子也喊，老朝！有多事的人说，都喊老朝，你们把自己的辈分都喊乱了。做父亲说，关你鸟事，我爱喊呢；儿子说，我老子都佩服他，我当然也佩服他，你眼红啊！老朝在一夜之间就长大了。

　　老朝的长项是打刀，打各式各样飞刀。老朝打出的刀轻便锋利，是所有香草坪男人梦寐以求的装饰，似乎老朝打的刀挂在腰间，腰杆就会硬起来一样。在传说中的那些黄昏，老朝的铁匠炉铁锤叮当，风霜啪啪，老朝手中的锤子上下翻飞，不经意间，一把刀就成形了，淬进水，急急捞出，老朝的手一挥，一把瓦兰瓦兰闪着寒光的刀就扎在了铁匠铺的厚门板上，颤悠悠的，弄得众人的心也上蹿下跳——瓦蓝瓦蓝的刀子，蓝得那么深远、纯粹，全桂西山野，再也找不到这么惊心动魄的颜色了。上门打刀的人在门前排着拥挤的长队，那是香草坪场坝过去最激动人心的风景，但老朝很固执，他每天只打十二把刀，少一把不打，多一把也不打。心切的男人让自己的漂亮妹子和老婆去求情，也说不动端坐炉旁的老朝耷拉着的眼皮——老朝的徒弟争抢着把刀小心翼翼地拔下，整齐地排放在闪着熊熊火光的炉台上，红亮亮的火光，瓦兰瓦兰的刀子，刀子放在炉台上，是老朝准备打磨、刻字了，老朝挽起衣袖闭着眼睛，阴风一般捡带起刀子，蓝色的光影在长长的磨刀石上摇曳起来，没有人知道那厚厚的刀口是怎么磨成了只剩一道阴影，那瓦兰的利器是怎么变成阳光般雪亮而坚硬，人们只知道老朝在须臾间就睁开了眼，打一个长长的哈欠，又眯上眼，把刀子举到眉前，吹一口气，一阵压过一阵的"嗡嗡"的回声，就如同香草坪冬季的硬风掠过青冈树梢一般，直接撞击着一只只长着老茧的耳膜。磨好的刀放回炉台，老朝又抓过一把精致的小锤，往刀面砸去，众人都一齐惊呼，可惜了！老朝却毫不理会。一锤下去，抬起，刀并没断，而是留下两个冒着热气的字"老朝"，这就是老朝打的刀的标记了。

十二把刀弄好了，众人都自觉地退到五米外，他们知道，老朝要玩刀了，徒弟在门板上划上一个小圈，众人都焦急地等着，老朝却不急，他往炉台伸过手去，人们都以为他会抓刀了，老朝却抓的是旁边的酒壶，一仰脖，咕噜咕噜下去了好几两，人们都担心老朝醉了，老朝的脸上确实也浮起了暗红，又是在不经意间，老朝似乎就在抹灰尘时手臂一抬，刀就钉在了徒弟画好的小星点上，高潮就这样来临了，老朝脱掉了上衣，露出一棱一棱的腱子肉，在"嗨——嗨——"的吆喝声中，把瓦兰的刀子在门板上插成了梅花、雪花、牛头，有时还弄成女人的奶子等图案。徒弟把刀收回来，老朝问众人，谁有胆量？人们问什么事？老朝说，贴在门板上，给我试刀。没人敢拿自己的肉脑袋去冒险，老朝就一刀飞去，把一只倒霉的苍蝇钉在了门板上。终于有一个号称场坝上胆子最大的光棍站在门板前，在他还在吹嘘自己胆子大时，老朝已把两把刀擦着他的耳朵插在脑袋两边，嗡嗡的颤动声让光棍的眼珠停止了转动，老朝又把刀插到了他裤裆中间，晃悠悠的刀子，弹着光棍的小兄弟，一泡黄尿就唰唰地流到了地上。好多年后，场坝上的人都在说，光棍的小兄弟就是在那次被老朝的刀吓坏了。但一直未娶的光棍，怎么也不承认这个事实。

老朝恶啊！场坝上的人都这样说。

老朝恶的年头是香草坪场坝上人心激荡的年头。在那些美丽的黄昏，场坝上的人们总是聚到铁匠铺前，让自己的尖叫和惊叹随着老朝有些夸张的动作在夕阳中起伏跌宕。老朝的老婆也站在这群人当中，那时老朝的老婆还是别人家订的娃娃亲。老朝让这年轻女子的春梦伴着钢花四处飞溅，让风箱的煽动把女子也煽得昏昏沉沉，站在铁匠铺前挪不动脚步。传说老朝就是靠着温暖的火炉把那姑娘给办了。订好的亲家不干了，但看着老朝铺子门板上颤悠悠的刀子，也只能咽下这口鸟气。

狗日的老朝！

场坝上的人都这样敬佩地骂他。

没有人知道，狗日的老朝，是什么时候变成了酒鬼老朝，仿佛就在不意间，老朝铺子里的叮当声就渐渐弱了；原本瓦兰瓦兰的刀子，也变得暗淡了，老朝也成了一个老头，一个酒气熏天的红鼻子老头，一个苍蝇停在鼻子上也懒得去赶的老头。铁匠铺变成了补锅炉了，往日的徒弟也不见了影子，冷清清中，人们忘记了老朝的存在，只有酒醉中的老朝偶尔愤愤而含糊地骂道"补锅、补锅、补你妈后颈窝"时，人们这时才会想起，老朝还没死呢。

但在许多场坝上人的心目中，老朝却已经死了。

### 3

在我们香草坪场坝上，李鸡毛的形象，比乡长还要深入人心，在许许多多百无聊耐的日子里，李鸡毛就像一支兴奋剂，注入昏昏欲睡的场坝人的心中，李鸡毛擦亮着场坝上人日见混浊的眼睛，拯救着他们日见没落的心灵，就是那正在狂吠的老狗，正在厮打的夫妇，正在床上折腾的情人，听说李鸡毛来了，也会徒增了许多力量，顽劣小子躲在墙角的一声谎话"李鸡毛来了"曾让许多人精神振奋。即使知道这是小儿的谎言，许多的场坝上也还在每一个黄昏痴情地期待着。

——李鸡毛来了！

在场坝人的心目中，这就在像多雾阴沉的冬日，传说即将迎来一轮暖暖的太阳。

大名鼎鼎的李鸡毛从香草坪中学的方向走过来了，他一只手叉在腰间，另一只手不断地向路人行着标致的军礼，李鸡毛身上那套久经风霜的旧军装已污渍斑斑，扯破的部分像旗帜般在场坝上的晚风中飘扬，头上的军帽也几乎辨不出颜色，但他腰间的武装带却依然扎得整齐。李鸡毛显然是刚吃过饭，一脸的油光，掺着满足的笑容，有人向他举起大拇指，他的笑容就如同夏日的油菜花般灿烂了。散了学的孩子们像簇拥着英雄人物般紧跟在他身后。他走到食品站前的小拱桥上，站住了脚，呸地一声将一口浓痰吐向桥下的溪水，然后将两手都叉在腰间，转过身面向孩童和丢下生意挤过来的大人，呜呜哇哇地吼起来，慢慢地两只手也胡乱地挥动起来，小孩赶紧退到自认为安全的地方，有胆大的从自己口袋里掏出节衣缩食省下的一颗奶糖递给李鸡毛，李鸡毛把糖放在鼻尖下闻了闻，鼻翼扇动几下，竟然把糖丢下了溪水，李鸡毛的手往人群中一指，一群人都扭过头去寻找被李鸡毛指点的人，是谁呢？李鸡毛开始脱帽子了，人们都知道，李鸡毛将按顺序脱下令人激动地衣服和裤子，大人们怀着激动的心情想，春天了，李鸡毛也会想女人呢。小男孩们盼望看一眼李鸡毛那据说硕大无朋的阳具。"你有本事，你鸡巴比李鸡毛还大！"这句话已在香草坪场坝上流行好多年了，场坝上的男女老少都数次见证过李鸡毛的雄壮，但他们依然希望再次一睹庐山真面目。小孩开始起哄，叫李鸡毛脱快些，男人们眼神都直了，怕羞的女人赶紧用巴掌捂住双眼，却被眼尖的孩子发现那五指是散开的。

这回李鸡毛却不按规矩办了，他先是把破帽子拿在手中，驱赶苍蝇般向人群挥了两下，就气冲冲地往乡政府方向去了，留下身后一群失望的乡亲。

李鸡毛走远了，在场坝上摆摊的人们才回过神来，却发现自己摊子上无端少了不少货物，尖叫声和诅咒声还伴着无辜的狗的呻吟此起彼伏，冷清的场坝增了几分活气了。

李鸡毛是个孤儿，还是个傻子，没有人记得他小时候的幸福往事，在场坝人的心目中，李鸡毛一直都是这副模样，一直都是这样给人带来欢乐。

但单纯的李鸡毛其实也还是有些想法的，不知是什么时候，他开始羡慕起警察来了，用一根烂草绳系在腰间，头上戴一顶垃圾堆中翻来的八角帽，好事的人不知从哪里又弄来一套半新旧的老警服给他穿上，还给他弄上一支木驳壳挂在腰间，当天他就站在了场坝的中心。那天是个赶场天，四村八寨的乡亲聚集在香草坪场坝上，络绎不绝的车流穿行在尘土飞扬的村街，李鸡毛站在十字路口，神气地指挥交通，不明就里的外乡车子，真就给他叫停了，点头哈腰的司机走过来，递根烟，李鸡毛却一掌打掉了，吓得牛气的司机直想叫爹，再斜着眼恐惧地看，才发现这是个不大正常的警察，再看看四周哄笑的赶场人，才知道自己上当了，吐一口浓痰在李鸡毛的脚跟，开了车就走了，李鸡毛却不理会，依然津津有味聚精会神地挥动着手中的破三角旗。

李鸡毛的警服是随着乡派出所公安的警服的改变而改变的，仿佛李鸡毛原本就是乡里派出所的一分子。刚开始所长黄皮还想追查是哪个混蛋敢搞这样的恶作剧，污辱警察，但他破案的能力使他自动放弃了。县里的公安局长到香草坪来视察工作，挺威风神气的一个人，走在香草坪场坝上，连狗都不敢哼一声，李鸡毛却跟在他不远处，学局长鸭子般的姿势，一招一式比局长的秘书还多得几分神韵，场坝上的人快乐了，但派出所的黄皮却遭了殃，局长气得把黄皮的祖宗操了不下五十次，勒令黄皮限期查清谁是后边的主谋，局长原来还想把李鸡毛捉起来，但局长和李鸡毛双目对视时，李鸡毛混浊的眼珠子转也没转一下，局长自动败下阵来，把怒气撒在黄皮身上，看着局长的车放着响屁拖着尾巴往大坳匆匆而去，黄皮再看一身正气的李鸡毛，忍不住一下子笑了起来。

黄皮是香草坪场坝上的兽医出身，只是因为娶了从前的局长千金而改了行，原本他就没有多高远的想法，甚至有时他还埋怨在这场坝上做公安，远不如阉猪佬受群众欢迎，如今被新局长一顿臭骂，弄得黄皮在场坝上的面子又丢了好几分，他就更不求上进了，无知者无畏，无所求者也算无畏，无畏的黄皮把自己当作了场上的老百姓，街上有小偷跑过，他眼皮也不眨了，来赶场的外乡姑娘哭哭啼啼找他申诉，说有人教李鸡毛摸了她的屁股，黄皮说，又不见他来摸我的屁股？卫生院的护士也来告状，还是李鸡毛惹的祸，他偷窥了正在洗澡的护士的玉体。黄皮有些烦，说你他妈一个国家干部，还躲不开一个傻瓜的眼睛，回家下仔算了。说了这话黄皮就成了乡里书记的教导对象，书记说你黄皮连个李鸡毛都治不住，干脆也回家下仔算了。黄皮听了这话。知道小护士大概真的和书记有些瓜葛，就转变了工作策略，把场坝上指挥车辆的李鸡毛往乡政府领，黄皮没想到，这一领，李鸡毛就把乡政府当成了自己的家，乡长让人把李鸡毛送到黄皮家去，黄皮说你李鸡毛想当警察就要听我的话，我派你去乡政府是为人民服务。李鸡毛还真买黄皮的帐，转身就去乡政府的办公室上起了班，比乡干部还要守时。乡长见对付李鸡毛文的没有用，就想动武，让几个年轻的干部把李鸡毛打出去，将要调动的书记说这样做怕乡政府的牌子都要让人半夜搞走了，乡长想想也是，谁也不愿留下个欺侮弱势群体的恶名，李鸡毛就这样与乡政府的人员打成了一片，帮食堂挑水、劈柴火、扫地，李鸡毛除了原来那副傻样，竟然渐渐地整洁了些，让人看得顺眼了些，县里新来的书记到香草坪检查工作，硬要在食堂就餐李鸡毛啪地给他一个敬礼，敬出了他满腔的感慨：你们香草坪的领导班子不错啊！香草坪政府就是弱势群体的家啊！这里的书记不提拔谁还有资格提拔？受到领导这番表扬，书记在心里直庆幸。这狗日的还是颗福星呢。

在场坝人的心目中，这李鸡毛狗日的，碰上贵人了。

# 4

老碧要杀人了。

没出半个时辰，香草坪场坝上就传遍了这个振奋人心的消息。尽管以前也传出过几次，但都是只见打雷不见下雨，这次似乎是真的了，场坝上的小孩过年似地向中学方向跑，还边跑边惊叫：老碧提着三尺长的杀猪刀，坐了中学门口的大石头上了。场坝饭馆的蔡麻子听到了小孩的惊呼声，就手忙脚乱地摸起厨房里缺口的菜刀，使劲地拍在灶台上，蔡麻子觉得自己身子里的血也开始发热了。

老碧真的就坐在中学门口的大石头上。

中学门口的大石头，大约是香草坪场坝上最大的一块独石了，黑乎乎地蹲在中学门口，有人说像狮子，有人说像麒麟，有人说像镇妖石，更奇特的是在这巨石上，竟然长着一株古榕树，象撑在石头上的伞盖，强壮的树根从石头缝中穿进去，从石头外边包过去，让人觉得不可思议，更让人觉得神秘：这棵起码有几百年寿命的榕树，当初是如何长上去的呢？许多有远见的地理先生都说这是颗宝石，这是株宝树，风水宝地呢，香草坪中学注定是出读书种子的地方。事实也确实如此，这香草坪初中，每年在全县中的中考排名，总是排在前头，城里高考中榜的学子，从来少不了香草坪初中出去的子弟，桂西山野稍微有些名气的文人，也都是在这里开始做梦的。香草坪初中出去的几个作家作家在文章中也总是提到这颗石和这株树，说是这棵树给了他们奋进的力量，回到母校时他们总是要到这树下转几圈，像是在祭奠什么，寻找什么，神秘兮兮的。学校的教师和学生家长们就更敬畏这里了，走过旁边，那山里人野性的脚步都规矩了许多，收敛了好多。无奈世风日下，一年夏天，竟然有一对小情侣在这树荫里幽会，弄出吱吱呀呀的叫声。校长气得拍桌大叫：造孽啊！校长是有道理这样哀叹的，这几年学校的会考成绩江河日下，害得他头发又掉了不少。校长曾让人偷偷请了道公，在夜深人静的午夜围着石头做了场法事，道公说都是违了风水、蚀了神灵惹的祸。校长决心要找回香草坪中学的自信，重树巨石和大树的尊严。香草坪中学的学生守则因而比其他学校多了一条，那就是要爱护、尊重这象征香草坪中学前程的树和石。

如今这地方刚把晦气扫出去，学生刚在县上考出一回好名次，没想到老碧却又爬了上来，校长气得没有斯文，抖着手，摘掉眼镜大叫：老碧你个狗日的，滚下来。

老碧说：校长，我不怕你，我就不滚。

校长说：再不下来你往后要不自在呢。

老碧说：怕桶卵，我家又没得仔女在你手下读书了，我还怕哪样？

校长说：你硬是喝人家酒，吃人家饭，还要屙屎放人家大鼎罐的人。

老碧说，是就是，今天我就要屙屎尿放学校大鼎罐，看你们又能咋样子。

校长没有了办法，就去组织了几个年轻老师，要强攻，却被老碧发现了。老碧把长长的杀猪刀在石头上拍得叮当响,老碧说,校长你就莫费那个心了,你再招人,我就砍树,我晓得,树是你亲祖宗呢。老碧边说还边举起刀,要向树根砍去,吓得校长赶紧说,我也不管你了,你千万莫动那树根,行不?校长是外乡人,说话有些拉腔拉调,老碧就在上边跟着说,行不?一下子哄笑声就密密地缠在了榕树梢上。校长说,你恶,你恶,你早些时辰咋就不恶?老碧从石头上站起来,一口浓痰射向校长,校长赶紧进了校门。老碧看着校长匆匆的背影,还不解恨,一口口痰水不停地射向校门。在下午微凉的空气中,石头下的人都闻到了浓浓的酒味,原来这狗日是有点醉了,借酒发疯呢!

老碧大概有些累了,就坐在树杈间跷起了二郎腿,石头下的人丢了盒刘三姐烟上去,老碧抽出一支闻一闻,夹在唇间,底下的人又赶紧把火机丢下去,一缕淡淡的烟雾就缠在了老碧的尖脑壳上。

老碧,你这回要杀哪个?石头下的人问。

老碧眯着眼,享受烟的美妙滋味,懒得答理别人。

石头下的人群一下静了下来,静得让人难受,胆大的人又大声问:老碧,你到底想杀哪个?

你莫信他,老碧那卵样还敢杀人?连树都不敢动一刀。旁人说。

咋不敢?你不见他杀猪时那副恶样?另外有人接嘴。

猪是天生该杀,杀人?老碧你真敢吗?又有闲人挑衅老碧了。

我偏不砍树!

我要杀你娘!老碧突然就瞪圆了一直眯着的眼睛。

我娘早死了，阎王先动手了，用不着你。

那我杀你妹子，老碧拿起刀在石头上敲着。

杀我妹子？你还是先招呼好自家妹子吧，闲人说。

操你娘，我先杀了你！老碧几乎是吼着从石头上跳下。漫无目的地舞着杀猪刀，围观的人心惊胆颤又兴奋激动地四处逃窜。所有的人都在夸张地嚎叫着回头看老碧是否朝自己奔袭过来，结局还是十分令人失望，老碧只是跑进旧食品站的杀猪厂，推开张跛子，抡起自己手中的刀朝已绑在架子上的猪连桶几刀。日你妈，你这样做还有×人买猪肉。张跛子说。老碧累了，累了的老碧骂了句"我杀了你这王八蛋"就躺在案板上与剥净了毛的猪一起睡着了。

老碧的满腔怒火是自己的女儿点燃的。老碧的女儿幺妹在城里读着学校，花枝招展的一个俊美粉嫩女孩儿。老碧隐约听说女儿与城里一大官的儿子恋上了，老碧夫妇原来是不想让女儿自作主张的，但一听说是官人的儿子，况且女儿进的也不是什么好学校，也就随了她，喜滋滋地做着大官亲家的美梦。香草坪场坝上的女孩们，最好的也只是嫁了一个副乡长。一想起女儿的未来，老碧就像喝了蜜糖，没想到在暑假的时候，女儿在场坝上看电影，回家的路上却被一个男人给日了。老碧看幺妹没事的样子，就狠揍了她一顿，要她说是谁干的，无奈幺妹只记得那人少一只手指，别的什么也忘记了。

派出所的黄皮去破案，不关心坏人是谁，却总问老碧的女儿被日的时候的一些具体细节，问得都快成黄色小说的样子了。老碧赶跑黄皮，说我不要你来管这事了，我自己管。黄皮说，这可是你说的，到时别说政府不关心群众。

## 5

　　关于马九指，香草坪人充满了恐惧。马九指是场坝旁边的岩山人，自小没了爹的小光棍。马九指也不是生来就只有九指，在马九指还叫大名马亮的时候，马亮是个阴郁的孩子。寡妇家的是是非非让马亮早熟了，白日里他像一尊石狮子，坐在自家的大门槛上，夜晚他如同一只猫公雀在屋子周围游荡，了无半点声息，鬼魂一般。许多想去会会年轻寡妇的男人看着马亮那双阴冷的眼，不自然地就生起一股寒气，赶紧溜走了，也有胆大的不把十岁的马亮放在心上，继续实施蓄谋已久的约会，不是被莫名其妙的石头砸中脑袋，就是踩中地上的狗屎、铁钉，岩山的村长不相信马亮有这么厉害，他自以为神不知鬼不觉地睡在了寡妇的床上，喜滋滋地等待年轻小寡妇洗澡，小寡妇也被即将到来的快乐幸福冲昏了头，没注意房间腾起浓浓的辣椒烟雾，待她闻到刺鼻的味道时，村长已被熏得闭了气，从那以后，爱好钻女人房间的村长，见了女人都退避三舍了。岩山的男人们被马亮赶跑了，他却不知道他也赶跑了寡妇母亲对生活的向往和憧憬，马亮像影子般追随在她身边，让她烦躁，让她心伤，马亮不到十五岁的时候，寡母一头跳进了犀牛塘，再也没有浮上来。

　　马亮的妈刚入土，马亮的堂叔马葱就来找马亮，还提了盒点心，马亮说叔你今天咋这样好？马葱说我是你叔么，往年你妈还在，来了人家会说闲话。马亮说叔你的点心发霉了。马葱说咋会呢，过年时你大姐送的。马亮说这差不多又过年了。屋里的黑暗遮住了马葱的大红脸。马葱说，对，是要过年了，马亮啊，你这么小，一个人咋过，跟叔吧，做叔的儿子。马亮说，叔，想想再说吧。

马亮的姑姑马尾也从远处的弄阳赶回岩山看马亮，马尾一见马亮就嚎啕大哭。马亮说姑你莫哭，我又没死，是我妈死呢。马尾就紧接着哭诉起死去的寡嫂的艰难和好处，哭得都有些抽气了。马亮说，姑你咋搞的？我妈死的时候你不来哭，今天哭成这个样子。马尾说，我是看你可怜啊。马亮说，有哪样可怜？不和往年一样过？马尾说，怎么一样？你这样小年纪，不懂事，有人来抢你的家产呢。马亮说，有啥好抢的？不是还有姑你们帮撑腰么？马尾的哭声立刻停止了，摸着马亮的脸说，亲人就是亲人啊，打断了骨头连着筋。马亮说，咋不是呢？马尾说，那你今年就到姑家过年吧。

马葱听说马尾来了，就带着岩山的队长马鞭赶了过来。马葱说，妹子真是稀走？马尾说，哥你莫讲我，侄儿子还讲你送来去年的发霉年货呢，给妹子也尝一点？马葱说，妹子真是从弄阳山上下来的，见多了黄鼠狼给鸡拜年，学得到家了。马尾的嘴也一点不留情，说哥你也是晴天里敲鼓，盼落雨呢。马鞭说你两个扯哪样闲谈，讲正经事吧。马鞭对马亮说，马亮你看你家这样子，你是独柱子撑不起大梁了，马葱是你叔，住得又近，就跟你大叔过吧。马尾急了，说马鞭你真是乱来了，分不清筋脉了，我可是马亮的亲姑，马葱来收留，就不怕人家说他想抢马亮的家产？马葱说你真是放屁，马亮有什么家产？全是负担。马尾说，那就让我来负担吧，姑侄情，心贴心呢。马鞭说，这事由我来定，由马葱来负担吧，方便点。马尾说马鞭你是不是得马葱的好处了，亲疏不分。马鞭还想说些什么，马亮走出门外，不一会提回一只活鸡，说我还是自己过呢，不麻烦你们了。马葱刚想说话，马亮就抢着说，你们都莫讲了，一个人过也容易呢，你们讲得那么辛苦，今晚就在这里吃夜饭。说完双手一扯，鸡头就从脖子上掉下来，冒着血扑腾的鸡弄得一屋灰尘，马亮说，你们看，没有刀也杀得鸡，有哪样过不得的？阴沉的眼神又浮在马亮脸上。马葱他们觉得一股凉气从背上生起，赶紧走出门外，马尾说，大哥，还是你照顾吧，我成全你。马葱说，鸡巴，马亮这烂样子，我怕请鬼请进庙呢。马鞭说，马葱你去把你的罐头拿回去吧，我不管你们的破事了，马亮这野种惹不得呢。

马葱不敢收留马亮，马亮却找上门，说叔我过不下去了，借一点米吧。马葱说我家都揭不开锅了，哪来米呢？马亮说没有就算了，第二天早上马葱却发现，自己家米柜进了水，马葱知道这是马亮干的。去找马亮，马亮说叔你自己说没米了，又哪里来的米让我淋水？马葱说这样做要遭雷劈呢。马亮说叔你就不怕？

周八是岩山的治保主任，有人说周八走过岩山寨子，狗都会直打哆嗦。周八白吃白喝了岩山人多少酒菜无人知晓，周八睡了岩山多少妇人也只有女人和她们的丈夫心中清楚，但这事却声张不得。周八的公堂就设在岩山寨子的前方，孤零零却十分显眼的屋子，时常传出来哭嚎哀求声，马鞭虽是队长，却也怕周八三分，周八说，马鞭，回家捉条鸡来，马鞭就赶紧去捉，周八说马鞭今晚我去你家睡，马鞭脸上青一阵紫阵，应不了声，但到了晚上还是借故出去喝酒了，马鞭喝酒醉的时候，就是周八在他家的时候，岩山人发现，马鞭醉酒的时候越来越多，岩山的酒鬼也遍寨皆是了。

过年的时候，马葱还是来叫了马亮。马亮说，叔，你莫惦记我家的烂房子了。马葱说，你这狗日的，我是你叔呢。坐在马葱家堂屋的年饭席上，看一桌子的好菜好饭和满屋欢声笑语，马亮阴郁的眼湿起来。马葱说，哭，哭什么，男人不哭，喝酒。叔侄两人就抡起膀子认真喝起来，喝着喝着，马葱却哭了，家里人大概见的多了，无人理他，马亮就说，叔，你咋哭了？你不是说男人不哭，只喝酒么？马葱说，马亮，我心中苦啊！在马葱含混的叙述中，马亮终于知道，周八不仅给马葱戴了不少回的绿帽子，周八还盯住了马葱十二岁的大女儿，马葱说，狗日的周八，天收的周八。马亮也骂，狗日的周八，天收的周八。

正月初一的早晨，全岩山的人都被周八在大喇叭里的诅咒声惊醒了，纷纷走出门外，看到的是村子前的一座废墟，周八站在废墟上，跳着脚大骂，要把烧他办公室的人千刀万剐，死上一千遍。火灰扑在周八脸上，斑斑点点，使周八看起来像个小丑，岩山人想笑不敢笑，只看着周八一个人跳独脚戏。马亮却提了一把刀走了过去，说，狗日你周八，跳那样卵，房子是我烧的，周八一听，就像一只发疯的野猪般冲过来，岩山人都在心中惊叫，这马亮是在劫难逃了，他们没想到马亮却迎了上，长长的砍刀在初一早晨的清凉空气中闪着寒光，周八一棒子砸在马亮腿上，马亮却把刀压在周八的脖子上，马亮说，你再打一下试试看，周八明显感觉到脖子上的疼痛，还有液体在往下流，马亮说，你狗日的再欺侮马家，我让你脑袋搬家，说的时候手上使了一劲，周八吓得尿都差点下来了，马亮说，我烧了你的屋子，我用一只手指赔你！，岩山人都清楚地看见，周八还没清醒过来，马亮就像割菜一样割下一个手指丢到周八的脸上，周八一下子坐在了灰烬中，双眼发呆，马亮甩了手上的血珠，往自己的破屋去了，围观的岩山人突然就觉得有些恐惧，马亮阴郁的目光扫过，都纷纷低下头，垂下眉。

周八的儿子们扶起周八，三个牛高马大的儿子就提着木棒砍刀去找马亮，到马亮家的院门口，却见马亮赤着精瘦的上身蹲在自己家的上门槛上，手中是几把亮晃晃的尖刀，看得出都是场坝上老朝的手艺，周八的大儿子举起木棒就要冲过去，只见一道白光袭来，举起的木棒上已插上一把颤悠悠的刀子；周八的二儿子要捡地上的砖头，手还没碰到砖头，一把刀飞来，硬生生地插进了青砖里，几兄弟目瞪口呆，出不了声，马亮却说话了，谁不怕死就过来吧！说完从门槛上站起身，手一扬，一排闪着寒光的刀子就齐崭崭地插在门楣上。

## 6

咦，还有这样的角色！刘一手嘬了一口酒，眯着眼说话，旁边的兄弟都不知道他是惊讶还是蔑视。刘一手抓起几颗油炸花生，一颗一颗地扔进黑洞洞的嘴里，眼睛还是眯着，还有这样的狠角色？刘一手又说，旁边的周八说，你都不知道，他有多狠！他看不起我就是看不起你呢，他一点都不把你看成我们的亲戚。刘一手说，那会会他？旁边的兄弟们都站了起来，说，会会他，一山不容二虎呢。周八一脸的感动，说，大侄子，你真该好好收拾收拾他，莫让他出了头，到那时我们就没有好日子过了。刘一手却说，你这表叔也真不怎样，侄女也敢日的人，被人家收拾也话该。周八弄了一脸的灰，不再说话，刘一手说，我去会他可不是为了你！为了你这种人出气，哪是我的英雄本色。周八赶紧说，是，是，你和我们一般人不一样。刘一手说你赶紧滚吧，小心我的兄弟阉了你！

刘一手只有一手，另一只从肩膀旁边断了，失去了平衡，刘一手走路就有些夸张，有点像螃蟹，横行霸道的样子。有人说刘一手是被机器卷的，有的说是要打架被人卸的，总之，从外乡回到香草坪场坝时的他就只有了一只手和满脸的伤痕，胸口还描了一只骨髅。香草坪的天气很凉，但刘一手却不大爱穿上衣，总是袒着阴森森的骨髅和难看的断臂，让场坝上的人心里也跟着凉嗖嗖的。

刘一手走过供销社的矮墙了。

刘一手经过食品站小桥了。

刘一手走到中学后背了。

刘一手的行踪不断地传到场坝上的乡亲们的耳里，许多乡亲都放下手里的活计，远远地跟着，看一群小孩和刘一手的兄弟簇拥着他向岩山出发，好事的狗也来凑热闹，跟着疯跑，一只不知深浅的狗还跑到刘一手脚边嗅了嗅，众人都以为刘一手会一刀结果这狗命，刘一手却只是摸了摸狗头。

刘一手走累了，坐在路边石板上，小兄弟赶紧敬上一支烟。刘一手却不抽，只把香烟在嘴唇间转来转出，弄得旁边的乡亲和小孩替他担心，以为那香烟要掉了，却又玩杂技般卷了回去，稳稳当当地叼着。有小孩问他，你要去打谁？刘一手有耐心地回答，马九指这个狗日的呢！他咋惹你了？他不给我面子呢。小孩不懂，就问什么是面子，刘一手说，就是你爹头上戴的帽子呢，绿的，小孩听了就兴奋地跑到远处的大人堆里找爹，找着了就问，爹，刘一手说你戴绿帽子呢，啥叫绿帽子？旁边的人都笑了起来，恼怒的父亲一巴掌把小孩扇到了田里。

刘一手嘴里的香烟被他噗地一声吹到了秧田里，旁边人的赶紧续上一支，刘一手继续杂耍般把烟叼在嘴上，眼睛眯着看远处的岩山，脸上蚯蚓般的伤痕在不停在地抖动，旁边的人都不再出声，都看着刘一手。过了许久，刘一手又把嘴里的香烟噗地吐到秧田里，站起了身，敞开的衣服被他脱出来挂在断臂上。

蔡麻子的儿子终于挤到刘一手身边，一脸崇拜地看着刘一手，问刘一手怎样收拾马九指。刘一手说你说呢？小孩子歪着头考虑了好久才说，砸破他的脑袋？割断他的脚筋？刘一手说，不行！小孩又说，那破他的相？斩他的手？刘一手被问得有些不耐烦了，就说，滚远些，再多嘴我就骗了你。小孩吓得兔子般溜了，刘一手对周围的乡亲说，我不是欺侮他孤儿一个呢，是他不给我面子，周八就是该杀也得让我来杀，关你马九指鸟事，今天就怪不得我狠了。刘一手脸上的蚯蚓抖得越来越厉害，歪歪斜斜的步子甩得更大，旁边的人似乎都觉得空气越来越沉重，明晃晃的太阳也凝固不动了，远处的乡亲和多事的小孩都似乎听见了刘一手和马九指叮叮当当的打斗声和拳来拳往的呼呼风声，他们的心差不多快跳到嗓子眼了，一山不容二虎，一仆不侍二主，今天注定将会有一场等待多时的好戏上演了。

马九指早已得知刘一手来找他报仇的消息，马葱吓得脸上青青紫紫地不断变换颜色，坐在板凳上怎么也站不起身。马葱哆嗦着对马九指说，你快躲起来吧，刘一手会要了你的命。马九指没有出声，依旧坐在马葱家大门坎上，漫无目的地看着岩山寨子前的田坝，田坝上是斑驳的青绿，偶尔有一只小鸟飞过，还有一缕两缕淡淡的烟雾，阳光中，翩跹的尘土更加明晰。马葱有些急了，说侄儿你快走吧，马九指梦呓般说，叔，你莫怕，不会连累你！马葱说，我还要过日子啊！马九指从大门坎上站起身，拍拍手上的灰尘，往岩山寨前的公路走去，马葱在阴影里看着阳光下的马九指，瘦瘦高高的身子像条竹竿，无精打采的，嗖嗖的凉气沿着马葱的脊梁爬上来，他试图站起来，努力了几次却经终没有成功，马葱的老婆在屋里吵了起来，骂马葱小气惹大祸，今天刘一手来给周八报仇，还不顺手就收拾了马家？马葱也开始后悔，绿帽子么，又不是自己一个人戴，萝卜拔了洞还在，平安要紧呢。

在那个阳光明媚的下午，马葱坐在自己家里，尖着耳朵去听外面应该如期而致的格斗声，他觉得自己的腿越来越麻了，连手指也开始变得僵硬，偶尔从门外掠过进来的太阳风，像一把刀子，硬生生的刮着他的脸。

马九指就一个人孤零零地斜靠在公路旁小卖部的柱子上，小卖部的主人早早就关了门，岩山寨子上的马家人全都躲在自己家的门后，从门缝里偷偷地看着马九指，他们看着马九指打哈欠，搓眼睛，还抖脚，他们觉得，这背时的马九指，用不了多久，就会像一根竹竿般被折断，就会象筛子般漏了尿来，脸就像供神的猪头一般发红发肿，丢尽马家的脸，为马家招灾惹祸。

刘一手把随从们隔在远处，晃着膀子走近马九指，刘一手把马九指从头到脚打量一遍，说你就是马九指？马九指没有出声，只是把左手一举，四个指头就尖细地竖在刘一手眼前。刘一手把手拍在马九指肩上，他想这样弱小的家伙，禁得住一拍么？没想到马九指却没有感觉般依然看着地下正在打架的蚂蚁出神，刘一手说，听说你马九指厉害呢，你狗日的真有胆量，敢欺侮我的亲戚！刘一手又说，你鸡巴毛还没长全，咋就敢这么硬呢？刘一手不耐烦了，还没有人敢这样对待自己，脚一使劲，一圈接一圈的灰尘就腾了起来。老子跟你说话，你听见没有？马九指这才抬起头，阴凉凉的眼一眨不眨地看着刘一手，说吼什么吼，老子又不是聋子。刘一手说，你刀子耍得好？马九指说，不好！马九指的左手伸进口袋摸索，刘一手不自然地后退两步，马九指却是摸出一支烟，点上，喷出一股白烟，马九指的眼又眯上了，蹲到地上，继续看打斗的蚂蚁，远处的人看到刘一手把手也伸进裤袋，都以为他要拔刀了，空气一下停止了流动，阳光中的灰尘也静止下来，树上的知了，山林中的布谷也似乎没有声音，人们都在期待激荡人心的时刻到来，但令人惊讶的是刘一手摸出的也仅是一支香烟，点燃了，他也蹲在了马九指的前面。看打斗的蚂蚁。

周八在远处看着刘一手没有动手，就匆匆地跑到近处大声喊，侄儿，你得帮我做主啊！刺耳的声音划破了正午的宁静，周八就像一只小丑一般在尘土中跳着脚，想靠前又不敢靠前，想退后又不死心。侄儿，你得帮我做主啊！周八又喊。刘一手和马九指从地上站起来了，拍拍手，对视着，远处的人坚信格斗的一刻终于来到了，没想到刘一手却转过身对周八说，你狗日的该杀，滚！周八吓了一大跳，愣住了，过了好一会儿才弯着腰走了，刘一手又拍马九指的肩说，是条汉子！马九指还是不说话，再去摸烟，弹出一支送到刘一手眼前，刘一手把烟捏了，凑了鼻子前闻闻，好烟呢？对着马九指香烟上的火，接上了。

刘一手很生气。

生气的刘一手就不停地喝酒，喝得脚板心开始发红的时候，他就去找马九指。

兄弟，你咋个要搞女人呢？还是那样搞法，刘一手问马九指。

我没搞！马九指说。

场坝上的人都说是你搞的。

没搞就是没搞。

是呢，是汉子就不该那样搞女人。

刘一手相信马九指没有搞女人，就说，你是我兄弟！我出钱，你去真搞一回。

不搞，是兄弟你就请我喝酒。

酒么，随便喝，我那里淹死你的酒都有。

刘一手和马九指躲在刘一手的小屋子里喝酒。刘一手说，喝几碗？马九指说，六碗。两人就端起桌上的酒碗。刘一手说，就只有腊肉了。想个办法嘛！马九指说，刘一手说，好，马九指说，蔡麻子的烤牛干巴做得好。刘一手说，好，马九指说，那我们去偷一块来送酒？刘一手说什么偷不偷的，你在屋里等我。

刘一手转身就出了门，往蔡麻子的饭馆摸去，蔡麻子坐在柜台前打瞌睡，突然被一阵浓烈的酒气熏醒，睁眼一看，满脸赤红的刘一手吓了他一跳，正午的阳光下，刘一手的金牙直晃他的眼睛，刘一手说，蔡老板发财呢。蔡麻子弄不清刘一手的目的，只好跟着打哈哈。刘一手说，听说你家的牛干巴味道好。蔡麻子还是没清醒，跟着说，人家都说好。倒是旁边的蔡麻子的老婆灵醒，说我正想送点给你尝尝呢。蔡麻子这时才明白过来，赶紧去包了一大块牛干巴塞到刘一手的手里，刘一手说，这要好多钱。蔡麻子说，什么钱不钱的，都是场坝人，今后还要你多关照呢。刘一手说，好好。刘一手就去撕那牛肉，还渗着血丝的牛肉他就直接往嘴里填，蔡麻子又吓了一跳，赶紧说，我去帮你炒炒，刘一手又说，好！好！

回到小屋，马九指却睡着了，刘一手踢了马九指一脚，说还喝酒呢，六碗就醉了。马九指坐起身，说，谁他妈醉了！再倒酒，只喝下一碗，马九指却骂起来了，日她娘，编排老子。刘一手也骂，谁放的狗屁，兄弟们灭了他。灭了他！马九指跟着说，身子却软了下去，一溜滑了桌子下，打起了呼噜，刘一手没有理睬桌下的马九指，端起酒碗继续喝，喝了左边一碗，又端起右边一碗，兄弟，我敬你！酒却又倒进自己的嘴里。

# 7

香草坪场坝上的乡长终于做了书记，做了书记的乡长，就比往日有了很大不同。他不再讨厌李鸡毛，并且清楚了李鸡毛是自己的福星，如果没有当初县里书记的赞赏，书记这位子轮三次怕也轮不到他头上，有了这样的认识，书记就经常把李鸡毛带在自己身边，特别是有领导光临或者场坝上赶集的时候，两人并排走在村路上，吸引着许多乡亲的目光，乡亲的都在羡慕地骂，这狗日的李鸡毛。

李鸡毛终归是个闲不住的人，每一个正午，他都会溜达到场坝上，指挥一阵交通，让牛气的司机在拥挤的乡场上更加手忙脚乱，被刺耳的喇叭声弄得烦躁了，李鸡毛就悄悄地靠近一群正在聚精会神游戏的孩子，哇地一声怪叫，小孩们兴奋又刺激地四下里跑开了。散落在场坝各个角落的小摊是李鸡毛注定会光顾的，摊子上的东西他随手就抓，顺手就捡，没有谁恼怒，都嘻嘻哈哈地看着他，看得李鸡毛兴奋了，他就打出比场坝派出所的黄皮还要正经的敬礼，立正，只是向左右转的时候会晕得摔起跟斗；李鸡毛最传神的就是学乡里的书记走路，腆着肚子，两只手背在身后，头往上仰，阴暗的市场里因李鸡毛的到来而一片生机，众人笑了，李鸡毛也很兴奋，手舞足蹈，嘴里呜呜哇哇叫个不停，慢慢地有人看出，这狗日的李鸡毛竟是在学乡长在会议的讲话呢，场坝上的人越聚越多，到处都是脸色潮红的乡亲。

场坝上没有李鸡毛的日子，是无聊的日子，在正午的阳光下，久候不见李鸡毛的乡亲，被赤裸裸的阳光晒得昏昏沉沉的，连肉案上的苍蝇似乎也在打起了瞌睡，小商贩们被越来越浓郁的沉闷弄得好像胸口长满了野草，狂长的野草渐渐缠住了他们日见衰老的心灵，在沉闷快将他们全部淹没的时候，有谁一声惊叫，李鸡毛来了！一双双沉重的眼睛刷地一下全都瞪圆了，四处扫视，却见是乡里的书记正踱着方步一步过来，哪里有李鸡毛的影子呢？

在香草坪，土地所所长朱六也是个厉害人物。在朱六的心中，这世间最大的神就是土地神，土地不开口，老虎也不敢抓猪。朱六在香草坪场坝上的日子便过得很有滋味。朱六对想起房子的周小说，马蜂的味道真好！周小就冒着被马蜂蛰死的危险进了岑王山，朱六对想扩大地盘的蔡麻子说，你饭馆的服务员真水灵，让她认我做干爹吧。蔡麻子也只好把自己的亲侄女送去服侍朱六，回头赶紧去安抚侄女和怒气冲天的兄弟。在香草坪朱六认下多少干儿女，结了多少儿女亲家，没有人能弄得清。有人告到黄皮那里去，第一次黄皮不理，第二次黄皮还是不理，告的实在太多了，黄皮就对朱六说，兄弟，你要节制些，照护往后怕腰杆扯不直啊。第二天，黄皮的舅子就收到了违章建设的处罚通知书。

朱六却怕李鸡毛。

夜深人静的时候，李鸡毛爱学联防队的样子四处悄悄游荡。李鸡毛游到了供销社旅店的后门，见一个黑影闪了过去，对着黑暗撒尿，李鸡毛悄悄跟上，木头枪顺手就顶在了那人的腰眼上。一声字正腔圆的"不许动"，让那黑影把一泡热尿全淋在了裤腿上，又腿一软跪了下来。看着倒地的人，李鸡毛却笑了起来。那人就是朱六，正从供销社寡妇屋里偷嘴出来，被李鸡毛这吓，眼前的东西就患上了毛病，见到水灵的妹子，他就会想到李鸡毛的吆喝，全身发软，从此以后，朱六要想走路就只能绕着李鸡毛走。实在绕不过去，朱六就干脆坐在路边喘气，旁人问，朱所长干啥？朱六说，等人，等人。李鸡毛却不识相，也一屁股坐在朱六旁边，呜呜哇哇地比划，朱六看李鸡毛那具有浓厚性意味的手势，也只能装聋作哑。想走，却又迈不开步子，就只能在心中翻来覆去地诅咒李鸡毛的娘。

## 8

马九指进老碧家时，老碧一家人正在吃晚饭，老碧的酒喝得差不多了，老碧的老婆和女儿遭火烫一样跳起身时，老碧还迷迷糊糊端着酒杯。马九指说，狗日你老碧，你说是我日了你女儿？老碧的手就僵硬在虚空中。马九指说，狗日你老碧乱呲牙呢。老碧手上的杯子终于回到了桌面，老碧想站起来，腿脚却不听话。马九指说，老子明人不做暗事。老碧说，恶有恶报呢。马九指说，恶就恶，还怕报？手一抓，一把尖刀就插在了老碧的酒杯旁。老碧说，日你娘！要去拔那尖刀，马九指的手又一抓，又一把尖刀就从老碧的指缝间插了下去。老碧的老婆吓得瘫坐在地上，老碧的女儿幺妹靠着大门框一言不发看着马九指。马九指说，你这老鸟，莫惹我恼火呢。老碧却一跟斗翻在了地上，不知是吓晕了还是喝醉了。马九指踢一脚凳子，说狗日你老碧莫吓我，你讲我搞你家幺妹，让我背黑锅呢。幺妹说，马九指你也莫癫狂得很，婊子才怕你。马九指说，噫，狗日你幺妹，我还没得空找你算账呢，我哪时日过你？幺妹说你自己清楚。马九指说，这个黑锅我才不背，老子哪天要真日你一回。幺妹说，你不怕坐牢你就来日。幺妹扯了衣服冲过来，马九指却吓了大跳，拔了桌上的刀就跳出门外，老子下回找你算账，马九指说完就跑了。老碧的老婆见马九指走远了，走过去踢了地上的老碧两脚，说你这背时的，还在装醉，马九指讲下回要来日幺妹呢。老碧这才从地上弹起来说，他敢！

　　老碧去找黄皮的时候黄皮正在跟老婆生气，老碧说黄皮你狗日的还不去抓了马九指，他又要日我家幺妹呢！黄皮说，日了么？老碧说，前次都日了呢。黄皮说哪个讲了前次日你家幺妹的是马九指？他是九个手指呢。不是他是哪个？老碧。黄皮说，还有人讲是你呢，讲你不想让肥水流了外人田！老碧又跳了起来，说是哪个在编排老子？我一刀捅了他。黄皮说，捅了人你就自己来我这报到。老碧说你黄皮真是吃人饭不屙人屎呢。黄皮说，鸡巴，屙人屎狗屎又不要你发工资。老碧说，我先去公安局把你狗日的告了。黄皮说，告么、告么，屙尿搅灰。老碧气冲冲地走了。黄皮的老婆说，你真不是个东西，还公安呢。黄皮说，你狗日的恶，下回让人把你摁田坎上日了你就顺心了。黄皮的老婆说，也真他妈该给你捡个绿帽子。黄皮说，你他妈老母猪一般，你有这本事，我还真不嫌帽子多呢。黄皮的老婆哭起来，一边哭一边把小凳子仍到黄皮的屁股上。黄皮心一横，就把老婆摁到了床下边，一屋子却是呜呜哇哇的声音。爬出床底的老婆拔头散发要跟黄皮拼命，黄皮转身就把枪抵在了老婆的太阳穴，说你她妈动一下我就真打死你。老婆一愣，再看黄皮一脸的青光，不敢伸手，就一屁股坐在地上，说你黄皮有出息了，敢吓唬老婆了，裤裆里的枪用不得就想弄真枪呢，我他妈上辈作了孽，倒了血霉嫁给你这桶猪狗不如的东西。老婆边哭边骂，泪水鼻涕涂得满脸。黄皮一看老婆的恶心模样，摔上房门就走了出去，屋里传出的是更惨烈的哭叫和诅咒声。

旁人听了黄皮和老婆吵架的人怎么也不相信，五大三粗，满脸络腮胡子的黄皮，裤裆里的家伙竟不成用，照场坝人的想象，黄皮这样的身子这样的年纪，正是骚得比牯羊还恶的时候，咋就不行了呢？

# 9

黄皮还真是不行了。

在黄皮家，黄皮的老婆有一般邪恶的霸气，黄皮的老婆高兴时说，你要好好待我，是我爹让你从劁猪佬变成了公安，生气时说，没有我的家，哪有你今天？在外人面前说，都靠我家呢，黄家？别说靠山，芭茅草也没得一根。

黄皮也弄不清自己是什么时候开始不行的。他只知道一看到老婆男人般壮实的身影，就觉得自己不是个男人。春天时节，老婆也心急火燎地撩拔黄皮，黄皮也想有所表现，情切切意绵绵心慌慌的两人一起努力，还是没有结果。满身大汗的老婆干脆一口咬下去，让黄皮的小兄弟肿了半个月。黄皮刚想发作，黄皮的老婆却朝黄皮的家伙吐了一泡口水，说，你狗日的还不赶紧治好，下次我就把它剪了，老娘看着心烦。

黄皮就更不行了。

黄皮不是真不行，走在场坝上，看着妖冶的女子，他心中也会痒痒的，就是在县上开会，看着俊俏的女副局长在台上妖妖娆娆地坐着，黄皮的裤裆里就有了反应，吓得他赶紧在裤袋里伸手握住，却是越握越胀，胀得他直冒冷汗，旁边的人问，黄皮，病了？黄皮说，嘿嘿，嘿嘿，热呢。

黄皮很少回家了。

黄皮也不待在派出所，在派出所里，看见那黑亮亮的枪，他就觉得心烦。黄皮就到村街上、小河边、树林里四处逛，看彩云，他觉得那高高的岑王山就是彩云的家，那么漂亮的彩云，咋会没有家呢？看小鸟、看小鸟站在树枝头恩恩爱爱地啁啾，他的脚步就会放慢放轻；他还知道中学后边的石崖上有一只老鹰的巢，巢中有四只小鹰；往岩山方向的林子中，有一截黑亮的树桩，那是黄皮的专座。他坐在那里看一片片李花像雪一样落在草地，看一树树桃花娇嫩的象婴儿的嘴唇，看火红的石榴花在风中飘落尘埃，那真是落英缤纷啊，黄皮的眼泪都出来了。这时候的黄皮，是怎么也看不出是劁猪匠的出身了。

## 10

马九指又去老碧家。

老碧正在院子里劈柴，劈的一头汗水，抬头擦汗的时候，就看见马九指蹲在院子门口。老碧手中提着的斧头一下子就掉到脚背上，砸得他跳起脚来骂娘，狗日你马九指，还敢找上门来呢？老碧说。马九指说，我来找幺妹对质呢。老碧说，对你妈个腿。马九指说，你咋就骂人呢？老碧说，我骂你，我还想砍你。老碧弯下腰捡起地上的斧头。马九指说，你这卵样，还想砍人？马九指就梗着脖子走过去，说我伸脖子给你，砍砍试试？马九指细长的脖子突兀在老碧的眼前，那上面的青筋一跳一跳的，像皮筋一般抽着老碧的眼皮。老碧的眼就眨得越来越快了。最后，老碧把斧头抖到了地上。马九指捡起斧头，老碧又吓得一跳，赶紧跑到门口。马九指说，你跑哪样？砍人是这样砍呢。老碧正觉的脊背发凉的时候，却见马九指把自己的左手小指放在劈柴上，一斧下去，马九指就成了马八指。马九指把是血的小指含在嘴里，一儿吐出一大口鲜血，一会儿又吐出一大口鲜血。马九指对瘫坐在门槛上的老碧说，告诉幺妹，我今晚来找她。

马九指走出去很远了，老碧才合上缺了大半牙齿的大嘴。老婆青着脸从屋里跑出来。老碧说，你狗日的见死不救呢，真他妈大难临头各自飞。老婆说，你汗毛没掉一根有啥大难？快点想法让幺妹躲开吧。老婆说，咋个躲？躲到哪里去？老婆说，去找幺妹回来再说吧。老碧还没走出门，幺妹却回来了。幺妹说，躲？躲什么躲？我才不怕他。老碧说，你不躲起来他饶不过你呢。幺妹说，我不躲，我看他到底敢做哪样。老碧老婆说，我们给你跪下了，你快躲出去吧。幺妹看着惊惊恐恐跪在地上的父母，说爱跪你们就跪吧，我就不躲。老碧说，你咋这样犟？我们丢不起这个人啊？幺妹说，都这样了还怕丢人？老碧知道女儿是劝不住了，也就不再理她，让老婆炒了菜，也不叫房里的女儿，两口子就借酒消愁起来。老碧说，你生的好女儿，丢了我们老杨家的老脸了。老婆说，这背时姑娘，去看什么电影呢？老碧说，这不懂事的幺妹，日就日了，就当蚊子叮一口，还要闹得整个坝子都晓得。老婆说，是咧，又不是头一回。老碧说，这又要去会马九指，羊入虎口了。老碧老婆说，幺妹怕是夹不住了，心慌了。老碧说，来不住用丝瓜擦。幺妹在房里听得满肚子愤怒。冲出屋子，把两口子的桌子也掀翻了，眼睛醉得睁不开的两口子顺着桌子滑溜到地上，鼾声就此起彼伏了。

　　黄昏的时候，马九指来了。

　　马九指说，幺妹，敢出来么？

　　哪个怕你？幺妹说。

　　幺妹看着地上的父母，连门也不关就跟着马九指走向岩山寨前的小河。

　　马九指说，你胆子大啊。

　　你胆子也不小，幺妹说。

　　你不怕我今晚真的要弄你？

　　你试试看，幺妹说。

　　月亮已经从岑王山顶爬了起来，明晃晃的。小河边只有温柔的水响和小虫的鸣唱，身后的岩山朦胧而虚幻；有偶尔的狗叫、小孩的哭闹和大人的吆喝传来，显得很不真实。夜风有些凉。还有些香，那是春天的气味。

你不该冤枉我，马九指说。

幺妹说，我咋晓得是不是冤枉你？

日他妈，你还是认为我弄了你。

男人么，都不是好东西。

不是就不是，我不背这只黑锅，今晚我要弄你一回。

弄你娘。幺妹说。

我真的要弄，马九指说，我是个男人，就这样让你冤枉？

你他妈算哪样男人？幺妹说。

你骂我不算男人？马九指说，我不欺负女人。如果你是个男人，我早就把你收拾了。

那你就收拾吧，我看你咋个收拾，幺妹说。

日你娘，马九指望着岩山骂。

日你娘，马九指望着场坝骂。

这时他们已经走到树林里。幺妹也紧紧地握住了藏在裤袋里的刀子。

咋还不来弄我？幺妹说。

在林子的阴影中，马亮突然闻到一股好闻的味道。他知道这是幺妹身上的味道，这是从外面来的味道，香草坪场坝上的女子，有的只是一般浓烈的劣质香水味和者汗酸味。好闻的味道让马九指坚硬的心变的开始柔软，他觉得这样的姑娘被人胡乱日了真是可恶；这样的姑娘窝在岩山真是可恶。

马九指伸向幺妹的手开始在发抖，他感觉到湿湿的汗水浸透了身子。

幺妹！马九指连嗓音却有些变了。

咋还不快点？幺妹说。幺妹说话的声也不是香草坪场坝上那种生硬的声音。而是一种极轻柔婉转的新鲜声音，马九指觉的这样好听的声音还是第一次听到。

幺妹以为马九指的手就快伸到自己的胸脯来了。幺妹想，他要摸就先让他摸一下，等他急得忍不住时再给他一刀。幺妹眯上眼开始期待被男人抚摸时的那种欲死欲仙的感觉，她已好久没有去体验这种感觉了。她甚至觉得自己的体内在开始潮湿，她的脚也在开始发颤了。这时候"啪"的一声响让幺妹睁开眼，却见朦胧的月光中，马九指一掌打在自己的脸上。

你不是说你是男人么？有种就来。幺妹说，自己也朝马九指挤去。

我——我——马九指说，算了，我放你一马，咱们的账不算了。

放屁，说不算就不算？我还要跟你算呢！幺妹说。幺妹一伸手就抓住了马九指的手。马九指的手汗渍渍的，还像打摆子般在发抖。马九指却像被火烫着一般，扯回手指转身就跑了。

看着月光下马九指瘦小而挺拔的背影，幺妹知道，不是这家伙日了自己。作为一个被城里男人培养出丰富的性经验的姑娘，幺妹把持不住了。这样的月光，这样的夜晚，一个口口声声来日自己的男人却跑了。全身被调动起来的激情在风中再也控制不住，她干脆脱掉衣服跳进小河里，双手把心中的激情揉向高潮。

日你妈马九指，幺妹在心中骂，活该你背黑锅。

# 11

　　蔡麻子的老婆晚上睡不着已经有好久了。看着老婆在旁边翻来翻去，蔡麻子以为她是屋顶上的猫，叫春了，蔡麻子麻利地脱了自己的衣裤，凑过去说，日一回？老婆说，日你妈！蔡麻子生了气，说你这老母猪般的婆娘，日你是安慰你呢。老婆一把把光溜溜的蔡麻子掀到床下，头嗑在床角上直冒金星，蔡麻子正要发作，老婆却先哭嚎起来，死了老娘一般，在夜深人静的小饭馆，这哭声显得凄惨而悲伤。蔡麻子说，你哭丧呢，弄得老子一身鸡皮疙瘩，有屁就放。老婆还哭，蔡麻子不耐烦了，说你他妈爱哭就哭，穿了衣服就要出去。老婆知道蔡麻子真会出去，他早就跟服务员六妹睡在了一起，况且蔡麻子还说这是在减轻自己的负担，想想也是，好多年了也不想起要与麻子弄一回，有时候麻子硬弄，还弄得生疼流血，以往的她是从来不敢反抗麻子的，今天把他掀到床下她不知是从哪来的勇气，她连想都没想一下，就把麻子掀下去了。蔡麻子又吼了起来，还不说？蔡麻子的声音很大，在她的印象中，蔡麻子以来没有这样大声过，她赶紧坐直身子，说出事了呢。蔡麻子说出啥事了？老婆说，刘一手要找我们麻烦。蔡麻子说我们又没惹他。老婆说可是我讲过他的兄弟呢，这话肯定会传到他耳里，蔡麻子说你讲了什么？老婆说，我那天跟六妹讲岩山的幺妹是马九指日的，蔡麻子的脊梁一下子凉了下来，也没了主张，顺势坐在了床边，拍着床铺直骂，日他妈呢，日他妈呢。老婆弄不清他骂的是自己还是刘一手，哭嚎声就更大了。蔡麻子一巴掌打在老婆脸上，就像拉磨的毛驴般在屋里转起了圈子。你这臭婆娘呢，蔡麻子说，你嘴巴痒咋不用丝爪擦一下？你他娘抓虱子往自己脑壳上搁，挑粪水往自己身上泼呢，这回天都给你捅下一大洞了，那刘一手，马九指能怎么？蔡麻子转着转着就跳起脚来，嘴里还哟哟地喘气，他踢着地上的废铁块了。老婆被蔡麻子的神情吓得翻在了床上，一头昏了过去。

好不容易捱到了天亮，六妹已经把炉子点好了。蔡麻子炸油条的手直发抖，把滚烫的热油溅到了脚背上。蔡麻子又骂，日你娘。六妹说，噫，你日我还不够还要日我娘？蔡麻子说，不是你娘是人家的娘。六妹说，昨晚你们不是日了么，鬼哭狼嚎的。蔡麻子说，都是你们惹的祸呢。六妹说，我惹什么祸？蔡麻子说，就是你们嘴痒说人家幺妹的事呢。六妹说，众人都说，咋就我们说不得？蔡麻子说你懂个鸡巴。六妹把笊篱往油锅里一扔，我就懂你的鸡巴。热油又溅了蔡麻子一脚背，烫得他跳着脚哟哟叫唤起来。

这一天是蔡麻子小饭馆不平静的一天。这一天老板伙计都在不停地向食客打听刘一手和马九指的消息。消息的来源五花八门，却都让蔡麻子深感大祸临头，有人说刘一手提了刀四处寻找造马九指谣的人，有人说马九指已剁去嚼舌头人的手掌；有人说某家的小孩已被马九指一手捉了去。中午时候，蔡麻子的儿子从学校回来，听了蔡麻子在说刘一手就兴奋起来，我还与刘一手讲过话呢。蔡麻子一惊，说刘一手跟你又讲了什么？儿子说刘一手让我滚，不滚就阉了我。蔡麻子的蛋子根一疼，立刻蹲了下去，说你这个背时儿啊，你咋个不懂得怕呢？蔡麻子的声音都颤巍巍的了。正把头埋在大号饭盒里的儿子却说，我才不怕呢，我还摸了他的刀，凉凉的。蔡麻子仿佛看到了刘一手的刀上沾满了儿子的鲜血，白眼珠一翻，睡在了桌子下面，听到响动，儿子从饭盒里拾起头来，看着地上的父亲，说这老家伙又醉了。

蔡麻子和他老婆连脚趾头都开始发抖了。他们仿佛看到四代单传的儿子，蛋子像麦李子一样被刘一手摘掉。两口子都弯着腰喘着凉气，围着饭桌子转圈，眼睛都转直了。儿子说，你们两公母这样走来走去，晃我眼睛呢。六妹也说，你们莫叹气了，弄得我心里头被猫抓一样。蔡麻子说，你懂个屁，不摘你的蛋子，你咋晓得下边疼？儿子说，你讲错了，六妹姨没有蛋子呢。老婆却瘫在地上哭了起来，拍着大腿直叫：咋个办呢？咋个办呢？泪水和冷汗把眼睛都给糊住了。蔡麻子又跳起脚来。儿子却笑了起来，说老头，你真像个小丑。蔡麻子说，狗日你呢，你小命要被人捏住了，还不懂死活。儿子说，哪个讲刘一手要我的命了？蔡麻子说，众人都这样讲。儿子这才有些害怕，长长的脖子也缩了回去。蔡麻子看着儿子的模样，更加恐惧，一脚踢在还在哭噎的老婆屁股上，说你喊哪样？

六妹说：请客！

蔡麻子瞪圆眼睛：请客？

六妹说：请客。

请哪个？蔡麻子问？

六妹说，请刘一手呗，解铃还需要系铃人。

放屁！蔡麻子说，那破铃铛不晓得是哪个狗日的系的。

李鸡毛系的你也得解呢，六妹说，除非不要你儿子的蛋子了。

蔡麻子说，那就请吧。

老婆这时却在地上呻吟起来，这请客又要花钱啊。

　　蔡麻子又一脚踢到老婆的大屁股上，说你这臭婆娘，是钱要紧还是儿子要紧都不懂。

　　屋角的儿子见了大人如此的恐惧，终于开始害怕了，缩着身子往六妹靠，说六妹姨，我不想死呢。六妹说，这要看你爹妈了。蔡麻子的老婆赶紧说，请客，咋不请呢，让你爹赶紧去请。蔡麻子一听，又觉得脖子发凉，腿肚子打颤，说我能请么？老婆说你是主人你不请哪个去请？蔡麻子说我真去不得呢，我一去刘一手还不先把我阉了？老婆又哭了起来，儿子也开始哭，蔡麻子说，让六妹去吧，主意是她出的。六妹说凭什么要我去？我也怕死。蔡麻子说，你就算救蔡家一回吧，蔡麻子的老婆也说，我们会记住你的大恩大德呢。六妹说；还大恩大德呢，工资那么低。六妹又说，还大恩大德呢，整天讲我勾引人，诅咒我早死。蔡麻子说，工资就涨么，往后那个再咒你，我收拾她，蔡麻子老婆也说谁往后再讲六妹谁就嘴巴烂呢。六妹说，这些都是你们讲的，莫反悔。六妹又说，我能请刘一手。蔡麻子说，你话莫多了，赶紧去吧。六妹匆匆走了。蔡麻子老婆才去回味六妹的话，说麻子，这六妹本事大，往后怕是惹不得了。蔡麻了说，都是你嘴多，乱猜测。老婆说，哪样猜测，我都看到她和你睡到一处了。蔡麻子说，睡就睡么，又没有折了哪样东西。老婆说，狗日你，搞破鞋呢，蔡麻子说，啥破鞋？叫第三者，你还排第一你晓得不？老婆说，不是为了儿子，我才不排这个队呢。蔡麻子说，那你去跟六妹讲。老婆说，算了，你这老萝卜我也不稀罕，有儿子就够了。蔡麻子说，你狗日的才是老萝卜。

# 12

老朝又让香草坪场坝上的人刮目相看了。

场坝上的人说起老朝的事，总是口水四溅，双眼发亮。啧，老朝就是老朝，他们说，啧，狗日的老朝！这回骂人的话却是赞叹和佩服了。老朝让场坝上有冤有仇的人都聚在一起，反反复复地咀嚼那几句话，啧，还是老朝！

先是野牛。

场坝上的乡亲大早就听说后边的岑王山上来了一匹野牛，见人追人见物顶物。在开始的传说中，那牛还是头受惊的小牛犊，慢慢地，那牛就在乡亲们的叙述中长成了一头庞然大物，眼睛赤红，像一对铜铃；犄角锋利，似一对闪着寒光的弯刀，四蹄一抖，山梁都颤起来，喷出的气息能冲倒一里外的松树。在乡亲们兴奋而惊恐的叙述中，远处的央村近处的瞿家寨都有人被牛擂了，还有小孩被野牛锋利的犄角开了膛。

场坝上的乡亲们把自己的孩子都关在家，大人们则聚在场坝上，遥望远处的岑王山，那牛怎么还不来呢？

从岑王山到场坝，大概有 20 里，又有消息传来，野牛过九洞坪了，翻廖家坳，下弄阳了，到那英了，距离在渐渐缩短，场坝上乡亲们的兴奋在渐渐升温，就像场坝幼儿园的跷跷板，这头一高，那一头就低了。

那家伙终于来了。

野牛在犀牛塘喝水了，乡政府的人，似乎还听到野牛在犀牛塘狂叫，野蛮而悲怆。很多人就想，这肯定是犀牛转世的了。乡政府旁的菜地里，传来篱笆成片倒塌的声音。乡政府的领导们都涌进焊着坚实铁门的派出所小号，挤不进去的就爬上楼房平顶。书记的鞋子跑掉了一只，正在午睡的妇联主席却是穿着三点式爬上屋顶，可这时候又有谁去注意这十九岁的风流姑娘呢？野牛，只有野牛才是中心。有人说，黄皮，你是警察，该出手了。黄皮说，警察怎么啦？警察管人不管牛。又有人说，你手里的枪又不不是吹火筒，放两枪么。黄皮说，我把枪给你，你去。见黄皮这样说，就再也没有人出声了。

野牛在政府的操场上腾跳着。比西班牙的斗牛威风多了。野牛的大眼转过来，人们赶紧扭了头，谁敢对视呢，野牛眼里尽是仇恨的寒光，多看一眼，怕往后都睡不着觉了。野牛把院子花圃踩烂了，把篮球架顶翻了，还把乡政府的木牌子一角穿了个大洞，留下一堆硕大无朋的牛屎，往场坝去了。

乡政府的干部们都在心中想，这牛，真是牛呢，比书记都不讲道理。不讲道理的书记走出了小铁屋，就骂开了黄皮，说你失职了，没有做到解救群众于危难。黄皮说，你呢，你咋跑的得比别人快？书记见批不了黄皮，就去批评几乎赤身裸体的妇联主席，批评把政府牌子挂矮了的副乡长，说你们这些人，素质真不行，一到关键时候就露怯了。黄皮说，吼个鸟，野牛上场坝了，你们还不去看一看。书记说，先开会，统一思想。

野牛在场坝上更激动了，它连踢带撞，弄翻了一大串摊子，红的西红柿、绿的青椒、白的洋葱、黄的南瓜被野牛弄得撒了一地；还有一桶塘角鱼也踢翻了，一条条在地上蹦跳着，聪明的就顺着水沟跑了。

场坝上的人们都哭爹叫娘却满脸潮红地在奔跑，好多年后还有人回忆，那真是一场香草坪盛宴，比西班牙奔牛节怕是也不差多少。

老朝没动。

老朝坐在火炉旁睡着了。他喝了太多的酒，有些醉了，也没谁来叫他。炉火还在燃着，铁钎还插在炉子里，通红通红的。半睡半醒的老朝不时挥挥手赶一赶太过于放肆的苍蝇，骂一句"补锅，补你妈后颈窝"，又睡过去了。

野牛过来了。

野牛越来越靠近老朝的炉子了。

这回老朝是真的死了，躲到楼顶的人看着野牛的行踪，替老朝着急。

老朝还是没醒。

野牛把老朝不远处蔡麻子饭店的大门给撞烂了。

野牛把离老朝炉子二十来远处的候车棚给顶倒了。高大的候车棚轰度倒下，腾起一地灰尘。

野牛在灰尘中终于发现还有一个人了。喷出的鼻息更加响亮。

老朝被候车棚的倒塌声弄醒了。

野牛撞了过来。

完了！远处的人都闭上了眼，他们坚信，老朝这回是在劫难逃，阎王勾薄了。他们在恐惧中期待着老朝临死的惨叫，他们想。这惨叫会让香草坪场坝上的人好久睡不着觉。

没有惨叫。只有重物倒地的声音。

有胆大的稍稍睁开眼，却见那野牛躺在老朝的铺子前。再睁大眼，见长长的铁钎插在野牛的脑袋上。瞪圆眼看去，再揉揉麻木的眼球，狗日的老朝没死呢！狗日的老朝还坐在那眯着眼抽旱烟呢。

于是，老朝的又一个传奇在香草坪场坝上传开了。

嘿，老朝，想不到还有当年的威风呢。

嘿，老朝，是条汉子呢。

场坝上的人都这样恭维着老朝。老朝脚不理睬，依然喝他的酒、补他的锅，依然醉醺醺地歪坐在风箱边，让一只又一只蚊蝇把他那红鼻子当作停机场。

老朝的生活依旧，只是场坝上的人走过老朝的铺子前，只要老朝在打瞌睡，脚步就会放轻了许多。


然后是汽车。

在一个圩日的早晨，老朝坐在铺子前，手一挥，袖子里就飞出两把闪寒光的飞刀，把乡长的吉普车轮子给扎破了。

场坝上的人们都知道，乡长的吉普车是拉着人去拦路的，拦那些从山里挑着黄瓜、萝卜、提着鸡鸭来赶圩的乡亲。乡长说这一背篓黄瓜收五元钱，乡亲就只好交五元钱；乡长说这只鸡交十元，乡亲就只能交上十元。有乡亲说，还没卖得钱呢。乡长就说，那就用一只鸡抵吧。卖瓜里的乡亲说，我这一背篓黄瓜还卖不到十块钱呢，你们咋就要五元？乡长说，不给？不给就算了。旁边穿着分不清种类的制服就会一脚踢在背篓上，山坡上就滚满一坡色彩迷人的瓜果。在我们香草坪的山野，鸡鸭飞走、小猪乱窜、瓜果四撒的事情实在是太多了。可这又有什么办法呢？香草坪的乡亲们看见穿制服的，看见坐汽车的，有着一种与生俱来的畏惧。惹不起我们就躲吧。人不与天斗，民不与官斗，忍住吧。

老朝却不忍。

车上的制服们像特警一样敏捷地跳下车，面对这样的突发事件，他们历经的多了。但这次他们都不敢像往日一般涌上去把人扭住。老朝穿着长袖的棉衣，谁也弄不清那里边藏有多少刀。乡长拍着车壳子直吼，乡长还没碰到敢这样做的人。乡长打电话到派出所，指导员一听，说我肚子不舒服，正在拉稀呢。找黄皮，黄皮说，我也拉稀。乡长把车壳子拍得更响了。你们这些废物，还不去把老朝抓起来。制服们刚要抬脚，老朝的袖子又扬来了，这次打的是两只车灯，用火钳打了，在大灯上穿出两个整齐的小洞。老朝袖子又一扬，乡长先闪到制服们的身后。制服们像溃兵般直往车后缩。这回老朝却什么也没打出。老朝揉揉红鼻子，吐出一口痰，那痰像子弹般又射到车牌子上。老朝说，你们狗日的往县里告吧，看你们敢不敢告。老朝又说，往后哪个还去拦路，我先把他蛋子子射下来。乡长和制服们红着脸垂着头匆匆走了。场坝上响起一阵掌声和喇叭声。老朝扎了汽车，许多人才又想起，这老朝九岁时就打过土匪呢！场坝上的乡亲都在担心，这乡长，他善罢甘休么？这么大一个官，在老朝手下出了丑，能没有事？老朝怕是躲不过了。他老朝斗得过野牛，可这乡长怕是比十头野牛还要厉害，好汉难敌三双手啊。场坝上的乡亲坚信自己的预言会变成现实，甚至还有人打起了赌，赌自己的老婆。但事情很久都没有发生，那乡长，却在一个夜里被哇哇叫着的警车给接走了。赌输了的赌客只好让自己的老婆陪了赢家一夜，在场坝上增加了一个笑谈。

野牛没撞死老朝，乡长也没吓死老朝。老朝是悄悄死的，死在酒缸旁，敞着盖的酒缸还散发出浓烈的香气，火炉还在红红地燃着，老朝却像睡着一般死了。

老人们骂，狗日你老朝！

年轻人也骂，狗日的老朝。

这回老朝真的成了香草坪场坝上的传奇人物了。

## 13

自从幺妹被人摁在树林里日了以后，小河边的那遍林子，成了姑娘们经常出没的地方。这些花枝招展的姑娘大都是看多了与性有关的书，身体不停地抗议，从而导致学习直线下降，不得不从城里学校辍学回家的学生；当然也有城里男人高超的性技巧培养出来的打工妹，在寂寞的香草坪场坝上，他们渴望着遭遇激情，来平息他们身体里的不满。他们出门时都洒上玫瑰香的花露水，穿上性感而方便的衣裤，鬼鬼祟祟地避开同伴，怀里揣着一只兔子般向小树林出发。小河里传出的每一声哇鸣，树林发出的每一缕风声，淡淡的月光每一片阴影都让这些姑娘觉得激情就要来临。有些学识的姑娘甚至还会情不自禁地唱起《喀秋莎》。

顺理成章地，又有几起强奸案发生了。

在传说中被强奸的姑娘脸上并没有什么忧伤，而是一脸的灿烂，一身的青春气息。听说有一个辍学的学生还返回了校园，重振旗鼓，在高考中考出了让老师和同学目瞪口呆的成绩。

唯一到派出所报案的是一个从外地打工回来的姑娘。她受到强暴后直接走到了派出所，衣服还没穿整齐的她一脸镇定地说，我被强奸了。

指导员从椅子上跳了起来，在他的辖区发生这样的事情真是太可耻了，如今这街头巷尾野鸡遍地的岁月，竟然还有强奸犯，简直丢人啊！指导员安顿好女孩，就让人去找黄皮。黄皮的老婆说，这死鬼，不在家呢。

传话的人就拼命打黄皮的手机，过了许久，黄皮才一身疲惫赶回派出所，指导员说，你去了哪里？还弄了一身泥巴。黄皮说，跌的，跌的。指导员说这强奸案就归你破了。黄皮说，咋尽让我弄这些烂案子。旁边的姑娘不高兴了，说你咋说话呢？我的案子是烂案子？黄皮说不是烂案难道还是好案子？姑娘说你不愿破我还就要让你破呢。所长说黄皮你看，当事人也认定你了，你就认真去破吧。

黄皮说，破就破吧。

所长走了出去，黄皮就开始挑灯破案。黄皮说，你被强奸了还勇敢地来报案，值得尊重呢。姑娘有些自豪地微笑了一下。黄皮又说，许多人碰到这种事情，都是忍住了，她们不知道，这正好助长了歹徒的气焰，埋下继续受害的导火索。

姑娘说，我只是想那狗东西太可狠。这种事，如果商量一下，看他猴急的模样，兴许我还同意，可那狗日的硬干。

黄皮说，他怎么硬干？

姑娘说，他怎么硬干你都想不到？

黄皮说，又不是我干的，我咋想得到？

姑娘说，你真是个笨蛋。你当初和你老婆是怎样弄的？

黄皮想说当初是我老婆先弄我的呢，只记得上面压了一只麻包似的。想了想还是忍住了。

黄皮又说，看清人了么？

姑娘说，林子里，谁看得清？光记得那双眼睛，女人似的。

黄皮说，啥眼睛像女人似的？

姑娘皱着眉头想了一会，又看了黄皮一眼，说就你的眼一般。

黄皮说，姑娘莫乱扯呢

姑娘说，我又没说是你强奸我，只是比喻么。

黄皮说，他摸你了？

姑娘有些羞涩，说怎能不摸呢，他把我全身都摸遍了。他的手就是有些呜嗦，有些凉。那狗日的以为我是一截干柴棒呢，摸得轻飘飘的，那姑娘的叙述开始兴奋，讲得很快，让黄皮都来不急记录，只好打住让姑娘重说一遍。

姑娘又说，那狗日的一点也不温柔。

黄皮说，你一口一个狗日的，也好不到哪去。

我被他强奸难道我还表扬他啊？姑娘说。

黄皮咧了嘴笑了起来。

姑娘说我被强奸了你还高兴啊？

黄皮赶紧打住笑容，把歪倒的身子摆正些。

黄皮说，你被强奸了，没留下什么物证？

姑娘说，还要物证？

黄皮说，比如短裤，卫生纸什么的。

姑娘说，你真是废话，那种时候谁还想到用卫生纸？停顿了一下，姑娘把头低了下来，轻声说，况且我也没穿短裤。

问完话已是半夜，黄皮说，你先回去吧，姑娘说，这深更半夜的，你让我自己回去？黄皮说，那怎么办？姑娘说，你得送我。黄皮发动起三轮摩托，姑娘却坐在了他身后，黄皮说，坐下边。姑娘说，我刚受害，还怕呢。黄皮只能任那姑娘把一双奶子贴在自己的后背。坑坑洼洼的路面，让黄皮不断享受着温柔的撞击。下了车，姑娘说，明天我还去配合你破案。

姑娘成天往派出所跑。开始还详尽叙述案件的过程。渐渐地就不再提了，只是坐在长条凳上，看黄皮伏在案上写字，抽烟，发呆，黄皮的杯子里没水了，她就给续上。姑娘还准备了一只打火机，一见黄皮摸烟盒，她就主动凑过去。在姑娘的视野中，黄皮还真是个不错的男人，身材英武魁捂，声音散发着低沉的磁性。只是那眼睛阴柔了些，里边似乎有哀愁、有忧郁、有期待，灰蒙蒙的，像是沾了一层泪。姑娘偷看得都有些心痛了，这男人，有很重的心事呢，咋就没有女人给他化开呢。

黄皮让姑娘走，姑娘说，我等你破案呢。黄皮说你这是影响我分析案情。姑娘就有些委屈地走到门口，依着门框看黄皮。黄皮的老婆发现有个女孩整天陪着黄皮，就闹到指导员那里去。指导员说，你瞎猜什么呢，那是当事人。安慰完黄皮的老婆，指导员又来找黄皮，说你那案子就快些结吧，影响不好。

过了一段，指导员又来问，过了一段，指导员又来问。黄皮被问得烦了，说我破不了，你来破吧。指导员也生气了，说这么个小案你都破不了，你对不起这饭碗。你还真是只适合劁猪阉牛。

黄皮说，劁你爹。

指导员没有说话。他只是轻轻地瞟了黄皮一眼，就出去了，黄皮知道，这狗日的年轻人，有点看不起自己。

黄皮的老婆也学着场坝上的姑娘，去烫了个玫瑰色的头发，还捎带着弄了一回面膜。老婆以一副崭新的面容回到家时，黄皮正缩在被窝里看书，老婆说别看，睡觉。黄皮就扯了衣裤，老婆满面春光的去试探，手被烫着一般，惊喜地说，今天咋就行了？黄皮说，我哪时候不行？时时都行呢。放屁，老婆说。黄皮说，啥放屁。老婆又生气了，一巴掌又打在黄皮的脸上，你这没良心的，原来是看不上老娘了。眯了眼的黄皮被一巴掌打了个激灵，下边就象急刹车般软了下来。老婆的脸色由红变青，又由青变紫，把棉被一撩，出去了。

黄皮就有些恍惚了。

黄皮不再上班。他总是往小河边、树林里溜去，在那里，他一坐就是半天。场坝上的人看到树林边的黄皮，就说这鸟公安，白天在那值什么勤，晚上才有事呢。

晚上回家，黄皮也不说话，只是指了老婆说，你还桶猪，讲我不行？告诉你，树林里的姑娘都是我搞的呢。

老婆吓了一跳，尽管老公不行，但这样的话还是不能乱说的。老婆就说，你胡说八道吧，就你那样，还强奸？

黄皮说，就强奸。

老婆说，你能强奸，那猪就会爬树，狗就会唱歌呢。

黄皮去找指导员，说指导员我来投案，那几起强奸案都是我干的呢。指导员吓吓得赶紧关上门，说你别乱讲，破不了案就不破吧，可千万别把污水泼自己身上。你不要脸我还要呢，你不要脸派出所、公安局还要呢。

黄皮说，真的，是我。

所长说，煮的也不行，赶紧回家休息吧。

黄皮回到家，又对老婆说，真是我呢，你别不信。

老婆说，别的我都不信，我只相信你硬不起来了。

黄皮听见中学后边悬崖上的小鹰会叫了。会叫了也就会飞了。黄皮躺在床上，就对老婆说，鹰要飞了呢。老婆已习惯黄皮的胡说八道，没有理睬他。黄皮就起了床，穿上崭新的制服，去找指导员说，鹰要飞了呢。所长说，什么乱七八糟的东西，我忙。黄皮不再说话，擦了一遍自己的桌子，就走出了派出所。

那天的正午，香草坪场坝上的阳光特别温柔，天空湛蓝得非常深远，风柔软地吹着。场坝上的人们都听到中学后边的悬崖上飘下了阵又一阵忧伤的歌，是三毛的《橄榄树》，四只小鹰从鹰巢上缓缓飞出，紧接着又一个象鹰却又不是鹰的东西也从悬崖上飘下，鹰鸣叫着往湛兰的深处去了，那东西却往下边的林子扑来，随着那黑影的降落，场坝上的人都认出了，那是派出所的黄皮呢，好端端一个人，咋就从那掉下来呢？

## 14

幺妹把马九指堵在场坝的转角处。

阳光下的马九指更显得单薄。嘴唇上淡淡的茸毛清晰可数，马九指去上厕所，刚走到转角处，就被幺妹堵住了。马九指一看见幺妹尿就更急了，低着头就想顺着墙根过去。幺妹把腿一叉，就拦住了。幺妹说，你不是男人么，你怕啥？

马九指派头说，我怕啥？我马九指怕啥了？

幺妹说，你怕我呢，见了我就想躲。

马九指说，我见你心烦，你当我怕你？

幺妹说，真不怕？

马九指说，真不怕!

幺妹说，那你今晚里在树林里等我。

马九指说，我做什么要等你? 我没空。

幺妹说，你等不等? 幺妹边说边向马九指靠近，马九指又闻到那股令他不安地香气了。

马九指说，你先让开，我要尿尿呢。

幺妹说，你等不等? 不等就不让你去尿尿。

马九指说，我等，我等。马九指尿都快漏出来了。

看着马九指狼狈的样子，幺妹笑了起来，幺妹很久没有这样开心一地笑了。马九指从厕所里出来，见幺妹还在那里弯着腰笑，赶紧从旁边跑了。幺妹追着喊，你讲话要算数啊。

晚上幺妹把自己弄香喷喷的。临出门里，老碧问她，又去哪里招事? 幺妹没有回声，径直走了出来。老碧的老婆说，这妖精，留不住了呢。老碧说，还不跟你一样? 吃一回就上了瘾。老婆啐了一口说，我是给你狗日的一个人吃的。

幺妹如同月夜般美好的心情被马九指弄碎了。马九指没来，凉风嗖嗖的林子里，只有萤火虫的影子和蛐蛐的叫声，哪里有马九指? 幺妹等了一个钟头，见远处有一个黑影过来，心情又好起来，黑影近了发才现是一条狗，幺妹又等了一个钟头，露水渐渐厚了，月亮也躲到了岑王山后边，还是不见马九指的影子。幺妹就一屁股坐在草地上诅咒马九指，诅咒得嘴都发涩后，幺妹哭了起来。露水弄湿了幺妹的衣服。幺妹边哭边想，湿了才好，感冒才好，生一场大病才好，这都是天收的马九指害的呢。

幺妹浑身无力地回了家。老碧两口子还坐在火塘边。老碧问幺妹有啥好事情? 幺妹踢了一脚房门，说我又去让人日了一回。

老碧被哽住了话题。老碧的老婆说，你这烂货，往后怕你嫁不出去呢。幺妹说，嫁不出去我就嫁马九指。老碧两口子吓了一大跳，说就是将你砍了喂猪也不嫁那寡丁仔。幺妹进了房间，这才想起，咋就一张口就想将嫁给马九指呢。

第二天幺妹又去找马九指。

幺妹哑着嗓子说，马九指你不算个男人，哄人呢。

马九指没说话。

幺妹说我都病了。

马九指说，咋病的？

幺妹说，昨晚等你冷病的。

马九指说，那就去医么，还要哪个教你？

幺妹就哭了起来，幺妹的哭声越来越大。马九指在幺妹的哭声中不知所措。他拿着毛巾，又不敢递过去；搬了凳子，又不敢招呼她。马小指像一只陀螺般转个不停，转得头都有些晕了，马九指才说，莫哭了，行不？算我求你！

幺妹一下子停住了哭声，马九指把纸巾往幺妹跟前递，幺妹却一下子抓住了马九指的手，马九指又触电般弹回。

幺妹说，还是男人呢，我又不是老虎。

马九指，人家都讲女人是老虎呢。

幺妹笑了起来，幺妹说那你就看看我是不是老虎。幺妹和马九指的眼睛对视着，马九指先败下阵来。双手抚着衣角，全然没有了平日的霸道。

幺妹说，你长这么大，怕过哪个？

马九指昂起头想了好久，说我就怕你呢。

屋外的月光渐渐浓起来了。屋里的灯光却渐渐暗淡。风从大门涌进来，萤火虫也从大门飞进来，在两人旁边翩跹着。幺妹说，你那天讲要把我怎样？马九指说，我记不得。幺妹说，是不敢吧。马九指说，真是记不得了。幺妹一伸手把灯给拉开了。

幺妹整夜没回家。第二天清早，回家的第一件事，就是向老碧两口子宣布，要自己把自己嫁了。老碧说，嫁谁呢？幺妹说，嫁给马九指。老碧两口子习惯性的跳起来，说你这是往火坑里跳呢。老碧老婆说，嫁给谁也不能嫁马九指。幺妹说，我才不管你们同意不同意，昨晚我已经把我嫁了。话刚说完，老碧两口子又晕倒了。

## 15

乡政府又开会了。

李鸡毛劈完柴块，挑满水池的水，就穿戴上自己的行头，与村干部们坐在了一起。村干部们分作几桌，每一桌都要抢李鸡毛过去，李鸡毛过去，就意味着书记，乡长也会过去，有书记乡长陪着，这是难得的荣耀。李鸡毛手舞足蹈，满脸潮红，好久才安定下来。书记乡长从远处腆着肚子过来了。村干部们都定定地看着，小心翼翼地观察着领导的神情。李鸡毛却跑上前去，啪地一声，立正，敬礼，书记拍了拍李鸡毛的肩膀，带头笑了，于是村干部们也跟着笑了起来，李鸡毛更是一脸的阳光灿烂。李鸡毛随着书记乡长坐了主桌，晚宴就算正式开始了。村干部们要借此机会靠近乡领导，书记乡长也要借机安抚诸侯。于是酒碗就频频地举起来。书记说，喝！一大碗酒就倒进肚子。乡长说喝，又一碗酒又倒进了肚子。李鸡毛原来是不配被村干部们敬酒的，但书记乡长衬着，村干们便只好敬了。有村干敬书记，那村干并不是书记赏识的，书记就递给李鸡毛，李鸡毛虽然醉了也自然是认得书记的，举碗就喝了下去。待李鸡毛走出食堂时，人们发现，虽然他的帽子、衣服、皮带还是那样整齐，脚却是有些歪斜了。李鸡毛有些醉了。但醉了的李鸡毛也还记得每天场坝上的节目。摇摇晃晃的李鸡毛，向场坝上出发了。

刘一手和马九指也喝得有些醉了。

马九指去告诉刘一手，自己在秋天就要把幺妹娶了。刘一手说，明媒正娶吧，我当个媒人。马九指说要什么媒人？昨晚我们都睡在一起了。刘一手说，老碧两公母气死了？马九指说不晓得。管他那么多，我讨的是幺妹呢。刘一手说气死老碧，好事呢，要庆贺一下。刘一手就把马九指引进了蔡麻子饭馆。蔡麻子吓得脚又转起了筋。刘一手说，你怕哪样，我又不吃你，是吃你的饭。蔡麻子赶紧给安排了，还是让六妹去服务。两人吃着茶、喝着酒，看着跑前跑后的六妹，刘一手说，这妹仔，是我的呢。马九指说，嘿嘿、嘿嘿。刘一手说，你嘿个鸟。马九指说，你也过不了美人关呢。刘一手说，谁叫我们是英雄？

两瓶酒下去，两人都有些醉了。

两人相搀扶着走在场坝上，许多人都避开了。刘一手说，噫，这李子好吃，两人伸手就抓了，刘一手说这核桃香呢，两人就蹲在摊子旁砸核桃。刘一手挥着空荡荡的衣袖对摊主说，好吃呢，来，吃一片，摊主就客气地将自己的核桃塞进嘴里。

两人看见摇摇晃晃走来的李鸡毛了。

刘一手说，噫，有点像老碧呢。

马九指说，像蔡麻子。

李鸡毛走近了，刘一手挥起空荡荡的袖子，说过来李鸡毛。李鸡毛翻了一下白眼，继续走自己的路。他固定的表演地点还在前边呢。刘一手又喊，咳，李鸡毛。李鸡毛还是没有回声。刘一手说，噫，这狗日的，轻狂呢。马九指说，这狗日的，也看不起人。刘一手有些烦躁起来，说这狗东西，胆子大呢。刘一手和马九指就一身酒气靠近李鸡毛。李鸡毛正摆开姿势，准备演讲。看到刘一手两个，旁边的人都退去好远，李鸡毛却没有退让，还押了押腰带和帽子，拔开腰上的木驳壳瞄着远处，嘴里砰砰地放枪。马九指说，狗日你。刘一手也说狗日你。刘一手伸出独手，就把李鸡毛头上的帽子抹了下去，丢到旁边的尾顶上，肖福群哇哇大叫起来，又呜呜嚎哭起来，指着屋脊上的帽子直跺脚，刘一手和马九指坐到屋檐下，温暖的阳光照着，酒意越来越浓了。

在场坝上的乡亲的注视中，李鸡毛提了木棒，歪歪扭扭地向刘一手和马九指靠近，一下，两下，刘一手和马九指哼了两声倒下了，于是，许多的棍棒和石块砸向地上的两人，两人挣扎着站起，又倒下再站起，最后还是倒下了，紫色的血汩汩的流着。

## 16

事情终于闹大了。

公安局派了一车警察进驻场坝，可这又能调查出些什么呢？事情因刘一手和马九指而起，有些公安还私下里说这是为民除害呢，李鸡毛又是一个弱智的人，大家都说是李鸡毛动的手，李鸡毛呜呜噎噎直叫，大概是承认了，那就是李鸡毛吧，抓了李鸡毛，还是个累赘，也只有放了，刘一手和马九指呢，草席一卷，乱坟岗上就埋了，谁还记得他们曾是场坝上的霸王？

## 17

过了好久我也记不起了，香草坪的来人说现在是李鸡毛做了香草坪场坝上的老大，我想信又不敢信，可香草坪的事情，谁又说得准呢？